中國語言文字研究輯刊

十 編

許錟輝 主編

第 6 冊

《三曹文集》同義詞研究

高 迪 著

花木蘭文化出版社

國家圖書館出版品預行編目資料

《三曹文集》同義詞研究／高迪 著 -- 初版 -- 新北市：花木
蘭文化出版社，2016〔民 105〕
目 2+226 面；21×29.7 公分
（中國語言文字研究輯刊 十編：第 6 冊）
ISBN 978-986-404-537-2（精裝）
1. 漢語 2. 詞彙學
802.08   105002065

ISBN-978-986-404-537-2

9 789864 045372

中國語言文字研究輯刊
十 編　第 六 冊　　　　　　ISBN：978-986-404-537-2

《三曹文集》同義詞研究

作　　者　高　迪
主　　編　許錟輝
總 編 輯　杜潔祥
副總編輯　楊嘉樂
編　　輯　許郁翎
出　　版　花木蘭文化出版社
社　　長　高小娟
聯絡地址　235 新北市中和區中安街七二號十三樓
　　　　　電話：02-2923-1455／傳眞：02-2923-1452
網　　址　http://www.huamulan.tw 信箱 hml810518@gmail.com
印　　刷　普羅文化出版廣告事業
初　　版　2016 年 3 月
全書字數　153288 字
定　　價　十編 12 冊（精裝）　台幣 30,000 元

《三曹文集》同義詞研究

高　迪　著

作者簡介

高迪，女，1985 年生，吉林汪清人。2015 年 1 月畢業於東北師範大學文學院漢語言文字學專業，師從傅亞庶教授。現爲長春大學國際教育學院講師，從事對外漢語教學工作。曾講授古代漢語、中國民俗文化、留學生漢語口語、漢語綜合、漢語聽力、漢語閱讀、中國文化等課程。在中文核心期刊、CSSCI 上發表論文數篇；2012 年任名家精品閱讀叢書《沈從文散文》副主編，書籍於吉林文史出版社發行；任武漢大學出版社《古代漢語》教材主編。2013.06 參加發展漢語（第二版）教學演示研討會並提交發言稿。2014 年 12 月參加吉林俄語專修學院主辦的吉林省對俄漢語教學學會並成爲會員。

提　要

　　本文以《三曹文集》同義詞爲研究對象，以曹操、曹丕、曹植父子三人的散文作品爲語料，秉持「一義相同」的原則，整理歸納出 566 組同義詞。有些同義範疇內既包含單音詞，也包含複音詞，還有一些同義範疇僅由複音詞組成。在全部同義詞組中，有複音詞的組別僅占一半，顯示了中古漢語的時代特徵。

　　在研究過程中堅持共時與歷時相結合的原則，採用對比分析的方法，從先秦兩漢時期重要的典籍中選取有代表性的例句，結合義素分析法和核心詞等方法和概念，將同義詞和等義詞區分開來。通過比較可以看出，同一語義範疇內的詞語在使用頻率、搭配靈活度、充當句子成分的能力等方面有差異，這一差異決定了它們在範疇內是否可以看作核心詞。有些詞語逐漸取代了其它詞語，被替換的詞則成爲歷史詞，失去了生命力。但詞語間的更替不會在短時間內完成，存在漫長的過渡期。對於在《三曹文集》中看似被替換的詞語，本文採用共時研究的方法，在同時代或創作於稍晚時期的典籍中搜索分析，以期得到科學有效的結論。

　　本文分爲四個部分，第一部分爲緒論，整理了同義詞的界定、研究方法、現有研究成果等相關內容；第二部分爲論文主體，分別研究了名詞性、動詞性、形容詞性同義範疇內詞語在語義、語法、語用三方面的異同；第三部分總結了《三曹文集》同義詞的特點，闡明了研究價值；最後一部分是附錄，在前人研究基礎上結合《三曹文集》情況歸納了同義詞詞組，直觀地展示三曹文集同義詞的分佈情況。

目次

第一章　緒　論

1.1　三曹文集同義詞研究綜述

論文研究的對象是三曹文集中的同義詞，涉及到同義詞的辨析、詞義的演變等問題，屬於專書詞彙研究範疇，在研究過程中將從歷時與共時角度對相關詞語進行分析。在這一節中，將從同義詞與三曹文集研究兩個角度做一些說明。

一、同義詞研究綜述

（一）同義詞研究緣起

早在上古時期，同義詞的辨析就已經散見於一些訓詁著作中。如《左傳·莊公二十九年》：「凡師有鐘鼓曰伐，無曰侵，輕曰襲。」杜預注：「伐，聲其罪；侵，鐘鼓無聲；襲，掩其不備。」這就是對征戰類同義詞語「伐」、「侵」、「襲」的辨析。訓詁學專著《爾雅》更是通過詞義的訓釋將具有同一語義特徵的詞語匯聚到一起，揭示詞語的語義規律。儘管同義詞的研究很早就開始了，同義詞研究，甚至詞彙學研究在很長時間內都包含在傳統的訓詁學研究中，研究的方式也一直局限於漢代人的訓釋方式中，沒有形成系統性的研究，也沒有科學的理論作支撐。

（二）同義詞研究現狀

「從上世紀 70 年代末起，古漢語同義詞辨析方進入真正的發展期。」〔註1〕近半個世紀以來，出現了很多從理論與實踐兩方面對同義詞進行系統研究的論文與專著。

申明同義詞的產生原因、界定方式、辨析方法，從理論的角度研究同義詞的著作主要有如下幾部：何九盈、蔣紹愚《古漢語詞彙講話》（北京出版社，1980）用一個章節對同義詞做了說明。作者認為同義詞應該按照形旁相同、語音相近、詞性相同三個標準分成三類，古代漢語同義詞以單音節為主，幾乎不存在不同形旁、不同語音、不同詞類的同義詞。洪成玉《古漢語詞義分析》（天津人民出版社，1985）歸納了互訓、同訓、互文、異文、同義遞訓、同義連用等六條確定同義詞的依據，並總結了兩種辨析同義詞的方法，即從詞的詞彙屬性和語法屬性兩個角度分析辨別。張雙棣《呂氏春秋詞彙研究》（山東教育出版社，1989）是專書詞彙研究著作，運用窮盡式研究方法從語音、語義、語法三個角度分析了同義詞。馬景侖《段注訓詁研究》（江蘇教育出版社，1997）提出了辨析同義詞的方法。毛遠明《左傳詞彙研究》（西南師範大學出版社，1999）按詞性聚合同義詞，分析了同義詞產生發展的原因。趙克勤《古代漢語詞彙學》（商務印書館，2005）探討了同義詞的界定，認為詞義的演變是同義詞形成的主要原因，社會的發展、語言的運用、方言的影響也對同義詞形成產生了一定的影響。作者認為同義詞的差別主要體現在意義、色彩和用法上。〔註2〕蔣紹愚《古漢語詞彙綱要》（商務印書館，2005）探討了同義詞、近義詞、等義詞的關係，運用義位理論和義位分析法辨析同義詞。作者還對古代同義詞辨析術語泛指、特指、渾言、析言等作了進一步的闡釋。

將同義詞理論運用到實踐中探求同義詞的差別的著作主要有：王力《古代漢語》在常用詞的部分用同義詞間的相互對比相互辨別來解釋同義詞的詞義。〔註3〕孫雲鶴《近義字辨析》（四川人民出版社，1981）選取詞義相同或相近的詞分組辨析詞義、用法、感情色彩等。洪成玉、張桂珍《古漢語同義

〔註1〕 黃金貴《古漢語同義詞辨釋論》，上海古籍出版社，2002 年，第 5 頁。

〔註2〕 趙克勤《古代漢語詞彙學》，商務印書館，2005 年版，第 171 頁。

〔註3〕 王力《古代漢語》，中華書局，2002 年版，第一單元古漢語通論（三），第 92 頁。

詞辨析》（浙江教育出版社，1987）從語源、本義、語法功能、詞語搭配等角度重點探討同義詞「同中之異」。韓振鐵、李毅琴《中學文言文同義詞辨析》（江西教育出版社，1989）以中學語文教材爲語料庫選取文言同義詞作爲研究對象，辨析其異同。王政白《古漢語同義詞辨析》（黃山書社，1992）闡明了同義詞的由來、辨析方式及功用，並以此爲理論根據分析研究了 150 組意義或用法上有細微差別的單音節同義詞。段德森《簡明古漢語同義詞詞典》（山西教育出版社，1992）以字典的體例按音序排列同義詞，分析同義詞在意義與用法上的同與異。王鳳陽《古辭辨》（吉林文史出版社，1993）收錄 1403 組同義詞，包括單音節詞與少數連綿詞，從詞的本義與詞義演變的角度辨析同義詞之間的區別。馮蒸《說文同義詞研究》（首都師大出版社，1995）不僅探討了同義詞的界定、研究同義詞的意義及依據，還以此爲理論對《說文》同義詞的訓釋方式做了系統的梳理總結。黃金貴《古代文化詞義集類辨考》（上海教育出版社，1995）將文化詞按同義系統分爲 262 組，以義位爲系統從多個角度闡釋一個義位的「同中之異」。

近三十年來，同義詞越來越成爲詞彙學研究的重點內容，研究同義詞的論文比較有價值的有：洪成玉《古漢語同義詞及其辨析方法》（中國語文，1983 年第 6 期）、劉乾先《怎樣探求古漢語同義詞之間的差別》（東北師大學報，1985 年第 4 期）、黃金貴和沈錫榮《古漢語同義詞辨析》（杭州大學學報，1987 年第 2 期）、韓陳其《論古漢語同義詞的源類辯證》（徐州師範學院學報，1988 年第 1 期）、班吉慶《古漢語同義詞的形成及其辨析》（揚州師院學報，1990 年第 3 期）、羅積勇《先秦「同義詞區別使用」的理據》（武漢大學學報，1992 年第 4 期）、曹國安《據〈廣雅・釋詁〉論古詞同義》（古漢語研究，1994 年第 3 期）、張馳《論古漢語同義詞的形成》（寶雞文理學院學報，1997 年第 2 期）、池昌海《五十年漢語同義詞研究焦點概述》（杭州大學學報，1998 年第 2 期）、鍾明立《段注辨析同義詞的方法》（華南師大學報，2000 年第 2 期）、池昌海《古代漢語同義詞研究的現狀和存在的主要問題》（杭州師範學院學報，2000 年第 1 期）、黃金貴《論同義詞之「同」》（浙江大學學報，2000 年第 4 期）、沈林《〈左傳〉單音節同義詞群的考察》（古漢語研究，2001 年第 4 期）、黃金貴《論古漢語同義詞的識同》（浙江大學學報，2002 年第 1 期）、徐

正考《古漢語同義詞研究的歷史與現狀述評》（北華大學學報，2002 年第 2 期）、周文德《古漢語同義詞的形成原理探微》（西南民族學院學報，2002 年第 10 期）、張成平和宋輝《古漢語同義詞研究綜述》（宿州師專學報，2003 年第 2 期）、黃曉冬《古漢語同義詞的確定及辨析問題》（武漢大學學報，2003 年第 3 期）、徐正考《〈論衡〉同義詞辨析》（社會科學戰線，2004 年第 2 期）、曾昭聰《古漢語文化同義詞研究的歷史、現狀與展望》（煙臺師範學院學報，2004 年第 4 期）、徐盛芳和徐正考《20 年來古代漢語同義詞研究綜述》（長春大學學報，2005 年第 1 期）、劉越《古漢語同義詞研究綜述》（語文學刊，2012 年第 4 期）等。

　　同義詞研究也得到了許多年輕學者的重視，有一些博士畢業論文以同義詞為研究對象，其中大多是專書同義詞研究，填補了專書同義詞研究的空白。如池昌海《〈史記〉同義詞研究》（浙江大學，1999）、沈林《〈左傳〉單音節實詞同義詞詞群研究》（四川大學，2001）、周文德《〈孟子〉單音節實詞同義詞研究》（四川大學，2002 年）、雷莉《〈國語〉單音節實詞同義詞研究》（四川大學，2003 年）、王建莉《〈爾雅〉同義詞考論》（浙江大學，2005 年）呼敘利《〈魏書〉複音同義詞研究》（浙江大學，2006 年）、張占山《語義角色視角下的謂詞同義詞辨析》（廈門大學，2006 年）、張凡《魏晉南北朝志怪小說同義詞研究》（浙江大學，2006 年）、王彤偉《〈三國志〉同義詞研究》（復旦大學，2007 年）、孟曉妍《若干組先秦同義詞的研究》（蘇州大學，2008）、李軼《情感類同義詞素並列式複合詞研究》（吉林大學，2009 年）、唐莉莉《〈左傳〉單音節實詞同義詞辨釋》（浙江大學，2009）等。

　　在早期研究中，與現代漢語同義詞研究相比，古漢語同義詞缺乏成系統的理論研究。有些研究只是對整個詞作訓釋，沒有辨析同義詞義項的差別，也沒有意識到不在同一個共時平臺上的詞沒有可比性。雖然近幾十年古代漢語同義詞研究得到了越來越多的關注，也出現了許多高水平的論文和著作，但正如池昌海先生所說，同義詞研究的成果「皆係縱向綜論類型，這對科學總結某一共時狀態的詞彙結構系統以及認識當時社會文化背景都缺少針對性，而彌補這一缺陷的、系統地對某一斷代文獻作較全面的研究尚處空白狀態」。〔註4〕對專書

〔註4〕 池昌海《對漢語同義詞研究重要分歧的再認識》，《浙江大學學報》，1991 年第 1 期，

同義詞的研究主要集中在上古同義詞研究方面，尤以《說文解字注》和《爾雅》爲最，中古時期同義詞並沒有引起學者的廣泛重視。與上古時期相比，中古漢語詞彙發生了很大的變化，複音詞大量增加，不能否認的是複音詞也應該屬於同義詞研究範疇。徐正考《〈論衡〉同義詞研究》、張凡《魏晉南北朝志怪小說同義詞研究》、呼敘利《〈魏書〉複音同義詞研究》都提到了這一問題，豐富了古代漢語同義詞研究的內容。在做好專書研究的基礎上，通過對有代表性的語料中同義詞的窮盡式研究，可以揭示某一時期同義詞彙系統的共同規律，進而對語言面貌、社會文化做進一步的剖析，才能充分體現出語言研究的價值。

（三）同義詞的界定

對於同義詞的界定，語言學家們並沒有形成統一的說法。主要的爭論點在於對同義詞的標準所持意見不一致。有些語言學家認爲同義詞應該包括等義詞，有的語言學家認爲等義詞沒有研究的價值，應該取消同義詞這一說法，將現有的同義詞劃分爲等義詞和近義詞兩類。有的語言學家主張嚴格劃分同義詞和近義詞的界限，他們認爲同義詞研究的價值就在於研究「同中之異」，同義詞意義基本相同，或者可以說其中一個或多個義項相同，研究同義詞的重點在於辨析同義詞之間的細微差別。近年來已有論文和專著對同義詞界定問題作了詳細的總結，如池昌海《五十年漢語同義詞研究焦點概述》、徐盛芳和徐正考《20 年來古代漢語同義詞研究綜述》、楊運庚《古代漢語同義詞研究對同義關係的再界定》、周文德《〈孟子〉同義詞研究》等。概括來說，按照對同義詞劃分標準的不同，同義詞的界定大致有以下幾個類別：

1. 意義相同（等）

意義相同或相等，意味著同義詞和近義詞應該嚴格區別開來，成爲同義詞的兩個詞之間完全沒有區別。持這種觀點的有王力、孫良明、孫常敘等。

王力：同義詞就是意義相同的兩個或更多的詞。〔註5〕

孫良明：同義詞應該是有共同意義的詞。〔註6〕

孫常敘：內容相同而形式各異的詞是同義詞。同義詞是把一些能夠在同一

第 81 頁。

〔註5〕　王力《語文知識》，《語文學習》，1953 年第 8 期，第 3 頁。

〔註6〕　孫良明《同義詞的性質和範圍》，《語文學習》，1958 年第 3 期，第 4 頁。

個原句或意義相近的上下文裏，可以彼此代替，表達同一對象而感覺不到有什麼意義上的差別的。〔註7〕

這種觀點出現的時間比較早。對於一種語言來說，如果有兩個及以上詞語代表的意義完全一致，在任何情況下可以互相替換，這就是一種冗餘現象，幾個同義的詞語在同一時代沒有並存的必要，當然如果是通語和方言的關係則不可避免。弗朗索瓦·哈斯傑認為「語義的本質規律並不存在於語義的統一性中，而存在於區別和多樣化中」，「所有的詞都是只見一例的詞，沒有兩個意義完全一樣的詞，……同義詞根本就沒有。」〔註8〕大多數學者更傾向於把兩個以上詞語意義完全相同的情況定義為等義詞，等義詞大多是出現在語言發生變化，新舊交替過程中，新詞與舊詞的詞義等同。這種等同是臨時現象，不能代表同義詞的整體特徵。

2. 意義相近

持這種觀點的學者較多，他們認為同義詞語音存在差別，語義相似但不完全等同，以高名凱先生為代表。

高名凱：同義詞就是意義相近的詞。〔註9〕

周祖謨：凡聲音不同而意義相同或相近的詞，一般稱為同義詞。〔註10〕

何九盈、蔣紹愚：詞彙中那些意義相同或相近的詞叫做同義詞。所謂相同或相近，在大多數情況下，只是部分意義的相同或相近。〔註11〕

張世祿：只要意義相近，也就可以屬於同義詞。〔註12〕

劉叔新：同義詞是任何一個語言詞彙中，意義上相同或基本相同而材料構造上卻不相同的詞。〔註13〕

〔註7〕 孫常敘《漢語詞彙》，商務印書館，2006 年版，第 227～228 頁。

〔註8〕 轉引自張占山《語義角色視角下的謂詞同義詞辨析》，博士論文數據庫，2006 年，第 1 頁。

〔註9〕 高明凱《普通語言學·下》，東方書店，1955 年，第 59 頁。

〔註10〕 周祖謨《語言學常識》，《語文學習》，1958 年第 9 期，第 25 頁。

〔註11〕 何九盈、蔣紹愚《古漢語詞彙講話》，北京出版社，1980 年，第 68 頁。

〔註12〕 張世祿《詞義和詞性的關係》，《張世祿語言學論文集》，學林出版社，1984 年，第 326 頁。

〔註13〕 劉叔新《現代漢語同義詞詞典（增訂版）》，天津人民出版社，1993 年第二版，第

陸善采：同義詞是指讀音不同而意義相同或相近的一組詞。〔註14〕

趙振鐸：有些詞古代就出現了，後來又出現了一個和它意義相近的詞，兩個詞同時存在，在使用上有了分工，在意義上互有消長，從一個橫斷面看，它們使用的範圍會有不同，這就是通常所說的同義詞。〔註15〕

這種說法與意義相同說相比，把同義詞與等義詞區分開來，肯定了構成同義詞關係的兩個或更多詞語之間存在著一定的差別，二者相似但不等同，但差異體現在何處大多數學者並沒有詳細說明。還有些學者把意義相同相近說結合在一起，如王政白先生提出「意義相同或相近的詞就是同義詞。」〔註16〕

3. 概念同一

這種觀點把概念和詞義聯繫起來，肯定了同義詞的詞義有所差異，將詞義不完全等同的詞語聯繫起來的要素是相同的概念，持這種觀點的主要有石安石、陳滿華等。

石安石：同義詞，正確地說，應該是概念相同但詞義有所不同的詞。〔註17〕

張永言《詞彙學簡論》：同義詞就是語音不同，具有一個或幾個類似意義的詞。這些意義表現同一個概念，但在補充意義、風格特徵、感情色彩以及用法（包括跟其它詞的搭配關係）上則可能有所不同。〔註18〕

陳滿華：共有某一屬概念，詞義的外延主要（基本）部分相交叉或完全重合的一組詞。〔註19〕

陸善采：同義詞所表示的是同一概念之內的各種細微差別。也就是說，表示同一概念之內的各種細微差別的詞，才是同義詞。〔註20〕

---

1 頁。

〔註14〕陸善采《實用漢語語義學》，學林出版社，1993 年版，第 85 頁。

〔註15〕趙振鐸《論中古漢語》，《樂山師範學院學報》，2001 年第 3 期，第 42 頁。

〔註16〕王政白《古漢語同義詞辨析》，黃山書社，1992 年，第 1 頁。

〔註17〕石安石《關於詞性和概念》，《中國語文》，1961 年第 8 期，第 38 頁。

〔註18〕張永言《詞彙學簡論》，華中工學院出版社，1982 年，第 105 頁。

〔註19〕陳滿華《詞義之間的關係與同義詞、反義詞的構成》，《漢語學習》，1994 年第 2 期，第 34 頁。

〔註20〕陸善采《實用漢語語義學》，學林出版社 1993 年版，第 85 頁。

崔復爰：同義詞是指在同一概念內具有各種細微差別的詞。〔註21〕

這種觀點提出之後受到了一些質疑，有學者認爲同義詞屬於語言學範疇，而概念則是邏輯學研究領域的術語，二者不可混同，不能放在一個平面上研究。周文德先生提出，「此種觀點用概念代替詞義，將概念相同與否作爲判定同義詞的標準，是值得商榷的。『同義詞』討論的是詞義問題，詞義屬於語言範疇，是詞彙學或詞義學研究的對象；而『同一概念』屬於思維的範疇，是邏輯學研究的對象。」〔註22〕王彤偉博士則提出「這種說法儘管不夠全面，但它啓發人們從詞義來源的深層去考慮，因而自有可貴之處。」〔註23〕「概念同一」說雖然沒有準確直觀地闡明同義詞應該如何界定這一問題，但對同義詞的差異之處做了一些新的詮釋，與之前的兩種說法相比是一種探索和進步。

4. 對象同一

這種觀點與「概念同一」說有相似之處，把同義詞、近義詞、等義詞區別開來，區分的方法就在於詞語指稱的對象是否相同。以武占坤、王勤等爲代表。

武占坤、王勤：指稱的對象相同，詞義的邏輯內容一致的一些詞，是等義詞；指稱的對象相似，詞義的邏輯內容大同小異的一些詞，是近義關係詞。〔註24〕

武謙光：如果兩個詞，它們可以用來「指稱」同一個客觀事物，或用來描述一個客觀事物或現象的某一特點，那麼，在這兩個詞之間就存在著「同義關係」。換句話說，它們就是同義詞。〔註25〕

劉叔新：兩個詞不論意義上差異如何，如果指同樣的對象，就必然構成同義詞。反之，兩個詞儘管意義很接近，如果不指同一對象，便只是近義詞，不能看作同義詞。〔註26〕

〔註21〕崔復爰《現代漢語詞義講話》，轉引自周薦《漢語詞彙研究史綱》，語文出版社，1995 年版，第 70 頁。

〔註22〕周文德《〈孟子〉同義詞研究》，巴蜀書社，2002 年，第 22～26 頁。

〔註23〕王彤偉《〈三國志〉同義詞研究》，博士論文數據庫，2007 年，第 8 頁。

〔註24〕武占坤《現代漢語詞彙概要》，內蒙古人民出版社，1983 年，第 101 頁。

〔註25〕武謙光《漢語描寫詞彙學》，湖南教育出版社，1988 年版，第 179 頁。

〔註26〕劉叔新《現代漢語同義詞詞典（增訂版）》，天津人民出版社，1993 年第二版，第

「對象同一」說從詞語所指內涵的角度出發對同義詞問題進行研究，與先秦時代的同義詞訓釋方式有共通之處。

5. 義位同一

這種說法產生的時代比較晚，但得到了極高的認同度，近二十年來，越來越多的學者傾向於以此界定同義詞，把義位是否有相同之處作爲判定兩個及以上詞語同義關係的標準。

王力：所謂同義，是說這個詞的某一意義和那個詞的某一意義相同，不是說這個詞的所有意義和那個詞的所有意義都相同。〔註27〕

錢乃榮：詞的同義關係就是義位之間一種重要的類聚關係。義位相同或相近的一組詞叫同義詞。同義詞有嚴和寬兩種，嚴格的同義詞要求各個義位所含義素完全相同，較寬的同義詞要求義素基本相同。〔註28〕

王寧：聲音沒有淵源而意義局部相近的詞叫同義詞。同義詞必定不同源。兩個詞只要有一個義項的義值相近，就可稱爲在這個意義上的同義詞。〔註29〕

符淮青：同義詞除少數等義詞外，從詞的關係說，是基本義、常用義有相同或相近義項（一項或多項）的一組詞；從義項的關係說，是概念義有很大的共同性，但表示對象特徵或使用對象有某些差別，或者附屬義有差別，或者語法特點有差別的一組詞。」〔註30〕

黃金貴：同義詞之「同」，只能指一義相同；一義相同的詞群，就是同義詞；所謂一義相同，其內涵指構組的系統性、立義的單一性，細辨一義的同中之異。〔註31〕

徐正考：同一時代、同一語言（或方言）中具有一個或幾個相同或相近義位而詞性相同的實詞叫同義詞。〔註32〕

2 頁。

〔註27〕王力《同源字典》，商務印書館，1982 年，第 24 頁。

〔註28〕錢乃榮《漢語語言學》，北京語言出版社，1995 年，第 85 頁。

〔註29〕王寧《訓詁學原理》，中國國際廣播出版社，1996 年，第 48 頁。

〔註30〕符淮青《現代漢語詞彙》，北京大學出版社，1997 年，第 127 頁。

〔註31〕黃金貴《論同義詞之「同」》，《浙江大學學報》，2000 年第 4 期，第 81～86 頁。

〔註32〕徐正考《同義詞界定與辨析中的幾個誤區》，《金景芳教授百年誕辰紀念文集》，吉林大學出版社，2002 年，轉引自徐盛芳和徐正考《20 年來古代漢語同義詞研究綜

趙克勤：兩個或兩個以上的詞，它們所包含的一個意義相同，而在其它意義、風格特徵、感情色彩或用法上存在細微的差別，就叫同義詞。〔註33〕

蔣紹愚：「同義詞」不是兩個詞的意義完全等同。如果兩個詞的意義完全等同，就叫做「等義詞」；兩個詞的意義相近而並不相同，就叫「近義詞」。一個詞包括若干義位，所謂「同義」，是指一個或幾個義位相同，而不可能是各個義位都相同。正因為如此，所以同一個詞可以出現在幾個同義詞系列中。〔註34〕

荊貴生：意義相同或相近的詞叫做同義詞。古代漢語中的詞，一般都是多義詞，即一個詞可以有好幾個義項。我們所說的同義詞，是就幾個詞的詞義系統中的某個義項來說的，而不是就這些詞的詞義系統中的所有義項來說的。〔註35〕

「義位同一」說結合詞彙語義學的理論，運用現代語言學知識對傳統小學材料進行分析、指導實踐，得出的結論是比較可信的。

除以上幾種說法外，同源詞與同義詞也常常建立聯繫。馮蒸曾經提出：對古漢語同義詞，宜採用語音條件這一明確標準，從而把同義詞分成非同源同義詞和同源同義詞兩大類。〔註36〕陸宗達、王寧先生則認為：廣義的同義詞指意義有相重關係的詞，狹義的同義詞只指聲音不同而意義偶然相同或相近的詞，以區別於音近義通的同根詞。〔註37〕

為了避免與「同源詞」研究相混同，我們結合錢乃榮、蔣紹愚、陸宗達、王寧等先生的說法，將同義詞分為廣義與狹義兩個類別。在本篇論文中，把同義詞界定為語音不完全相同，有至少一個相同義位的詞，並以這一標準選取同義詞作為研究對象。

（四）同義詞的判定方法

確定兩個詞的同義關係不能只依據同義詞的界說，必須有科學的判定標準

述》，《長春大學學報》，2005 年第 1 期，第 56 頁。

〔註33〕趙克勤《古代漢語詞彙學》，商務印書館，2005 年版，第 140 頁。

〔註34〕蔣紹愚《古漢語詞彙綱要》，商務印書館，2005 年版，第 94 頁。

〔註35〕荊貴生《古代漢語》，武漢大學出版社，2011 年版，第 189 頁。

〔註36〕馮蒸《說文同義詞研究》，首都師範大學出版社，1995 年，第 3 頁。

〔註37〕陸宗達、王寧《訓詁方法論》，中國社會科學出版社，1983 年，第 183 頁。

才能深入地研究。如果對同義詞的判定標準不夠準確，在判定同義關係時出現偏差，勢必會影響後面的分析，因此判定同義詞是非常重要的基礎工作。關於這一問題，學術界已展開了充分的研究，總結了替換法、義素分析法、同形結合法、比較互證法、繫聯參照法等多種方法。

1. 替換法

這種觀點認為如果兩個詞可以在特定語境之中互換則構成同義關係。持這種觀點的以孫常敘先生為代表。

孫常敘：同義詞是一些能夠在同一個原句或意義相近的上下文裏，可以彼此代替，表達同一對象，而感覺不到有什麼意義上的差別的。如果在語句中，一經對換，即使在意義上發生明顯差別，使人不再體會出跟被對換詞所表達的是同一對象，無論它們之間有多麼大程度的「相近」，也不能算作同義詞。〔註38〕

但這種判定方法也有一定的局限性，如張志毅在《確定同義詞的幾個基本觀點》中所說：「我們認為，同義詞的根本意義至少得大部分相同，這一基礎決定了互相替換是有可能的；同義詞的附帶意義或根本意義的一小部分是不同的，這種細微差別又決定了互相替換是有局限性的。」〔註39〕梅立崇也否定了這一判定方法：「可替換性是部分同義詞的特性，而不是全部同義詞的特性，因此，不能把可替換性當成確定同義詞的必要條件，確定同義詞的唯一條件只能是詞義上的基本共同性。」〔註40〕趙克勤先生提出：從理論上說，同義詞應該是能互換的，但有些同義詞雖然意義相同，但其意義所能覆蓋的範圍往往存在著差異，名詞表現為位置、質料、形狀的差異，動詞表現為速度、情態、方式的差異，形容詞表現為程度、對象的差異。〔註41〕蔣紹愚先生認為「判定兩個義位同義，最簡單的辦法是替換。」但這一方法也存在一些問題，「同義詞也不是在任何情況下都能互換。其原因，除了它們的隱含意義、感情色彩等的不同以外，還在於它們的理性意義雖然基本上一樣，但它們的義

〔註38〕孫常敘《漢語詞彙》，商務印書館，2006 年版，第 228 頁。

〔註39〕張志毅《確定同義詞的幾個基本觀點》，《吉林師大學報》，1965 年第 1 期，第 78 頁。

〔註40〕梅立崇《試論同義詞的性質和範圍》，《語言教學與研究》，1988 年第 2 期，第 112 頁。

〔註41〕趙克勤《古代漢語詞彙學》，商務印書館，2005 年版，第 139 頁。

域卻未必相同。」〔註42〕

　　替換法比較直觀，應用得最爲普遍，但是這種方法並不能完全適用於古代漢語研究。在古代漢語專書同義詞研究中，有時很難找到一組同義詞在同一個語境中互相替換後意義卻並無變化。在這種情況下，如果使用替換法，就會帶有主觀色彩，也不能體現出同義詞之間的差別。

2. 義素分析法

　　義素分析法又稱語義成分分析法，由哥本哈根學派的葉姆斯列夫提出。劉叔新和周薦支持運用這一方法來判定同義詞。劉叔新提出：有同義關係的詞語，其主要理性義素或主要理性意義成分必定相同，也必須相同。〔註43〕同時，劉叔新也客觀地描述了這一方法的局限性，即義素分析法「只能展現意義的構成，可以一般地從意義本身來提示意義相同或相近的情形，卻不能直接地、往往不能確切地表明事物反映在意義中的外延。更爲不足的是，義素分析法完全建立在個人對詞義的瞭解和剖析的基礎上，有一定的主觀性，並不是驗證式的，因此它不可能給檢驗提供客觀的、形式的標誌。」〔註44〕義素分析這一方法「沒有形式上的標誌可資依憑，主觀性的弊病仍然難免。」〔註45〕黃金貴則認爲義素分析法不能普遍使用，原因在於「分析中難免有主觀性，可能有仁智皆異之病」，「對已經辨釋清楚的詞義完全可以作出細緻的義素分析，但是在辨釋之初，當還不清楚諸詞的同中之異時，異與同還混沌一片，則不可能完成準確客觀的義素分析。」〔註46〕

3. 同形結合法

　　劉叔新提出這種同義詞判定方法：語言中兩個指同樣對象的詞，各與同一個指另一種事物對象的詞相聯結，結成的兩個組合體必然也指同一種事物。〔註47〕從本質上來說，這種方法與「替換法」把詞語放在同一語境下檢驗

〔註42〕蔣紹愚《古漢語詞彙綱要》，商務印書館，2005 年版，第 96～101 頁。

〔註43〕劉叔新《漢語描寫詞彙學（重排本)》，商務印書館，2005 年，第 307 頁。

〔註44〕劉叔新《同義詞和近義詞的劃分》，選自《詞彙學和詞典學問題研究》，天津人民出版社，1984 年，第 25 頁。

〔註45〕周薦《同義詞語的研究》，天津人民出版社，1991 年，第 61 頁。

〔註46〕黃金貴《古漢語同義詞辨釋論》，上海古籍出版社，2002 年，第 162 頁。

〔註47〕劉叔新《漢語描寫詞彙學（重排本)》，商務印書館，2005 年，第 309 頁。

並無差別，因此池昌海先生提出這兩種方法「有異曲同工之妙」，「是貌合神離的關係」。〔註48〕黃金貴先生也提出了對這一說法的認識：（同形結合法）可稱爲「詞組驗同法」，其實質還是「替換」法，也是一種假設性替換。〔註49〕周文德先生得出結論：古漢語的語料是一個封閉的系統，研究者不能憑語言經驗舉出自己需要的例子。如果所研究的文獻中找不到研究者需要的「組合體」，這種方法就無法操作。〔註50〕

綜上所述，這三種同義詞判定方法都不適合古代漢語同義詞的實際情況，不具備可操作價值。現代漢語的研究方法不一定適用於古代漢語，古代漢語同義詞研究應該是客觀的、嚴謹的，如果運用以上三種方法則有很大的隨意性。

4. 古代漢語同義詞的判定方式

趙克勤先生認爲在古漢語典籍中判定同義詞的方法大致有對文和異文兩種。〔註51〕洪成玉提出判定古漢語同義詞的方法有如下幾種：（一）互訓，（二）同訓，（三）互文，（四）異文，（五）同義遞訓，（六）同義連用。〔註52〕王寧認爲證明古代漢語同義關係的材料有如下幾種：（一）義訓，（二）互言，（三）對言，（四）連言。〔註53〕黃金貴在《論古漢語同義詞的識同》一文中說：從詞義的相同程度，同義詞可分理性意義等同而附加意義有異的異稱詞和理性意義有同中之異的一般同義詞。對前一類，可圍繞異名別稱，用「同一概念」和「同一對象」兩種識同法；對後一類，可圍繞一個詞義的主要、基本部分相同，用「渾言通義」識同法；還應該運用可共用於這兩類的文獻訓詁材料識同法、古人替換使用識同法。〔註54〕周文德提出「雙重印證法」，即：（一）從經典文獻原文中找依據，確定專書語詞同義關係的最直接、最可靠的依據

〔註48〕池昌海《對漢語同義詞研究重要分歧的再認識》，浙江大學學報，1999 年第 1 期，第 77～84 頁。

〔註49〕黃金貴《古漢語同義詞辨釋論》，上海古籍出版社，2002 年，第 162 頁。

〔註50〕周文德《〈孟子〉同義詞研究》，巴蜀書社，2002 年，第 23 頁。

〔註51〕趙克勤《古代漢語詞彙學》，商務印書館，2005 年版，第 154～156 頁。

〔註52〕洪成玉《古漢語詞義分析》，天津人民出版社，1985 年，第 148～150 頁。

〔註53〕王寧《訓詁學原理》，中國國際廣播出版社，1996 年，第 83～84 頁。

〔註54〕黃金貴《論古漢語同義詞的識同》，《浙江大學學報》，2002 年第 1 期，第 39～45 頁。

是專書原文。這是本證。（二）利用訓詁材料對從經典文獻原文中考察出的同義詞進行驗證。這是他證。本證是立論的基礎，他證是對立論的進一步驗證。〔註55〕徐正考總結出以「繫聯法」爲主，「參照法」爲輔的專書同義詞研究方法〔註56〕，在《〈論衡〉同義詞研究》中，他分析同義詞時沒有迴避單音詞和複音詞同義的情況，用繫聯的方式遵守「一義相同」的原則進行構組。

綜上所述，古代漢語同義詞的判定方法不能照搬現代漢語模式，必須結合古漢語自身的特點。確定詞與詞之間的同義關係時，必須從文獻出發，根據對文獻原文的考察，採取對文、異文、同義連用等方法歸納繫聯出有同義關係的語詞後，再用訓詁材料驗證結論的準確性。

二、三曹文集研究綜述

（一）中古漢語專書、專題詞彙研究現狀

1. 中古漢語斷代問題

秦漢以前歸屬於上古漢語，這是毫無爭議的，但是中古漢語和近代漢語（也稱近古漢語）的劃界尚有許多爭議，爭議的焦點問題集中在唐宋時期的歸屬上。以語音爲劃分標準的主要有高本漢、黃典誠、唐作藩等。高本漢把六朝到唐代劃定爲中古漢語。〔註57〕黃典誠主張將中古期劃定爲 7 世紀至 12 世紀。〔註58〕唐作藩把中古期劃定爲晉至中唐時期，並將中古期劃分爲三段。〔註59〕王力主張以語法作爲漢語史分期的標準，但也兼顧語音，他認爲中古期起止時間爲 4 世紀到 12 世紀半，即南宋前半；12、13 世紀爲過渡期。〔註60〕周祖謨則主張綜合語音、語法、詞彙、文字、語體等角度考慮漢語史分期問

〔註55〕周文德《〈孟子〉同義詞研究》，巴蜀書社，2002 年，第 35 頁。

〔註56〕徐正考《古漢語專書同義詞的研究方法與原則問題》，《吉林大學社會科學學報》，2003 年第 4 期，第 91～95 頁。

〔註57〕高本漢《中國音韻學研究》，趙元任、李方桂、羅常培合譯，商務印書館，1995 年，第 21～27 頁。

〔註58〕黃典誠《漢語語音史》，安徽教育出版社，1993 年，第 178～181 頁。

〔註59〕唐作藩《漢語語音史講義》，轉引自單俠《關於漢語史分期的一點思考》，《前沿》，2009 年第 2 期，第 184 頁。

〔註60〕王力《漢語史稿》，中華書局，1980 年版，第 14～32 頁。

題，他認爲中古期起止時間應從公元 220 年至公元 588 年，即魏晉南北朝時期。〔註61〕

從詞彙學角度講，以上幾種劃分方式不盡符合詞彙發展演變的規律。方言的活躍、外來語的加入、口語與書面語的脫節，「俗語詞」的出現等都影響著詞彙的整體面貌。呂叔湘提出：「以語法和詞彙而論，秦漢以前的是古代漢語，宋元以後的是近代漢語，這是沒有問題的。從三國到唐末，這七百年該怎麼劃分？這個時期的口語肯定跟秦漢以前有很大差別，但是由於書面語的保守性，口語成分只能在這裏那裏露個一鱗半爪，要到晚唐五代才在傳統文字之外另有口語成分占上風的文字出現。」日本學者太田辰夫認爲「中古，即魏晉南北朝，在漢語史的時代劃分中相當於第四期。這個時期是古代漢語的質變期。」「『中古』一詞，中國多指魏晉南北朝時期，但從語言史的角度來看，晚唐時代白話的萌芽和形成十分突出，唐代應屬『近代漢語』時期……隋代歷時很短，故不另加考慮，權且劃歸中古。」〔註62〕王雲路把中古漢語的劃界「暫定爲東漢魏晉南北朝隋，西漢可以看作是從上古漢語到中古漢語的過渡期，初唐、中唐可以看作是從中古漢語到近代漢語的過渡期。」〔註63〕

根據上述理論，「三曹」作品創作於漢末魏初，從語言學的角度講，無疑當屬中古漢語語料。

2. 理論研究

在漢語史研究的各部分中，詞彙學研究一直比較滯後。兩漢時期和清代語言學研究雖然成果豐碩，但研究的焦點基本集中在文字、音韻、訓詁方面，詞彙學研究並沒有得到重視。尤其是中古以後的詞彙學研究，由於漢末魏晉時代語言發生了很大的變革，摻雜了許多方言俗語外來語詞彙，語言面貌與前代大不相同，複音詞也大量增多。學者多以上古漢語詞彙爲「雅」，中古近古詞彙研究幾近空白。近三十年來，在郭在貽先生的倡導下，中古漢語詞彙研究出現了很大的突破，湧現出一批高質量的專著和論文，成果卓著。

〔註61〕周祖謨《語言文史論集・漢語發展的歷史》，浙江古籍出版社，1988 年，第 1～18 頁。

〔註62〕太田辰夫《漢語史通考》，重慶出版社，1991 年，第 10～63 頁。

〔註63〕王雲路《中古漢語詞彙研究綜述》，《古漢語研究》，2003 年第 2 期，第 70 頁。

　　對中古漢語詞彙發展歷程作梳理總結的主要有如下幾篇論文：王雲路《中古漢語詞彙研究綜述》（古漢語研究，2003 年第 2 期）、史光輝《20 世紀 80 年代以來中古漢語詞彙研究的回顧與反思》（福州大學學報，2004 年第 3 期）、方一新、郭曉妮《近十年中古漢語詞彙研究的回顧與展望》（古漢語研究，2010 年第 3 期）、董志翹《漢語史的分期與 20 世紀前的中古漢語詞彙研究》（合肥師範學院學報，2011 年第 1 期）、郭作飛《中古近代漢語專書詞彙研究的總結與思考——百年中古近代漢語專書詞彙研究述略》（前沿，2011 年第 6 期）、王雲路、黃沚青《本世紀以來（2000～2011）中古漢語詞彙研究綜論》（浙江社會科學，2012 年第 10 期）、邱冰《中古漢語詞彙複音化研究回顧與展望》（寧夏大學學報，2013 年第 2 期）等。學者們一致肯定了近些年來中古漢語詞彙的研究取得的重要進展，尤其是在俗語詞研究和佛經詞彙研究方面，填補了長期以來詞彙學研究的空白。尤其是近十年來，中古漢語詞彙研究的材料不斷地豐富，語言學家對常用詞的研究給予了更多的關注，建立了較爲完備的語料庫，編纂了中古漢語的詞典，這些都對研究上古詞彙的發展脈絡，追尋近代詞彙的來源起了重要作用。與此同時，中古漢語詞彙還有很大的研究空間，仍然有許多未竟的工作，還需要繼續整理語料，對中古時期各個階段的詞彙研究都要引起重視。

　　對中古漢語詞彙進行全面研究的專著主要有如下幾部：周俊勳《中古漢語詞彙研究綱要》（巴蜀書社，2009）、王雲路《中古漢語詞彙史》（商務印書館，2010）、方一新《中古近代漢語詞彙學》（商務印書館，2010）、王雲路《中古漢語論稿》（中華書局，2011）。在這幾部專著中，學者們介紹了中古漢語詞彙研究的情況，總結了中古漢語複音詞的構成、外來語對詞彙的影響、翻譯佛經出現的新詞新義等問題，填補了詞彙研究的空白，也爲中古詞彙研究提供了更多的發展方向。

　　對中古詞彙研究的重視也帶動了專題詞彙的全面研究，除《世說新語》、《三國志》詞彙研究外，很多曾經被忽視的詞彙專題也得到了廣泛重視，出現了一些有獨到見解的成果，其中大多數都是博士論文。如張巍《中古漢語同素逆序詞演變研究》（復旦大學博士論文，2005 年）、呼敘利《魏書複音同義詞研究》（浙江大學博士論文，2006 年）、吳金花《中古漢語時間介詞研究》（福建師範大學博士論文，2006 年）、栗學英《中古漢語副詞研究》（南京師

範大學博士論文，2011 年）等。

　　中古漢語詞彙研究有如下幾個特點：第一，重視複音詞研究。古漢語詞彙研究在很長一段時間內都主要關注上古漢語這一特定的範圍，這也意味著單音詞是研究的重點。由於中古這一特定時期語言的變化促使漢語複音詞大量出現，複音詞不得不成爲中古漢語詞彙研究的中心。如王雲路《中古漢語詞彙史》（商務印書館，2010）一書，除涉及到中古時期單音詞、虛詞研究外，還設章節分析中古時代複音詞的來源、產生原因、發展趨勢、類型、判別標準等，並且運用語義理論對複音詞作詳細分析，使讀者對中古漢語有了更加全面的認知。徐正考《〈論衡〉同義詞研究》（中國社會科學出版社，2004 年）第一次在同義詞研究領域內將複音詞與單音詞共同作爲研究的對象。呼敘利《魏書複音同義詞研究》（浙江大學博士論文，2006 年）則開創性地只選擇了複音同義詞研究。在一些考釋詞義的論著中，如江藍生《魏晉南北朝小說詞語彙釋》（語文出版社，1988 年）、蔡靜浩《魏晉南北朝詞語例釋》（江蘇古籍出版社，1990 年）、王雲路、方一新《中古漢語語詞例釋》（吉林教育出版社，1992 年）、方一新《東漢魏晉南北朝史書詞語箋釋》（黃山書社，1997 年）、王雲路《六朝詩歌語詞研究》（黑龍江教育出版社，1999 年）都收錄了一些複音詞並做出了考釋，這些都是中古漢語詞彙研究的重要成績。

　　第二，關注常用詞。研究上古詞彙的論著內容多以考釋生僻詞爲主流，研究對象主要爲「字面生澀而義晦」、「字面普通而義別」的語詞。實際上，這還相當於訓詁學研究範疇，對於詞的常用義項即詞彙研究的核心內容卻很少關注。然而，詞彙學研究的價值在於通過對詞義系統的梳理展現詞彙發展的規律，尤其是在語言變革期，詞彙如何演變主要依靠常用詞的常用義項來體現，這是更值得關注的，也是新時期詞彙學研究異於訓詁學研究之處。如果以舊時訓詁學的眼光來研究詞彙，勢必會忽視常用詞的重要價值。「不對常用詞作史的研究，就無從窺見一個時期的詞彙面貌，也無從闡明不同時期之間詞彙的發展變化，無從爲詞彙史分期提供科學的依據。」〔註 64〕中古時期的詞彙研究對常用詞的研究非常重視。周俊勳《中古漢語詞彙研究綱要》（巴蜀書社，2009）論述

〔註 64〕張永言、汪維輝《關於漢語詞彙史研究的一點思考》，《中國語文》，1995 年第 6 期，第 401 頁。

了中古漢語詞的構成和類型，分析了詞彙複音化的原因，第五章中古漢語詞彙專題研究詳細闡釋了中古常用詞演變的原因、類型、方法。汪維輝《東漢魏晉南北朝常用詞演變研究》（古漢語研究，1999）論證了常用詞演變的意義，在《東漢——隋常用詞演變研究》（南京大學出版社，2000）一書中，他考察了中古時期 41 組常用詞演變的情況。李宗江《漢語常用詞演變研究》（漢語大辭典出版社，1999）不僅在理論方面對常用詞有關問題作了深入研究，還將理論運用於實踐，對一些虛詞的替換更迭問題作了研究。王雲路《中古漢語詞彙史》（商務印書館，2010）第十三章探討了常用詞的研究方法。賴積船《〈論語〉與其漢魏注中的常用詞比較研究》（四川大學博士論文，2004 年）、丁喜霞《中古常用並列雙音詞的成詞和演變研究》（浙江大學博士論文，2005 年）等論文也以常用詞作爲研究的重點。研究常用詞的論文更是不勝枚舉，涵蓋常用詞的演變、詞義研究、詞語搭配、文化內涵等各個方面。

第三，研究焦點主要集中在小說、詩歌、佛經方面，尤其是《世說新語》、《三國志》、魏晉南北朝志怪小說詞彙研究。與上古漢語語料相比，中古漢語語彙有如下特徵：「所謂『中古漢語』，和前漢以上的『上古漢語』有其不同的地方，那就是它的口語化。這個口語化的現象表現在漢譯佛經、小說、書簡等方面。〔註65〕」中古漢語研究的主要對象就是俗語詞。包含最多俗語詞、最能反映當時口語實際情況的有漢魏六朝詩歌、農學書籍、醫書、樂府民歌等。但並不應該把眼光局限於幾部典籍，也不能只研究俗語詞，忽略了上古時代傳承下來的常用詞詞義研究。現有的佛經語詞研究、魏晉小說語詞研究、《世說新語》語詞研究等已經成果豐碩，但還有很多相對「冷門」的語言材料也具備極高的研究價值卻沒有得到重視，如科技類書籍、出土文書、金石碑帖等等。專書語詞研究和斷代語詞研究的著作已經很多，但還缺乏系統的專題詞語研究著作。選取研究語料時，也要對中古時期每個階段的語言材料都引起重視，尤其是東漢時期的。東漢是上古漢語與中古漢語的過渡期，探尋這一時期的詞彙特徵對研究詞義演變有著重要意義。

（二）「三曹」研究現狀

「三曹」指的是曹操、曹丕、曹植父子三人。他們是中國文學史上第一個

〔註65〕蔣禮鴻《中古漢語語詞例釋·序》，吉林教育出版社，1992 年，第 1 頁。

由個人獨立創作、風格相近的文學團體，他們生前留下了大量作品，內容豐富，題材多樣，具有很高的藝術價值。目前可查閱的相關論文大多是從文學的角度分析其詩歌、散文的藝術手法、行文思路等，對他們在文學史上的地位做出評價。此外還有少數整理語料的論著，如：安徽亳縣《曹操集》譯注小組《曹操集譯注》（中華書局 1979 年）、河北師院中文系古典文學教研組《三曹資料匯編》（中華書局 1980）、張可禮《三曹年譜》（齊魯書社，1983）、趙幼文《曹植集校注》（人民文學出版社 1984）、夏傳才、唐紹忠《曹丕集校注》（中州古籍出版社，1992）。以上著作對曹氏父子的作品作了梳理、校對、翻譯工作，為進一步研究專題詞彙、語言現象打下了基礎。

儘管目前沒有以三曹作品為語料作系統性研究的語言學論文可供查閱，這並不代表這些語料沒有研究價值。由於三曹的作品力求通脫，簡易而接近口語，較為客觀地反映了當時語言的實際，因此對於研究中古時期的漢語有重要的資料價值。此外，由於研究對象是文學作品，文學創作時又經常使用修辭方式，因此在整理語料、確定同義詞的時候可以運用錯綜的修辭方式來判斷同義詞的語義關係，為語料選擇增加了準確性。

「三曹」作品除詩歌外還包括大量的散文。作為「建安文學」的代表人物，曹氏父子創作的詩歌作品文學性極高，廣為傳頌。無論是從文學角度還是語言學角度，大多數學者都將曹氏父子的詩歌作品作為研究的重點，散文作為應用性文字，其研究價值並沒有得到重視。我們認為，「三曹」散文，尤其是其中的「令」體文，真實地反映了社會情況和作者的政治主張、軍事思想，不但具備獨特的文本價值，而且帶有口語化色彩，反映出了當時的語言面貌。在判定「三曹」作品中的同義詞時，以傅亞庶師《三曹詩文全集譯注》（吉林文史出版社，1997）為底本。這本書由曹操集、曹丕集、曹植集三大板塊構成，每個板塊又分為詩集與文集兩部分。因為散文反映了當時的政治、經濟、軍事、文化、科技等內容，更加口語化，我們選擇本書中「文集」部分作為語料來源進行研究。

在漢語史研究工作中，斷代研究和專書研究是最為基礎的工作。程湘清曾討論過選擇專書的條件：「是否『適當』，需要具備三個條件：第一，要看口述或撰寫某部專書的作者是否屬於該斷代，這需要作一番專書及其作者的辨偽的工作。第二，要看專書的語言是否接近或反映該斷代的口語，這是最重要的一

條標準。第三，要看專書的篇幅大小是否具備相當的語言容量。篇幅太小，不足於對詞彙、語法、語音各要素進行描寫和分析，則不宜確定爲專書研究的語料。〔註66〕」選取三曹作品爲語料有充分的理由。首先，《三曹詩文全集譯注》是在前人輯佚、研究基礎上編撰的，語料翔實，內容豐富，是一個封閉的語義場。選取的篇目可以確定屬於漢末魏初這一歷史時期，時代確鑿，免除了辨僞的困難。其次，三曹作品的通俗化、口語化爲研究提供了可能性。受辭賦的影響，漢代散文作品出現了駢偶化和冗長繁複的傾向，辭藻華麗，內容空洞。三曹散文則打破了這種格局，涵蓋範圍廣、內容實用、風格隨意、用詞簡約。如曹丕文：中國珍果甚多，且復爲蒲萄說，當其朱夏涉秋，尚有餘暑。醉酒宿醒，掩露而食，甘而不䭱，酸而不脆，冷而不寒，味長汁多，除煩解渴。又釀以爲酒，甘於麴米。善醉而易醒，道之固已流涎咽唾，況親食之邪！他方之果，寧有匹之者？（《藝文類聚》八十七）文章風格類似小品文，用極貼近生活的語言描述了葡萄的鮮美。題材通俗，用詞簡練。另外，如果單選擇曹操一個人的作品作爲語料研究同義詞，會因材料過少而受限。曹氏父子三人創作時間跨度不大，寫作風格相似，又有前輩時賢將其作品匯聚成集，語料能夠反映某一時代語言特點，所以選擇三曹文集作爲語料研究同義詞。

1.2 研究目標與研究步驟

　　本文的研究對象是三曹文集同義詞，屬於專書詞語研究範疇。本文以傳統訓詁學的研究方法和成果爲基礎，主要借鑒現代語義學語義場理論和成分分析法，結合認知語義學的相關理論開展研究工作，其目的是考察它們在共時平面上的分佈、差異，同時研究它們在歷時平面上的形成原因、發展演變等。

一、研究目標

本文的研究目標包括以下幾個方面：

1. 從共時角度描寫三曹文集同義詞的語義面貌。
2. 從歷時角度描寫三曹文集同義詞的演變情況。
3. 在把握事實的基礎上，揭示同義詞演變發展的規律。

〔註66〕程湘清《漢語史專書複音詞研究》，商務印書館，2003年，第8頁。

4. 闡釋同義詞和同源詞的關係。

二、研究步驟

　　本文的研究對象是三曹文集同義詞，因此首先要做的工作是對三曹文集中同義詞的確認和選擇。在研究同義詞在本書中語義用法的同時，也會結合這一詞語在同時代其它專書中的用法的共時比較以及這一詞語在不同時代詞義演變的歷時比較來研究。在判定兩個詞是否為同義詞時，由於文體的特殊性，可以根據錯綜的修辭方式輔助判斷。

　　由於三曹散文作品在語言學研究方面尚屬空白，所以在研究過程中，可以參照的資料較為匱乏。目前還沒有梳理總結三曹散文中詞彙的詞典出現，所以在研究過程中只能依據原始語料自行判斷，這也為研究工作增加了一定的工作量和難度。

　　在研究過程中，要把握幾個原則。首先，定性與定量研究相結合。在傳統的漢語詞彙研究中，採用的基本都是定性式研究方法。但是「如果不作定量分析，就很難把握住漢語諸要素在各歷史時期的性質及其數量界限。我們的斷代描寫和歷史研究也必然只能陷在朦朧模糊的印象之中。從隨意引證到定量分析是古代漢語研究為走向科學化而邁出的重要一步。」〔註67〕因此，本文採用定性與定量相結合的研究方法，對某些具有典型性、生活中使用頻率較高的詞語做窮盡性調查，在定量測查的基礎上，進行定性分析，採取典型例句和統計數據相結合的方法來考察詞義變化情況，探討詞義演變規律。

　　第二，共時與歷時研究相結合。「靜態的研究對漢語史來說是必經的階段，但是單靠靜態的研究並不能達到建立漢語史的目的。」〔註68〕本文研究的目的是描述三曹文集同義詞在中古的共時詞義系統，並在此基礎上探討其在上古、近古時期詞彙、詞義演變情況，揭示詞彙發展的客觀規律。所以，在研究過程中，既要以共時的靜態描寫作為基礎，又要考察詞彙的歷時發展和演變，做縱向的動態分析。只有把二者結合起來，才能看清詞彙的發展脈絡。

　　第三，描寫與解釋相結合。描寫是解釋的基礎，解釋是描寫的深化，更是

〔註67〕郭錫良《1985 年的古漢語研究》，轉引自蘇新春《漢語詞彙定量研究的運用及其特
　　　　點》，廈門大學學報，2001 年第 4 期，第 135 頁。

〔註68〕王力《漢語史稿》，中華書局，1980 年版，第 17 頁。

研究的最終目標。因此，在研究過程中，本文努力做到在共時詞義系統描寫的基礎上，解釋語義場內各成員共存的原因；在歷時詞彙更替、詞義演變的基礎上，力求對語義場中成員及其分佈的變化做出合理的解釋。

根據以上原則，我們的研究工作有兩個主要步驟，一是歸納《三曹文集》同義詞組，二是個案研究，將共時和歷時相結合。

（一）三曹文集同義詞組的歸納

在確定專書同義詞時，除了保證研究對象是同義關係，即至少一個義位相同，還要滿足一個條件，即這組同義詞在這本書中出現過，這樣才會有具體的語境可考察，詞語搭配情況、語法語用等方面也會符合專書所屬的時代特徵。三曹文集中的同義詞未經總結，並沒有詞典字書可以直接查詢，要對其進行窮盡性的歸納構組，工作難度是非常大的。為了保證研究的準確性，我們借鑒了專書研究的成功經驗，採取如下方式提取語料：

1. 通讀三曹文集，對寫作風格和用詞情況有大致的把握，採用現代文本技術建立三曹文集電子文本。

2. 深入研讀比較各個注本情況，運用訓詁理論將涉及到的有爭議的詞語做出標注，在電子文本上做校對。

3. 對文本中的同義詞作大致的歸納，選取其中比較常用的詞作為一組同義詞的代表詞，做初步的整理工作。

4. 運用檢索功能將涉及到某個詞的語句匯集起來，然後考察這個詞在語句中是不是表達本組同義詞的義項，做篩選和比對。每組同義詞的每一個詞都按照這個原則考察之後，得出三曹文集同義詞組的語義分類。

5. 在研究過程中校驗、修正，總結同義詞的關係和詞義的發展演變規律。

（二）個案研究

本文的個案研究著力考察了多組同義詞的歷時變化，具體方法如下：

1. 描寫個案在三曹文集中的使用情況，揭示其在語義、語法、語用上的異同，展示該語義範疇內各成員在三曹文集中的存在狀態。

2. 其次，研究該個案從先秦到漢魏的發展變化情況。

通過以上兩方面的研究，我們不但可以看出該個案在三曹文集中的表現形式，還能夠掌握從先秦到漢魏時期該個案的演變規律。

1.3　研究的理論依據

一、傳統訓詁學材料

　　語言處在不斷發展變化的過程中，語音、詞彙、語法都是這樣。正因如此，前代的著作過了幾百年就沒有人能讀懂了，訓詁工作由此產生，起到溝通古今南北的作用。近代以前，詞彙學一直包含在訓詁學中，沒有分離出來成為一門獨立的學科，訓詁學著作中就保存著許多詞彙學的知識。在一些隨文注釋的材料中，語言學家在注釋文本的同時也說解了一些同義詞，從使用範圍、指稱對象、表達的情態、程度輕重、側重點、感情色彩等方面闡釋了同義詞的差異。這些訓詁材料對我們今天辨析同義詞的差異仍有很大的借鑒意義，可以此為理論基礎進一步開展研究工作。

二、詞彙語義學理論

　　同義詞的研究涉及到很多內容，與同源詞、反義詞、詞義系統、常用詞詞義演變等都相關。同時，詞彙語義學又與訓詁學、詞典學等領域密切相關，涉及詞的組合、聚合關係等。王寧在《訓詁學原理》一書中提到：「字、詞、義一經類聚，就顯現出內部的系統性，為詞義的比較創造了很好的環境。梁啟超所說的清代學者『最喜羅列事項之同類者，為比較之研究，而求得其公則』的研究方法，正是通過類聚，將某一方面相同而具有可比性的詞或詞義集中起來，以便比較其相異之處，求得其特點。實際上，這一工作就是在一定的語義場裏觀察詞彙的系統。」〔註69〕

　　與傳統的詞彙學相比，現代詞彙語義學研究的單位有義位、義素、語素義、義叢四種。在這四個單位中，以義位為主，以義位系統的研究為主，而不是研究單個的義位。張志毅、張慶雲在《詞彙語義學》一書中指出詞彙語義學應用的理論與方法有如下幾個方面：「一，語言之間的義位比較、分類研究，通過比較、分類推進系統研究；二，在聚合和組合兩個坐標上的靜態與動態的雙向研究；三，語義場理論，少用內省式實證主義的有限枚舉法，多用封閉域的分析方法，建立典型群理論模式；四、有限度使用分佈法、公理法和分解法（語義成分分析法）；五，注意義位的數學、邏輯式；六，用演繹

〔註69〕王寧《訓詁學原理》，中國國際廣播出版社，1996年，第70頁。

法取代歸納法的主導地位；七，定性——定量——定性往復循環的方法；八，語境理論；九，把義位作爲人類認知功能或工具的一部分……在哲學、邏輯學、數學、心理學、人類學、人工智慧等多視角下研究義位。」〔註70〕

　　根據這一原則，本文以《三曹詩文全集譯注》爲底本，選擇其中「文集」的部分作爲語料來源，根據原文判定同義詞，在語料庫中作窮盡式查找，尋求其規律，再依據詞典字書、訓詁專書、訓釋材料等對初選的同義詞加以驗證，考察同義詞的共同義項，從語義、語法、語用的角度，結合詞語搭配揭示的同義詞同中之「異」，申明一組同義詞在同一義位範圍內的差別。

〔註70〕張志毅、張慶雲《詞彙語義學》，商務印書館，2005 年，第 11 頁。

第二章 《三曹文集》同義詞分析

2.1 墳、墓、冢

要點：《三曹文集》中，「墳」、「墓」、「冢」、「陵」、「丘」、「壟」等六個詞在「埋葬死人之處」這個語義範疇內有同義關係。從使用頻率和搭配能力方面考察，自先秦至魏晉時期，「墓」一直爲基本範疇詞。「墳」、「冢」也漸漸上陞爲通稱，在語義、語法、語用方面體現了一定的靈活性。

「墳」在書中共出現 5 次，有 2 個義位，分別是：（1）埋葬死人之處；（2）典籍。表「埋葬死人之處」意義的有 4 處。

「墓」在書中共出現 12 次，只有「埋葬死人之處」1 個義位。

「冢」在書中共出現 4 次，只有「埋葬死人之處」1 個義位。

「陵」在書中共出現 35 次，有 4 個義位，分別是：（1）山；（2）埋葬死人之處；（3）跨越；（4）衰落。另有 14 處爲地名。表「埋葬死人之處」意義的有 11 處。

「丘」在書中共出現 12 次，有 2 個義位，分別是：（1）山；（2）埋葬死人之處。還有的是地名。表「埋葬死人之處」意義的有 1 處。

「壟」在書中共出現 1 次，表示「埋葬死人之處」的意義，與「丘」連用，舉例如下：

然死者相襲，丘壟相望，逝者莫反，潛者莫形，足以覺也。(《曹丕集‧典論‧論郤儉等事》)

墳，《說文》：「墳，墓也。」段注：「此渾言之也。析言之則墓爲平處，墳爲高處。故《檀弓》孔子曰：『古者墓而不墳』。邯鄲淳孝女曹娥碑曰：『丘墓起墳』。鄭注《禮記》曰：『墓謂兆域』，今之封塋也。土之高者曰墳，此其別也。《方言》曰：『冢，秦晉之間謂之墳。或謂之培，或謂之堬，或謂之採，或謂之埌，或謂之壟。自關而東謂之丘。小者謂之塿，大者謂之丘。此又別國方言之不同也。』」從《說文》及《注》可得知，墳有「墳墓」之義，但這並不是其本義。《方言》卷一：「墳，地大也。青幽之間，凡土而高且大者謂之墳。」《爾雅‧釋丘》「墳，大防」，郭璞注「謂隄(堤)」；《楚辭‧哀郢》「登大墳以遠望兮，聊以舒吾憂心」，朱熹注「水中高者曰墳」；《左傳‧僖公四年》「公祭之地，地墳」，楊伯峻《春秋左傳注》「墳謂土突起如墳也」。

墓，《說文》：「丘也。」段注：「丘墓也，墓字今補。丘謂之虛，故曰丘墓，亦曰虛墓。《檀弓》曰：『虛墓之間，未施哀於民而民哀』是也。《周禮》有冢人，有墓大夫。鄭曰：『封土爲丘壟，象冢而爲之。墓，冢塋之地。孝子所思慕之處。』然則丘自其高言，墓自其平言，渾言之則曰丘墓也。墓之言規模也。《方言》：『凡葬而無墳謂之墓』，所以『墓』謂之『墲』。」《禮記‧檀弓》：「古不修墓」。《周禮‧春官》：「墓大夫掌凡邦墓之地域，爲之圖，令國民族葬。凡爭墓地，聽其獄訟，帥其屬而巡墓厲。」注：「墓厲，謂塋限遮列之處。庶人不封不樹，故不言冢而云墓。」

冢，《說文》：「高墳也。」段注：「墳者，墓也。墓之高者曰冢。《周禮》『冢人掌公墓之地』是也。按《釋山》云：『山頂曰冢』，鄭注『冢人』云：『冢，封土爲丘壟，象冢而爲之』，此從《爾雅》說也。許以冢爲高墳之正稱，則不用《爾雅》說。」

陵，《說文》：「大阜也。」段注：「《釋地》《毛傳》皆曰：『大阜曰陵』，《釋名》曰：『陵，隆也』，體隆高也。」

丘，《說文》：「土之高也，非人所爲也。」段注：「《釋丘》曰：『非人爲之丘』，謂非人力所爲也。一曰四方高中央下爲丘，《淮南子‧墬形訓》注曰：『四方而高曰丘』。」

壟（壠），《說文》：「丘壟也。」段注：「高者曰丘壟。《周禮》注曰：『冢，封土爲丘壟也』。《曲禮》：『適墓不登壟』，注曰：『爲其不敬』。壟，冢也。墓，塋域。是則壟非謂墓界也。郭注《方言》曰：『有界埒似耕壟以名之』，此恐方語而非經義也。壟畝之稱，取高起之義引申之耳。」

古代典籍已經把這組詞界定得非常明確。共有的義項爲「埋葬死人之處」，但有的是本義，有的是引申義。即使同爲本義，概念的外延也有所不同。從共有義項與本義的關係遠近來看，「陵」、「丘」本義均爲高大的土山，因其外形與墳封土相似，所以引申而具備了墳上封土的意義，進而發展成「墳」的通稱。因其本義有「高大」這一義素，因此古代常常使用「丘」、「陵」指稱高大的墳墓，尤其是王公貴族和帝王的墳墓。如《墨子·節葬下》「棺槨必重……丘隴必巨」；《呂氏春秋·安死》「世之爲丘壟，其高大若山」；《周禮·春官·冢人》「以爵爲丘封之度」，注「王公曰丘」。《水經·渭水注》「長陵亦曰長山也。秦名天子冢曰山，漢曰陵，故通曰山陵也」；《日知錄·十五·陵》「古王者之葬，稱墓而已……及春秋以降，乃有稱丘者，楚昭王墓，謂之昭丘……《史記·趙世家》：『素侯十五年，起壽陵』……始有稱陵者。至漢則無帝不陵矣」；《國語·齊語》「陵爲之終」，注「以爲葬也」。由此王鳳陽先生總結，戰國時代已有稱「墓」爲「陵」的現象〔註1〕。壟的本義爲田壟，如《史記·陳涉世家》：「輟耕之壟上」，《方言》：「秦晉之間，冢謂之壟」，壟的「墳墓」意義由方言而來。「墳」、「墓」、「冢」三詞存在互訓關係，可以看作同義詞。「墳」、「冢」指高出地面的土堆，即墳上的封土，「墓」則是葬處的通稱，細分又包括「壙」（掩埋死人的墓穴）、「塋」（墓地）、「垗」、「域」（二詞指四面圍起的邊界）。「墓而不墳」意思是只掩埋死人，而不在地上堆起封土。殷及西周時代，還沒有在墓穴上堆出高土堆的習慣，後來所有墳墓都有封土，「墓」和「墳」意義也就等同了。

《三曹文集》中「墳」共四見，其中兩例與「墓」連用，做動詞的賓語。「修墳墓」，「拜墳墓」，可知墳墓作爲通語，指稱埋葬人的地方，而不限於封土之處。另外兩例「墳土未乾」，「墳土」又稱「封土」〔註2〕。埋葬死人之後

〔註1〕 王鳳陽《古辭辨》，吉林文史出版社，1993年，第144頁。

〔註2〕 《警世恒言·莊子休鼓盆成大道》：「再行幾步，忽見一新墳，封土未乾。一年少

墓上堆的土由於新挖出，還有一定濕度。

（1）敬遣丞掾修墳墓，存其子孫，並致薄醊，以彰厥德。（《曹操集·告涿郡太守令》）

（2）上建安十八年至譙，余兄弟從。上拜墳墓，遂乘馬遊觀。（《曹丕集·臨渦賦有序》）

（3）其後敗績喪師，身以疾死，邪臣飾奸，二子相屠，墳土未乾，而宗廟爲墟，其誤至矣。（《曹丕集·典論·奸讒有序》）

（4）常恐先朝露，塡溝壑，墳土未乾，而身名並滅。（《曹植集·求自試表》）

《三曹文集》中「墓」泛指埋葬死人的地點，包含墓穴、封土及界域等。與「陵」連用，可以指帝王諸侯的墳墓，如任城王之墓；也可以泛指墳墓，如太尉橋玄墓。從語法上看，「墓」可以做賓語，可以做狀語，也可以被形容詞修飾，用法靈活。

（5）奉命東征，屯次鄉里，北望貴土，乃心陵墓。（《曹操集·祀故太尉橋玄墓文》）

（6）後徵爲都尉，遷典軍校尉，意遂更欲爲國家討賊立功，欲望封侯作征西將軍，然後題墓道言「漢故征西將軍曹侯之墓」，此其志也。（《曹操集·讓縣自明本志令》）

（7）《周禮》冢人掌公墓之地，凡諸侯居左右以前，卿大夫居後，漢制亦謂之陪陵。（《曹操集·終令》）

（8）汝等時時登銅雀臺，望吾西陵墓田。（《曹操集·遺令》）

（9）先帝躬履節儉，遺詔省約。子以述父爲孝，臣以繼事爲忠。古不墓祭，皆設於廟。（《曹丕集·毀高陵祭殿詔》）

（10）群臣子輔，奪我哀願。猥抑奔墓，俯就權變。卜葬既從，大隧既通。（《曹丕集·武帝哀策文》）

（11）骨無痛癢之知，冢非棲神之宅，禮不墓祭，欲存亡之不黷也。

婦人，渾身編素，坐於此冢之傍，手運齊紈素扇，向冢連扇不已」。

（《曹丕集·典論·終制》）

（12）余道經酈生之墓，聊駐馬，書此文於其碑側也。（《曹植集·
　　　酈生頌序》）

（13）目想官墀，心存平素，彷彿魂神，馳情陵墓。（《曹植集·任
　　　城王誄》）

「冢」通稱墳墓，不僅限於封土。兩例單音節詞都做了主語，另外有複音詞「冢人」和「守冢」，作爲成詞語素「冢」均爲通語「墳墓」義。

（14）《周禮》冢人掌公墓之地，凡諸侯居左右以前，卿大夫居後，
　　　漢制亦謂之陪陵。（《曹操集·終令》）

（15）又爲武、昭、宣、明帝置守冢各三百家。（《曹操集·爲漢帝
　　　置守冢詔》）

（16）骨無痛癢之知，冢非棲神之宅，禮不墓祭，欲存亡之不黷也。
　　　（《曹操集·終制》）

（17）伏以爲陛下既爵臣百僚之右，居藩國之任，爲置卿士，屋名
　　　爲宮，冢名爲陵，不使其危居獨立，無異於凡庶。（《曹植集·
　　　諫取諸國士息表》）

「陵」用於指稱帝王、諸侯及地位顯赫之臣的墳墓，不僅限於封土，通稱墳墓的整體。可以做主語、賓語，可以被形容詞修飾。

（18）汝等時時登銅雀臺，望吾西陵墓田。（《曹操集·遺令》）

（19）喪亂以來，漢氏諸陵無不發堀，至乃燒取玉匣金縷，骸骨並
　　　盡，是焚如之刑，豈不重痛哉！禍由乎厚葬封樹。（《曹丕集·
　　　典論·終制》）

（20）伏以爲陛下既爵臣百僚之右，居藩國之任，爲置卿士，屋名
　　　爲宮，冢名爲陵，不使其危居獨立，無異於凡庶。（《曹植集·
　　　諫取諸國士息表》）

帝王墳墓有專名，生前營造的墳墓稱之爲「壽陵」，功臣墓位於帝王墓旁，稱之爲「陪陵」，曹操墓名爲「高陵」，文帝陵名爲「霸陵」，劉秀墓名爲「原陵」。

（21）其規西門豹祠西原上爲壽陵，因高爲基，不封不樹。（《曹操集・終令》）

（22）《周禮》冢人掌公墓之地，凡諸侯居左右以前，卿大夫居後，漢制亦謂之陪陵。（《曹操集・終令》）

（23）其公卿大臣列將有功者，宜陪壽陵，其廣爲兆域，使足相容。（《曹操集・終令》）

（24）今遷葬於高陵，使使持節兼謁者僕射郎中陳承，追賜號曰鄧公，祠以太牢。（《曹丕集・贈謚鄧哀侯詔》）

（25）古不墓祭，皆設於廟。高陵上殿屋皆毀壞，車馬還廄，衣服藏府，以從先帝儉德之志。（《曹丕集・毀高陵祭殿詔》）

（26）壽陵因山爲體，無爲封樹，無立寢殿，造園邑，通神道。夫葬也者，藏也，欲人之不得見也。（《曹丕集・典論・終制》）

（27）漢文帝之不發，霸陵無求也；光武之掘，原陵封樹也。霸陵之完，功在釋之；原陵之掘，罪在明帝。（《曹丕集・典論・終制》）

綜上，在《三曹文集》中，於「埋葬死人之處」這一範疇，「墓」的用法最靈活，使用頻率最高，概念外延最大，且不限於某一階層專用，可以看作本範疇核心詞。

先秦時期「墳」、「墓」、「冢」使用情況如下：

	尚書	詩經	論語	周禮	禮記	左傳	國語	孟子	呂氏春秋
墳	0	0	0	1	3	0	0	0	2
墓	1	2	0	15	34	16	0	0	6
冢	0	0	0	2	0	0	0	0	2

《尚書》中「墳」僅一見，《毛傳》「色黑而墳起」，陸德明《釋文》引馬融「（墳）有膏肥也」，意思是土地肥沃，「墳」爲「凸起、高起」義，與「埋葬死人之處」無關。「墓」指墓穴的部分，「封比干墓」是爲比干的墳墓堆土，在墓穴上堆出土山一樣的形狀。「冢」共10見，無「墳墓」意義。

（1）厥土黑墳，厥草惟繇。（《尚書・禹貢》）

（2）乃反商政，政由舊。釋箕子囚，封比干墓，式商容閭。（《尚
書‧周書‧武成》）

《詩經》中「墳」共三例，兩例爲「堤岸」的意思。另外一例與「首」搭
配，《毛傳》「墳，大也」，朱熹《集傳》「羊瘠則首大也」。另一說法，「墳」當
讀「羒羊」之「羒」，是雌羊的意思。三例均與「封土」、「墓穴」無關。

（3）遵彼汝墳，伐其條枚；未見君子，惄如調飢。遵彼汝墳，伐
其條肄；既見君子，不我遐棄。（《詩經‧國風‧汝墳》）

（4）牂羊墳首。三星在罶。人可以食，鮮可以飽。（《詩經‧小雅‧
苕之華》）

「墓」共兩例。「墓門」，鄭玄箋「墓道之門」。「墓道」是墓前或墓室前的
甬道，「墓」指稱墓穴的部分，即放棺槨的地方。

（5）墓門有棘，斧以斯之。夫也不良，國人知之。知而不已，誰
昔然矣。墓門有梅，有鴞萃止。夫也不良，歌以訊之。（《國
風‧陳風‧墓門》）

「山冢」，鄭玄注「山頂曰冢」。「冢土」，大社。社是祭土神的壇。「冢
宰」，朱熹《集傳》「冢宰，又眾長之長也」。三例詞義均與「埋葬死人之處」
無關。

（6）燁燁震電，不寧不令。百川沸騰，山冢崒崩。（《詩經‧小雅‧
十月之交》）

（7）乃立皋門，皋門有伉。乃立應門，應門將將。乃立冢土，戎
醜攸行。（《詩經‧大雅‧綿》）

（8）旱既大甚，散無友紀。鞫哉庶正，疚哉冢宰。（《詩經‧大雅‧
雲漢》）

《論語》中不見「墳」、「墓」用例，「冢」一例，「冢宰」，與「埋葬死人
之處」義項無關。

（9）子曰：「何必高宗，古之人皆然。君薨，百官總己以聽於冢宰
三年。」（《論語‧憲問》）

《周禮》「冢人」一例。「墓位、墓域、墓禁、祭墓、葬於墓、墓之地域」，

這些搭配說明「墓」不僅限於墓穴的部分，墓區整體都可以用「墓」指稱。從語法上看，「墓」的使用也非常靈活，可以做主語、動詞賓語、介詞賓語、定語。

（10）遂入藏兇器，正墓位，躍墓域，守墓禁。凡祭墓爲尸。凡諸侯及諸臣葬於墓者，授之兆，爲之躍，均其禁。（《周禮・春官宗伯》）

（11）載「墓大夫掌凡邦墓之地域，爲之圖。令國民族葬，而掌其禁令，正其位，掌其度數，使皆有私地域。」（《周禮・春官宗伯》）

《禮記》中「墓而不墳」，「墓」指墓穴，「墳」指封土，二詞均爲動詞。除此例外，另外兩例中「墳」與「墓」連用，表示「埋葬死人之處」的通稱。「墓」通指墳墓整體，不限於墓穴部分。

（12）適墓不歌，哭日不歌。（《禮記・曲禮》）

（13）孔子既得合葬於防，曰：「吾聞之，古也墓而不墳。今丘也，東西南北之人也，不可以弗識也。」於是封之，崇四尺。孔子先反，門人後，雨甚至。孔子問焉，曰：「爾來何遲也？」曰：「防墓崩。」孔子不應。（《禮記・檀弓上》）（防墓：孔子父母合葬處）

（14）曾子曰：「朋友之墓，有宿草而不哭焉。」（《禮記・檀弓上》）

（15）易墓非古也。（《禮記・檀弓上》）

（16）子游曰：「飯於牖下，小斂於戶內，大斂於阼，殯於客位，祖於庭，葬於墓，所以即遠也。故喪事有進而無退。」（《禮記・檀弓上》）

（17）既反哭，主人與有司視虞牲，有司以几筵舍奠於墓左，反，日中而虞。（《禮記・檀弓下》）

（18）晏子一狐裘三十年，遣車一乘，及墓而反。（《禮記・檀弓下》）

（19）國昭子之母死，問於子張曰：葬及墓，男子、婦人安位？（《禮記・檀弓下》）

（20）吾聞之也，去國則哭於墓而後行，反其國不哭，展墓而入。
（《禮記·檀弓下》）

（21）孔子過泰山側，有婦人哭於墓者而哀。（《禮記·檀弓下》）

（22）墟墓之間，未施哀於民而民哀。（《禮記·檀弓下》）

（23）田裏不粥，墓地不請。（《禮記·王制》）

（24）望墓而爲壇，以時祭。若宗子死，告於墓而後祭於家。（《禮記·曾子問》）

（25）今墓遠，則其葬也如之何？（《禮記·曾子問》）

（26）奔兄弟之喪，先之墓而後之家，爲位而哭。所知之喪，則哭於宮而後之墓。（《禮記·喪服小記》）

《孟子》中不見「墳」、「墓」用例，「冢」一例，引用《論語》。

《左傳》「墳」兩例，「冢」6見，均不用於「埋葬死人之處」。

（27）公田，姬寘諸宮六日。公至，毒而獻之。公祭之地，地墳。
（《左傳·僖公四年》）

（28）左史倚相趨過，王曰：「是良史也，子善視之！是能讀《三墳》、《五典》、《八索》、《九丘》。（《左傳·昭公十二年》）

「墓」凡17見，其中一例爲春秋時鄭國城門名，其餘皆與「埋葬死人之處」相關。

《國語》「墳」一例，爲「高出、鼓起」的意思。「冢君」，《尚書·泰誓》孔傳「冢，大……稱大君，尊之」。「冢君」是對列國君主的敬稱。二詞詞義均與「埋葬死人之處」無關。

（29）公田，驪姬受福，乃寘鴆於酒，寘堇於肉。公至，召申生獻，公祭之地，地墳。（《國語·晉語》）

（30）唯謝、郟之間，其冢君侈驕，其民怠沓其君，而未及周德。
（《國語·鄭語》）

《呂氏春秋》「鞭墳」，「墳」可通指墳墓，也可特指封土部分。「冢」被挖掘，被挖的部分是墓穴，顯然「冢」此時已具備通指功用。

（31）昭王出奔隨，遂有郢。親射王宮，鞭荊平之墳三百。（《呂氏

春秋・首時》)

（32）故宋未亡而東冢抇，齊未亡而莊公冢抇。(《呂氏春秋・安
死》)

戰國末期「墓」可以做「舍、奔、至、以、哭、於、遷、掘、豎、司」
等動詞或介詞的賓語，可以被人稱代詞「爾、吾、其」修飾，用法靈活。從
意義上看，仍保留了「墓穴」的意義，同時也具備通指的功能。指稱「墓穴」
的如：

（33）昔王季歷葬於渦山之尾，欒水齧其墓，見棺之前和。高誘
注：「棺頭曰和。」(《呂氏春秋・開春》)

指稱墳墓整體及界域，包括「墓穴」、「封土」：

（34）公使謂之曰：「爾何知，中壽，爾墓之木拱矣！」蹇叔之子與
師，哭而送之，曰：「晉人禦師必於殽，殽有二陵焉。其南陵，
夏后皋之墓也：其北陵，文王之所辟風雨也。」(《左傳・僖
公三十二年》)

（35）夏四月，葬楚康王，公及陳侯、鄭伯、許男送葬，至於西門
之外，諸侯之大夫皆至於墓。(《左傳・襄公二十九年》)

（36）司墓之室有當道者，毀之則朝而塴，弗毀則日中而塴。(《左
傳・昭公十二年》)

（37）覆命哭墓，復位而待。(《左傳・昭公二十六年》)

（38）秋，七月癸巳，葬昭公於墓道南。孔子之為司寇也，溝而合
諸墓。(《左傳・定公元年》)

（39）蔡侯告大夫，殺公子駟以說，哭而遷墓。(《左傳・哀公二年》)

（40）將死，曰：「樹吾墓檟，檟可材也，吳其亡乎！三年，其始弱
矣，盈必毀，天之道也。」(《左傳・哀公十一年》)

（41）掘褚師定子之墓，焚之於平莊之上。(《左傳・哀公二十六
年》)

（42）自古及今，未有不亡之國，亦無不掘之墓也。(《呂氏春秋・
孟冬》)

（43）又視名丘大墓葬之厚者，求舍便居，以微扣之，日夜不休，必得所利，相與分之。（《呂氏春秋・安死》）

（44）小夫死，以上至大夫，其官級一等，其墓樹級一樹。（《商君書・境內》）

指稱「下葬的土地」：

（45）衛侯賜北宮喜謚曰貞子，賜析朱鉏謚曰成子，而以齊氏之墓予之。（《左傳・昭公二十年》）

指稱「墓區」：

（46）晉侯圍曹，門焉，多死，曹人尸諸城上，晉侯患之，聽輿人之謀，稱「舍於墓。」（《左傳・僖公二十八年》）

（47）陳侯扶其大子偃師奔墓，遇司馬桓子，曰：「載余！」（《左傳・襄公二十五年》）

（48）與其妻扶其母以奔墓，亦免。（《左傳・襄公二十七年》）

（49）崔明夜辟諸大墓。辛巳，崔明來奔，慶封當國。（《左傳・襄公二十七年》）

（50）公曰：「余不忍也。」與臧孫如墓謀，遂行。（《左傳・昭公二十五年》）

「墳、墓」的連用使「墳」同「墓」一樣，可以作爲通稱。

（51）一曰媺（美）宮室，二曰族墳墓，三曰聯兄弟，四曰聯師儒，五曰聯朋友，六曰聯朋友，六曰同衣服。（《周禮・地官・司徒》）

（52）喪不過三年，苴衰不補，墳墓不培。祥之日，鼓素琴，告民有終也。（《禮記・喪服四制》）

（53）至於國邑之郊，不虐五穀，不掘墳墓，不伐樹木，不燒積聚，不焚室屋，不取六畜。（《呂氏春秋・孟秋》）

兩漢時期「墳」、「墓」、「冢」使用情況如下：

	淮南子	史記	漢書	論衡
墳	1	7	18	0
墓	6	32	26	36
冢	1	0	60	6

《淮南子》中「墳」、「墓」連用，爲通稱，是對封土與墓穴的總稱。「墓」可以作爲通稱，也可以看作墓穴的位置。「發墓」，挖掘墳墓，著重強調挖墓穴的位置。二詞均做賓語。

（1）掘墳墓，揚人骸；大衝車，高重京；除戰道，便死路；犯嚴敵，殘不義：百往一反，名聲苟盛也。（《淮南子・覽冥訓》）

（2）武王伐紂，發鉅橋之粟，散鹿臺之錢，封比干之墓，表商容之閭，朝成湯之廟，解箕子之囚。（《淮南子・主術訓》）

（3）昔武王伐紂，破之牧野，乃封比干之墓，表商容之閭，柴箕子之門。（《淮南子・道應訓》）

（4）天下縣官法曰：「發墓者誅，竊盜者刑。」（《淮南子・泛論》）

（5）周處酆鎬之地，方不過百里，而誓紂牧之野，入據殷國，朝成湯之廟，表商容之閭，封比干之墓，解箕子之囚。（《淮南子・泰族訓》）

（6）闔閭伐楚，五戰入郢，燒高府之粟，破九龍之鍾，鞭荊平王之墓，舍昭王之宮。（《淮南子・泰族訓》）

「冢」僅一例，爲「隴（壟）」的同義詞，指稱墳墓。也進一步地說明了二詞隸屬不同的方言區。

（7）或謂冢，或謂隴；或謂笠，或謂簦。（《淮南子・說林訓》）

《史記》中「墳」可看作通稱，但用例少，只與「墓」連用。「墓」的用法與戰國末期相同，可與「墳」、「丘」、「壟」連用，作爲通稱。帝王的墳墓也可稱之爲「墓」。

（8）治霸陵皆以瓦器，不得以金銀銅錫爲飾，不治墳，欲爲省，毋煩民。（《史記・孝文本紀》）

（9）陸生因進說他曰：「足下中國人，親戚昆弟墳在眞定。」（《史

記・酈生陸賈列傳》）

（10）操行之不得兮，墳墓蕪穢而不脩兮，魂無歸而不食。（《史記・司馬相如列傳》）

（11）覆命，哭僚墓，復位而待。（《史記・吳太伯世家》）

（12）將死，曰：「樹吾墓上以梓，令可爲器。抉吾眼置之吳東門，以觀越之滅吳也。」（《史記・吳太伯世家》）

（13）及昭公卒，子舍立，孤弱，即與眾十月即墓上弒齊君舍，而商人自立，是爲懿公。（《史記・齊太公世家》）

（14）秦破韓宜陽，而韓猶復事秦者，以先王墓在平陽，而秦之武遂去之七十里，以故尤畏秦。（《史記・楚世家》）

（15）二十一年，秦將白起遂拔我郢，燒先王墓夷陵。（《史記・楚世家》）

（16）昔者楚昭王時而申包胥爲楚卻吳軍，楚王封之以荊五千戶，包胥辭不受，爲丘墓之寄於荊也。（《史記・范雎蔡澤列傳》）

（17）燕軍盡掘壟墓，燒死人。即墨人從城上望見，皆涕泣，俱欲出戰，怒自十倍。（《史記・田單列傳》）

（18）且秦復得志於天下，則齮齕用事者墳墓矣。（《史記・田單列傳》）

《漢書》中的「墳」保留了「封土」之意。

（19）且死，分施宗族故舊，薄葬不起墳。（《漢書・張湯傳》）

（20）爲四尺墳，遇雨而崩。（《漢書・楚元王交附傳》）

（21）孝文皇帝去墳薄葬，以儉安神，可以爲則；秦昭、始皇增山厚臧，以侈生害，足以爲戒。（《漢書・楚元王交附傳》）

「墓」的概念外延則更爲廣闊，可以與「墳、丘、冢」連用，通指墳墓；可以泛指墳墓，包括庶人及君主之墓；可以指墓穴的位置。

（22）昔季武子成寢，杜氏之墓在西階下，請合葬而許之。（《漢書・外戚傳》）

（23）操行之不得，墓蕪穢而不修兮，魂亡歸而不食。（《漢書・司

馬相如傳》)

（24）其後，買臣獨行歌道中，負薪墓間。（《漢書‧朱買臣傳》）

（25）於是太守殺牛自祭孝婦冢，因表其墓，天立大雨，歲孰。
（《漢書‧于定國傳》）

（26）且盛荊棘之林，而長養麋鹿，廣狐兔之苑，大虎狼之虛，又
壞人冢墓，發人室廬，令幼弱懷土而思，耆老泣涕而悲，是
其不可二也。（《漢書‧東方朔傳》）

（27）且夫天下遊士，離親戚，棄墳墓，去故舊，從陛下者，但日
夜望咫尺之地。（《漢書‧張良傳》）

（28）僕以口語遇遭此禍，重爲鄉黨戮笑，污辱先人，亦何面目復
上父母之丘墓乎？（《漢書‧司馬遷傳》）

　　「冢」在《漢書》中數量龐大，用於人名後專指某人墳墓共 16 例。均用於
「埋葬死人之處」的意義，且不限於封土，可看作通稱。在句中充當主語和賓
語。

（29）漢復得匈奴降者，言烏桓嘗發先單于冢，匈奴怨之，方發二
萬騎擊烏桓。（《漢書‧匈奴傳》）

（30）共王母、丁姬前不臣妾，至葬渭陵，冢高與元帝山齊，懷帝
太后、皇太太后璽綬以葬，不應禮。（《漢書‧外戚傳》）

（31）又數侵奪人田，壞人冢以爲田。（《漢書‧淮南衡山濟北王傳》）

（32）上悼之，發屬國玄甲，軍陳自長安至茂陵，爲冢象祁連山。
（《漢書‧衛青霍去病傳》）

　　《論衡》中未見「墳」用例，「墓」與「田」、「宅」對用，確立了通稱的意
義。「墓」做主語的例子增多。

（33）孔子當泗水而葬，泗水爲之卻流。此言孔子之德，能使水卻，
不湍其墓也。（《論衡‧書虛》）

（34）使死有知，必恚人不修也。孔子知之，宜輒修墓，以喜魂神，
然而不修，聖人明審，曉其無知也。（《論衡‧論死》）

（35）人病見鬼來，象其墓中死人來迎呼之者，宅中之六畜也。（《論

衡・訂鬼》)

（36）歲凶之時，掘丘墓取衣物者以千萬物數，死人必有知，人奪
　　　其衣物，倮其屍骸，時不能禁，後亦不能報。(《論衡・死僞》)

（37）夫墓，死人所藏；田，人所飲食；宅，人所居處，三者於人，
　　　吉凶宜等。(《論衡・四諱》)

（38）墓者，鬼神所在，祭祀之處。(《論衡・四諱》)

（39）初死藏尸於棺，少久藏棺於墓。墓與棺何別？斂與葬何異？
　　　斂於棺不避凶，葬於墓獨求吉。(《論衡・譏日》)

（40）後百年，當有天子宮挟我墓。(《論衡・實知》)

「冢」在《論衡》中均用於「埋葬死人之處」的意義，且不限於封土，可看作通稱。「冢」的用法也更加多樣，可以做主語、賓語、定語，謂語動詞可以是「立」、「修」。出現了「丘」、「冢」連用的搭配，與戰國時代相比核心意義發生了轉變。

（41）徐君好其寶劍，未之即予。還而徐君死，解劍帶冢樹而去。
　　　(《論衡・書虛》)

（42）河、泗之濱，立冢非一，水涌崩壞，棺槨露見，不可勝數，
　　　皆欲復見百姓者乎？(《論衡・死僞》)

（43）蘇秦爲燕，使齊國之民高大丘冢，多藏財物，蘇秦身弗以勸
　　　勉之。(《論衡・薄葬》)

（44）毋相代掃，爲修冢之人，冀人來代己也。(《論衡・四諱》)

從先秦至兩漢時期，「墓」一直作爲「埋葬死人之處」這一語義範疇的基本範疇詞，《世說新語》中依然如此。「墳」、「冢」各1例，通稱墳墓整體。「墓」16例，可以做主語，做賓語時謂語動詞可以是「拜、至、經、斷」；可以與方位名詞「上、下、左、後、邊」等搭配，表示方位。概念範疇包括墓穴到墓區的範圍。

（45）北阜烈烈，巨海混混；壘壘三墳，唯母與昆。(《世說新語・
　　　巧藝》)

（46）晉明帝解占冢宅，聞郭璞爲人葬，帝微服往看，因問主人：

「何以葬龍角？此法當滅族！」（《世說新語‧巧藝》）

（47）顧長康拜桓宣武墓，作詩云：「山崩溟海竭，魚鳥將何依。」
（《世說新語‧箋疏》）

（48）王仲祖、謝仁祖、劉眞長俱至丹陽墓所省殷揚州，殊有確然
之志。（《世說新語‧識鑒》）

（49）王恭隨父在會稽，王大自都來拜墓，恭暫往墓下看之。（《世
說新語‧識鑒》）

（50）杜弘治墓崩，哀容不稱。（《世說新語‧賞譽》）

（51）桓溫行經王敦墓邊過，望之云：「可兒！可兒！」（《世說新
語‧賞譽》）

（52）居在臨海，住兄侍中墓下。（《世說新語‧棲逸》）

（53）祐惡其言，遂偃斷墓後，以壞其勢。（《世說新語‧術解》）

（54）郭景純過江，居於暨陽，墓去水不盈百步，時人以爲近水。
（《世說新語‧術解》）

東漢譯經中已出現了「冢」、「墓」連用的形式。《大藏經》中收錄的自東漢
至中古時期佛經中「墓」共10例，「墳」未出現。在口語中，「墓」的使用頻率
與書面語一致。

（55）屋室眾具。皆似塚墓。驚走趣戶。戶輒自開。（《中本起經》）

（56）昔者比丘。飯畢澡漱。入深山丘墓間樹下坐。（《六度集經》）

（57）彼以子故求禱諸神，或踞舍神城神階陌諸神，或踞諸神先祖
父母、山神樹神天地神，下至墓堆穢惡之神，盡向跪拜，意
不充願亦不生子，晝夜愁憂漸以生疾。（《出曜經》）

綜上所述，自先秦時期開始，「墓」就是「埋葬死人之處」這一語義範疇
的基本範疇詞。從語義方面考察，「墳」、「冢」的初始意義均與墳墓無關，由
於二詞皆有「高」這一義素，後來引申發展成爲墳墓上封土的部分，進而演
化成墳墓整體的通稱。「墓」的概念更爲豐富，起初僅指墓穴的部分，在《周
禮》中，「墓」展現出極大的靈活性，可以與其它名詞搭配，具體地指稱整體
墓地的某一個區域，與動詞搭配表示人與墳墓發生的聯繫。《禮記》中「墳」、

「墓」的動詞用法是臨時活用，由被否定副詞「不」修飾而來，後來的典籍中未見動詞用法，詞性穩定。從《禮記》開始，由於與「墓」連用，「墳」也可以用來指稱墓地整體，包括墓穴、封土與界域。《周禮》中有「冢人」，《呂氏春秋》中「冢」首見於單獨表意，並與方位動詞搭配，通指墳墓。戰國末期，三詞詞義均可作爲通稱，但「墓」的動賓搭配更多元，可以被人稱代詞修飾。直至漢代，「墓」的基本範疇詞地位依舊未改變，《三曹文集》中的用例就是這一現象的反映，《世說新語》及中古佛經也證實了，書面語和口語中對「墓」的使用是一致的。

「墓」之所以一直佔據基本範疇詞這一地位，其原因可能在於如下三點。

首先，「墓」最初的意義便與「埋葬死人之處」相關，雖然開始時只是指墳墓的一部分，但長時間內沒有其它詞語與之競爭，使這一詞語得以持續使用。雖然這組詞詞性穩定，「墓」並沒有出現其它詞所不具備的詞性，但從詞語的搭配來看，「墓」做賓語時謂語動詞多樣，並且可以與人稱代詞、方位名詞等配合使用，這也爲單音詞向複音詞的轉化奠定了基礎。

其次，雖然「墓」可以指稱墓穴、墓上封土、墓地界域乃至墓區，但詞義單一，意義均與「埋葬死人之處」有關，即使理解有所偏差，也不會造成較大的錯誤。其它詞語則義項更豐富，在單音節占主體的上古時代，比「墓」更容易產生歧義。

《方言》：「凡葬而無墳謂之墓，所以『墓』謂之『撫』」，這是從語音上解釋了「墓」得名來源，並未提及「墓」的使用區域，這說明「墓」作爲通語通行於中原地區。與之相比，秦晉之間稱「墳、壟」，自關而東稱「丘」。隨著政治中心的東移及政權的分裂，方言並不適於普及，使用通語更方便交際。

2.2 舟、船

要點：《三曹文集》中，「舟」、「船」、「航」、「艨衝」、「舳艫」等五個詞在「水上交通工具」這個語義範疇內有同義關係。從使用頻率和搭配能力方面考察，「舟」、「船」二詞爲基本範疇詞。這兩個詞存在歷史替換關係。

「舟」共 11 見，只有本語義範疇的一個義位。

「船」共見 12 見，僅一個義位。

「航」僅1見。「孫權重遣使稱臣，奉貢明珠百筐，黃金千鎰，馴象二頭，或牝或牡，擾禽鸚鵡，其它珍玩，盈舟溢航，千類萬品。」（《曹丕集‧與王朗書》）「盈」、「溢」同義，「舟」、「航」同義，這是一種同義互文的修辭方式。「航」是一種方舟。

「艨衝」僅 1 見。「諸私家不得有艨衝等船。」（《曹操集‧善繕令》）東漢劉熙《釋名‧釋船》載：「外狹而長曰蒙衝，以衝突敵船也。」可見蒙衝船形狹而長，航速快，專用以突擊敵方船隻，是一種具有良好防護的進攻性快艇。

「舳艫」兩見。其一特指首尾銜接的船隻（舳：指船尾；艫：指船頭）：「中軍、征南，攻圍江陵，左將軍張郃等舳艫直渡，擊其南渚，賊赴水溺死者數千人。」（《曹丕集‧敕還師詔》）另一例泛指船隻。「建安十四年，王師自譙東征，大興水運，泛舟萬艘。時予從行，始入淮口，行泊東山。覘師徒，觀旌帆，赫哉盛矣！雖孝武盛唐之狩，舳艫千里，殆不過也。」（《曹丕集‧浮淮賦有序》）李斐注：「舳，船後持柂處也。艫，船前頭刺櫂處也。言其船多，前後相銜，千里不絕也。」

「舟」，《說文》「船也。古者，共鼓、貨狄，刳木爲舟，剡木爲楫，以濟不通。象形。凡舟之屬皆從舟」。段注：「船也。《邶風》『方之舟之』，傳曰『舟，船也。古人言舟，漢人言船』。毛以今語釋古，故云舟即今之船也。不傳於《柏舟》而傳於此者，以見方之爲泭而非船也。《考工記》故書『舟』作『周』。」《方言》：「關西謂之船，關東謂之舟。今吳越皆謂之船。」《說文解字義證》：「小曰舟，大曰船。」

船，《說文》「舟也」。段注：「舟也，二篆爲轉注。古言舟，今言船。如古言屨，今言鞋。舟之言周旋也。」《釋名》「船，循也，循水而行也。」

綜合前代典籍，「舟」、「船」互訓確立了同義詞關係。二者區別主要在於，「舟」先秦時已有，後來才開始稱「船」。二者同時也是不同方言區對同一事物的稱法，關西叫「船」，關東叫「舟」。從體積大小判斷，「舟」小「船」大。

《三曹文集》中「舟」出現了11次。從語義上判斷，「舟」並不一定是小船。如「明珠百筐，黃金千鎰，馴象二頭，或牝或牡，擾禽鸚鵡，其它珍玩，盈舟溢航」，極言禮品之多，可以承載這些物品的船隻不會太小。另外，「舟」

還作為水上交通工具，和陸地上的交通工具對文，泛指一切船隻。「舟」、「船」還出現了連用的情況，這些用例說明，在「三曹」作品創作的時代，「舟」小「船」大已不是絕對現象。

（1）仰啖芳芝，俛漱清流。巨魚橫奔，厥勢吞舟。（《曹丕集·滄海賦》）

（2）建安十四年，王師自譙東征，大興水運，泛舟萬艘。時予從行，始入淮口，行泊東山。覩師徒，觀旌帆，赫哉盛矣！雖孝武盛唐之狩，舳艫千里，殆不過也。（《曹丕集·浮淮賦有序》）

（3）浮飛舟之萬艘兮，建干將之銛戈。（《曹丕集·浮淮賦有序》）

（4）接舡以水攻陣，六軍以陸橫擊。征南進軍，以圍江陵，多獲舟船，斬首執俘，降者盈路，牛酒日至。（《曹丕集·伐吳詔》）

（5）其舟隊今已向濟，今車駕自東，為之瞻鎮。雲行天步，乘釁而運。賊進退道迫，首尾有難。（《曹丕集·伐吳詔》）

（6）孫權重遣使稱臣，奉貢明珠百筐，黃金千鎰，馴象二頭，或牝或牡，擾禽鸚鵡，其它珍玩，盈舟溢航，千類萬品。（《曹丕集·與王朗書》）

（7）禹濟於河，黃龍負船。舟人並懼，禹歎仰天。（《曹植集·禹渡河贊》）

（8）若使陛下出不世之詔，效臣錐刀之用，使得西屬大將軍，當一校之隊；若東屬大司馬，統偏師之任，必乘危蹈險，騁舟奮驪，突刃觸鋒，為士卒先。（《曹植集·求自試表》）

（9）群乘舟而無檝，將何川而能度？（《曹植集·九詠》）

（10）停舟兮焉待？舉帆兮安追？（《曹植集·九詠佚文十六則》）

（11）今足下曾無矯矢理綸之謀，徒欲候其離舟，伺其登陸，乃圖並吳會之地，牧東野之民，恐非主上授節將軍之心也。（《曹植集·與司馬仲達書》）

同樣地，「船」的體積並不一定大。「船」有艦船等大的用於作戰的船隻，

也有穿行於荷葉間的小船。「艨衝等船」這一用例說明「船」也可作為通稱。

（12）赤壁之役，值有疾病，孤燒船自退，橫使周瑜虛獲此名。（《曹操集·與孫權書》）

（13）雷鼓一通，吏士皆嚴。再通，什伍皆就船，整持櫓棹，戰士各持兵器就船，各當其所。幢幡旗鼓，各隨將所載船。鼓三通鳴，大小戰船以次發，左不得至右，右不得至左，前後不得易（處）。（《曹操集·船戰令》）

（14）諸私家不得有艨衝等船。（《曹操集·營繕令》）

（15）征南進軍，以圍江陵，多獲舟船，斬首執俘，降者盈路，牛酒日至。（《曹丕集·伐吳詔》）

（16）今征東諸軍與權黨呂範等水戰，則斬首四萬，獲船萬艘。（《曹丕集·敕還師詔》）

（17）昔冥勤其官而水死，稷勤百穀而山死。故尚書僕射杜畿，於孟津試船，遂至覆沒，忠之至也。（《曹丕集·追贈杜畿詔》）

（18）知已選擇見船，最大樟材者六艘，受五百石，從沔水送付樊口。（《曹丕集·與孫權書》）

（19）禹濟於河，黃龍負船。（《曹植集·禹渡河贊》）

（20）恝流兮遠邁，具船兮荷蓋。（《曹植集·九詠佚文十六則》）

先秦時期「舟」、「船」使用情況如下：

	尚書	詩經	論語	周禮	禮記	左傳	國語	孟子	呂氏春秋
舟	3	13	1	2	6	31	13	0	27
船	0	0	0	0	0	0	0	0	12

在先秦時期，「舟」在「水上交通工具」這一範疇之內是核心詞，「船」出現時間在戰國時期，最早見於諸子作品。

《尚書》中的「舟」用作名詞，與「楫」連用，泛指水上交通工具。

（1）無若丹朱傲，惟慢遊是好，傲虐是作，罔晝夜額額，罔水行舟，朋淫於家，用殄厥世。（《尚書·益稷》）

（2）爾惟自鞠自苦，若乘舟，汝弗濟，臭厥載。（《尚書·盤庚中》）

（3）若金，用汝作礪；若濟巨川，用汝作舟楫；若歲大旱，用汝
　　　作霖雨。（《尚書・説命上》）

　　《詩經》中「舟」第一次出現動詞用法，表示渡過，「方之舟之」。「舟」
前面多次出現樹木名詞，表示船隻的材質。《周易・繫辭下》：「刳木爲舟，剡
木爲楫，舟楫之利，以濟不通。」孔穎達疏：「舟必用大木刳鑿其中，故云刳
木也。」段玉裁《說文解字注》：「其始見本空之木用爲舟，其後因刳木以爲
舟。」「舟」是用一棵本來就空或者人工挖空的樹製成，所以初期的確有「小」
這一義素。製「舟」的木材並沒有特別要求。「舟子」、「舟人」用來稱呼以划
船爲職業的人。

（4）汎彼柏舟，亦汎其流。耿耿不寐，如有隱憂。微我無酒，以
　　　敖以遊。（《詩經・邶風・柏舟》）

（5）招招舟子，人涉卬否。不涉卬否，卬須我友。（《詩經・邶風・
　　　匏有苦葉》）

（6）就其深矣，方之舟之。就其淺矣，泳之遊之。（《詩經・邶風・
　　　谷風》）

（7）二子乘舟，汎汎其景。願言思子，中心養養！二子乘舟，汎
　　　汎其逝。願言思子，不瑕有害？（《詩經・邶風・二子乘舟》）

（8）淇水滺滺，檜楫松舟。駕言出遊，以寫我憂。（《詩經・衛風・
　　　竹竿》）

（9）汎汎楊舟，載沈載浮，既見君子，我心則休。（《詩經・小雅・
　　　菁菁者莪》）

（10）舟人之子，熊羆是裘。私人之子，百僚是試。（《詩經・小雅・
　　　大東》）

（11）大邦有子，俔天之妹。文定厥祥，親迎於渭。造舟爲梁，不
　　　顯其光。（《詩經・大雅・大明》）（朱熹《集傳》：「文，禮；
　　　祥，吉也。言卜得吉而以納幣之禮，定其祥也。造，作；梁，
　　　橋也。作船於水，比之而加版於其上，以通行者，即今之浮
　　　橋也。傳曰：天子造舟，諸侯維舟，大夫方舟，士特舟。張
　　　子曰：造舟爲梁，文王所制，而周世遂以爲天子之禮也。」）

（12）淠彼涇舟，烝徒楫之。周王於邁，六師及之。（《詩經·大雅·文王之什》）

（13）陟則在巘，復降在原。何以舟之？維玉及瑤，鞞琫容刀。（《詩經·大雅·生民之什》）

（14）南宮适問於孔子曰：「羿善射，奡盪舟，俱不得其死然。禹、稷躬稼，而有天下。」（《論語·憲問》）（盪舟即覆舟，謂澆力大能盪覆敵舟。）

《周禮》兩例與「車」連用或對用，分別通稱水上和陸地上的交通工具。

（15）凡道路之舟、車轚互者，敘而行之。（《周禮·秋官·司寇》）

（16）爍金以為刃，凝土以為器，作車以行陸，作舟以行水，此皆聖人之所作也。（《周禮·冬官·考工記》）

《禮記》中「道而不徑，舟而不遊」，「舟」做動詞，乘船的意思，並且說明「舟」並不一定是小船。從語法上看，「舟」也可以做主語。

（17）命舟牧覆舟，五覆五反。乃告「舟備具」於天子焉，天子始乘舟。（《禮記·月令》）

（18）壹舉足而不敢忘父母，是故道而不徑，舟而不游，不敢以先父母之遺體行殆。（《禮記·祭義》）（《呂氏春秋·孝行》：「故舟而不游，道而不徑，能全支體以守宗廟，可謂孝矣。」高誘注：「濟水載舟不游涉，行道不從邪徑，為免沒溺畏險之害。」）

（19）是以聲名洋溢乎中國，施及蠻貊；舟車所至，人力所通；天之所覆，地之所載，日月所照，霜露所隊。（《禮記·中庸》）

《左傳》及《國語》中「舟」可做動詞「乘、泛、焚、具、爭、為、牂、守、觀、見、造、舍、同、與」等的賓語，搭配靈活。「舟」不僅可以供渡河之用，還可用於遊玩、裝載運輸，並大規模用於征戰。作為南方國家的主要交通工具，「舟」也有專用道。為了區分「舟」的用途，還在前面加上修飾性的形容詞，「大舟」用於征戰，「輕舟」用於遊樂。

（20）秦於是乎輸粟於晉，自雍及絳相繼，命之曰「汎舟之役」。

（《左傳‧僖公十三年》）

（21）秦伯伐晉，濟河焚舟，取王官及郊，晉人不出。（《左傳‧文公三年》）

（22）趙嬰齊使其徒先具舟於河，故敗而先濟。（《左傳‧成公四年》）

（23）中軍下軍爭舟，舟中之指可掬也。（《左傳‧宣公十二年》）

（24）夏，楚子爲舟師以伐吳，不爲軍政，無功而還。（《左傳‧襄公二十四年》）

（25）陳無宇濟水，而戕舟發梁。（《左傳.襄公二十八年》）（發梁，摧毀或撤去橋梁）

（26）吳人伐越，獲俘焉，以爲閽，使守舟。吳子餘祭觀舟，閽以刀弒之。（《左傳‧襄公二十九年》）

（27）後子享晉侯，造舟於河，十里舍車，自雍及絳。（《左傳‧昭公元年》）

（28）因群喪職之族，啓越大夫常壽過作亂，圍固城，克息舟，城而居之。（《左傳‧昭公十三年》）

（29）山林之木，衡鹿守之；澤之萑蒲，舟鮫守之；藪之薪蒸，虞候守之。（《左傳‧昭公二十年》）

（30）楚囊瓦伐吳，師於豫章。吳人見舟於豫章，而潛師於巢。（《左傳‧定公二年》）

（31）蔡侯、吳子、唐侯伐楚，舍舟於淮汭，自豫章與楚夾漢。《左傳‧定公四年》

（32）鍼尹固與王同舟，王使執燧象以奔吳師。（《左傳‧定公四年》）

（33）王之奔隨也，將涉於成臼，藍尹亹涉其帑，不與王舟。及寧，王欲殺之。（《左傳‧定公五年》）

（34）昔闔廬食不二味，居不重席，室不崇壇，器不彤鏤，宮室不觀，舟車不飾，衣服財用，擇不取費。（《左傳‧哀公元年》）

（35）比其復也，君無乃勤？爲僕人之未次，請除館於舟道。（《左傳·哀公二十一年》）

（36）越王句踐乃率中軍泝江以襲吳，入其郛，焚其姑蘇，徙其大舟。（《國語·吳語》）

（37）明日將舟戰於江，及昏，乃命左軍銜枚泝江五里以須，亦令右軍銜枚泝江五里以須。（《國語·吳語》）

（38）臣聞之：賈人夏則資皮，冬則資絺，旱則資舟，水則資車，以待乏也。（《國語·越語》）

（39）夫越國，吾攻而勝之，吾能居其地，吾能乘其舟。（《國語·越語》）

（40）句踐載稻與脂於舟以行，國之孺子之遊者，無不哺也，無不歡也，必問其名。（《國語·越語》）（此句體現了舟的裝載作用）

（41）吾百姓之不圖，唯舟與車。（《國語·越語》）

（42）具舟除隧，不共有法。（《國語·魯語下》）

（43）遂乘輕舟以浮於五湖，莫知其所終極。（《國語·越語》）

諸子作品中，「船」才出現並表示「水上交通工具」這一意義。「船」從首例開始，便沒有「大」這一義素。漁父駕船打漁，划船遊走於蘆葦之間，船體積不會大。「千鈞得船則浮，錙銖失船則沈」，不論載體輕重，用的都是「船」，與大小無關。《管子》與《左傳》同樣描述一個事件，《左傳》用「舟」而《管子》用「船」，更是說明二者無大小之別，只是出現的時間有早晚。

（44）有漁父者，下船而來，鬚眉交白，被髮揄袂，行原以上，距陸而止，左手據膝，右手持頤以聽。（《莊子·雜篇·漁父》）

（45）「子勉之！吾去子矣，吾去子矣！」乃刺船而去，延緣葦間。（《莊子·雜篇·漁父》）

（46）千鈞得船則浮，錙銖失船則沈，非千鈞輕錙銖重也，有勢之與無勢也。（《韓非子·功名》）

（47）桓公與宋夫人飲船中，夫人蕩船而懼公，公怒，出之，宋受

而嫁之蔡侯。(《管子・大匡》)

《呂氏春秋》中「船」已可以作為通稱，與「舟」無別。同樣是涉江，可用「舟」也可用「船」。與其它交通工具對稱，可以用「船」。「舟人」，可稱之為「船人」。從戰國末期開始，除做動詞時只表示裝載而不表示渡過外，「船」已經具備了「舟」的語法功能及語義內涵。

（48）楚人有涉江者，其劍自舟中墜於水，遽契其舟，曰：「是吾劍之所從墜。」舟止，從其所契者入水求之。(《呂氏春秋・察今》)

（49）夫有以饐死者，欲禁天下之食，悖；有以乘舟死者，欲禁天下之船，悖；有以用兵喪其國者，欲偃天下之兵，悖。(《呂氏春秋・蕩兵》)

（50）孟賁過於河，先其五。船人怒，而以楫虣其頭，顧不知其孟賁也。(《呂氏春秋・必己》)

（51）絕江者託於船，致遠者託於驥，霸王者託於賢。(《呂氏春秋・知度》)

（52）荊有次非者，得寶劍於干遂。還反涉江，至於中流，有兩蛟夾繞其船。(《呂氏春秋・知分》)

兩漢時期「舟」、「船」的使用情況：

	淮南子	史記	漢書	論衡
舟	50	26	16	15
船	9	47	52	13

兩漢時期「舟」、「船」二詞常在同一典籍的相同語境下使用，或是前代用「舟」的事件在後代的描述中替換為「船」。《淮南子》中把戰國末期《莊子》中的「刺船」替換為「刺舟」，體現了這兩個詞交替混用的階段特徵。

刺船－刺舟

（1）「子勉之！吾去子矣，吾去子矣！」乃刺船而去，延緣葦間。(《莊子・雜篇・漁父》)

（2）過於荊，至江上，欲涉，見一丈人，刺小船，方將漁，從而

請焉。(《呂氏春秋·異寶》)

（3）短袂攘卷，以便刺舟。(《淮南子·原道訓》)

（4）渡河，船人見其美丈夫獨行，疑其亡將，要中當有金玉寶器，目之，欲殺平。平恐，乃解衣裸而佐刺船。(《史記·陳丞相世家》)

同舟－共船

（5）鍼尹固與王同舟，王使執燧象以奔吳師。(《左傳·定公四年》)

（6）同舟而濟於江，卒遇風波，百族之子捷捽招抒船，若左右手，不以相德，其憂同也。(《淮南子·兵略訓》)

（7）同車共船，千里為商，至閡迥之地，殺其人而並取其財。(《論衡·禍虛》)

乘舟－戲船、乘船

（8）齊侯與蔡姬乘舟於囿，蕩公。(《左傳·僖公三年》)

（9）十八年，齊桓公與蔡女戲船中，夫人蕩舟，桓公止之，不止，公怒，歸蔡女而不絕也。(《史記·管蔡世家》)

（10）二十九年，桓公與夫人蔡姬戲船中。蔡姬習水，蕩公，公懼，止之，不止，出船，怒，歸蔡姬，弗絕。(《史記·齊太公世家》)

（11）使子胥之類數百千人，乘船渡江，不能越水。(《論衡·自紀》)

（12）乘船江海之中，順風而驅，近岸則行疾，遠岸則行遲。船行一實也，或疾或遲，遠近之視使之然也。(《論衡·說日》)

舟中－船中

（13）公使陽處父追之，及諸河，則在舟中矣。(《左傳·僖公三十三年》)

（14）軫乃追秦將。秦將渡河，已在船中，頓首謝，卒不反。(《史記·晉世家》)

負舟－負船

（15）傳又言：「禹渡於江，黃龍負船。」（《論衡・福虛》）

（16）禹南濟於江，有黃龍負舟。舟中之人五色無主。（《論衡・異虛》）

（17）禹南省，方濟於江，黃龍負舟，舟中之人五色無主。（《淮南子・精神訓》）

舟檝－船檝

（18）今吾國東有河、薄洛之水，與齊、中山同之，而無舟檝之用。（《戰國策・趙策》）（《詩經・衛風・竹竿》「檜楫松舟」，《毛傳》「楫所以櫂舟，舟楫相配，得水而行」。後以「舟楫」泛指船隻。）

（19）人之釋溝渠也，知者必溺身；不塞溝渠而繕船檝者，知水之性不可閼，其勢必溺人也。（《論衡・非韓》）

（20）上求材，臣殘木；上求魚，臣乾谷；上求楫，而下致船。（《淮南子・說山訓》）

覆舟－覆船

（21）命舟牧覆舟，五覆五反。乃告「舟備具」於天子焉，天子始乘舟。（《禮記・月令》）

（22）倉兒者，水中之獸也，善覆人船。（《論衡・是應》）

方舟－方船

（23）西征攘白狄之地，至於西河，方舟設泭，乘桴濟河，至於石枕。（《國語・齊語》）

（24）方船濟乎江，有虛船從一方來，觸而覆之，雖有忮心，必無怨色。（《淮南子・詮言訓》）

一些固定的搭配顯示出「舟」保留了先秦時代「小」這一義素。如「輕舟」、「扁舟」。

（25）遂乘輕舟以浮於五湖，莫知其所終極。（《史記・越王句踐世

家》）

（26）乃乘扁舟浮於江湖，變名易姓，適齊爲鴟夷子皮，之陶爲朱公。（《史記‧貨殖列傳》）

（27）此渠皆可行舟，有餘則用溉浸，百姓饗其利。（《史記‧河渠書》）

「船」既有大者也有小者。海船、漕運之船、戰船皆爲大船。

（28）龍舟鷁首，浮吹以娛。（《淮南子‧本經訓》）（高誘注：「龍舟，大舟也，刻爲龍文。」）

（29）船交海中，皆以風爲解，曰未能至，望見之焉。（《史記‧封禪書》）

（30）而褒水通沔，斜水通渭，皆可以行船漕。（《史記‧河渠書》）

（31）是時，越欲與漢用船戰逐，乃大修昆明池，列觀環之。治樓船，高十餘丈，旗幟加其上，甚壯。（《史記‧平準書》）

（32）秦西有巴蜀，大船積粟，起於汶山，浮江巳下，至楚三千餘里。舫船載卒，一舫載五十人與三月之食，下水而浮，一日行三百餘里。（《史記‧張儀列傳》）

（33）蒙歸至長安，問蜀賈人，賈人曰：「獨蜀出枸醬，多持竊出市夜郎。夜郎者，臨牂柯江，江廣百餘步，足以行船。（《史記‧西南夷列傳》）

（34）上取江陵木以爲船，一船之載當中國數十兩車，國富民眾。（《史記‧淮南衡山列傳》）

古代一尺約等於現代的六、七寸，「七尺之橈」極言槳之短，槳通常用於小船。「船五丈」相當於現在的 16.7 米，「五丈以下」當屬小船。

（35）夫七尺之橈而制船之左右者，以水爲資。（《淮南子‧主術訓》）

（36）商賈人軺車二算，船五丈以上一算。（《史記‧平淮書》）

兩漢時期「舟」、「船」同爲通稱，與「車」、「馬」等其它交通工具或事物相對應。

（37）夫舟浮於水，車轉於陸，此勢之自然也。木擊折轊，水戾破舟，不怨木石而罪巧拙者，知故不載焉。（《淮南子・主術訓》）

（38）大者以爲舟航柱梁，小者以爲楫楔。（《淮南子・主術訓》）

（39）牛不可以追速，鉛不可以爲刀，銅不可以爲弩，鐵不可以爲舟，木不可以爲釜。（《淮南子・齊俗訓》）

（40）胡人便於馬，越人便於舟。（《淮南子・齊俗訓》）

（41）古者大川名谷，沖絕道路，不通往來也；乃爲窬木方版，以爲舟航。故地勢有無，得相委輸。（《淮南子・泛論訓》）

（42）夏桀、殷紂之盛也，人跡所至，舟車所通，莫不爲郡縣。（《淮南子・泛論訓》）

（43）蹠越者或以舟，或以車，雖異路，所極一也。（《淮南子・説林訓》）

（44）夜行者掩目而前其手，涉水者解其馬戴之舟，事有所宜，而有所不施。（《淮南子・説林訓》）

（45）心所説，毀舟爲杕；心所欲，毀鍾爲鐸。（《淮南子・説林訓》）

（46）楩楠豫樟之生也，七年而後知，故可以爲棺舟。（《淮南子・脩務訓》）

（47）今無五聖之天奉，四俊之才難，欲棄學而循性，是謂猶釋船而欲蹍水也。（《淮南子・脩務訓》）

（48）陸行乘車，水行乘船，泥行乘橇，山行乘檋。（《史記・夏本紀》）

（49）故北夷之氣如羣畜穹閭，南夷之氣類舟船幡旗。（《史記・天官書》）

（50）是故車行於陸，船行於溝，其滿而重者行遲，空而輕者行疾。先王之道，載在胸腹之內，其重不徒船車之任也。（《論衡・狀留》）

（51）船車載人，孰與其徒多也？素車樸船，孰與加漆彩畫也？（《論衡・須頌》）

（52）如以障蔽人身者神惡之，則夫裝車、治船、著蓋、施帽亦當
　　　擇日。（《論衡‧譏日》）

　　雖然《史記》中「船」的用例超出「舟」，但名稱的新舊交替仍需過渡時期，《三曹文集》中二詞使用頻率的均衡就體現了這一特徵。

　　在《世說新語》中，「舟」10見，其中一例「覆舟山」為專有名詞；「船」27見。「舟」的用法如故，「船」出現了新的用法，因用於裝載，可以做量詞，可做狀語。還有職位「船官」，以及「船屋」這一構造。

（53）太傅深恨在心未盡，謂同舟曰：「謝奉故是奇士。」（《世說新
　　　語‧雅量》）

（54）時戴在剡，即便夜乘小舟就之。（《世說新語‧任誕》）

（55）俄見一人持半小籠生魚，徑來造船，云：「有魚，欲寄作膾。」
　　　張雲乃維舟而納之，問其姓字，稱是劉遺民。（《世說新語‧
　　　任誕》）

（56）作荊州時，敕船官悉錄鋸木屑，不限多少。（《世說新語‧
　　　政事》）

（57）陶胡奴為烏程令，送一船米遺之，卻不肯取。（《世說新語‧
　　　方正》）

（58）庾太尉與蘇峻戰，敗，率左右十餘人乘小船西奔。（《世說新
　　　語‧雅量》）

（59）機於船屋上遙謂之曰：「卿才如此，亦復作劫邪？」（《世說新
　　　語‧自新》）

（60）謝太傅於東船行，小人引船，或遲或速，或停或待，又放船
　　　從橫，撞人觸岸，公初不呵譴，人謂公常無嗔喜。（《世說新
　　　語‧尤悔》）

　　從替換情況來看，自西漢開始，「船」已經成為基本範疇詞，雖然沒有完全取代「舟」，但在搭配方面和語法語用方面體現了生命力。《三曹文集》中「舟」、「船」並用是這一過渡階段的體現，也是由於文體倣古的特點造成的。

　　綜上所述，在「水上交通工具」這一語義範疇中，作為通稱戰國中期之前

只用「舟」，戰國中期「船」開始出現，並廣泛運用於文獻中。漢代許多相同語境下，或是引用前代典籍時，「船」都替代了「舟」。到魏晉時期，「船」已經成爲本語義範疇的基本範疇詞，在語法、語用方面都有新的發展。

「船」之所以能夠取代「舟」成爲本語義範疇的基本範疇詞，主要原因在於，船是關西方言。隨著秦國的擴張，乃至統一中原，秦國的用詞習慣也得到了推廣。此外，在義域上船也更爲廣闊，從開始時就不限於大小及材質。除用於動詞時不能表示「渡過」外，語法、語用上「船」都比「舟」更靈活，發展出了量詞的詞性。「舟」的用法則停滯不前，這也是被取代的一個重要因素。

2.3　道、路、途

要點：《三曹文集》中，「道」、「路」、「途」在「道路」這一語義範疇內構成了同義關係。在「道路」這一義項上，結合使用頻率和語法功能考察，「道」是這一組詞中的基本範疇詞，可以作爲道路的通稱使用。

「道」在《三曹文集》中共出現 94 次，有 14 個義位，分別是：（1）道路；（2）路程；（3）政治主張或思想體系；（4）政治局面；（5）自然規律；（6）途徑、方法；（7）道德，道義；（8）宇宙本體、本原；（9）仙術，方術；（10）說；（11）疏導；（12）志向；（13）取道，經過；（14）學術。表示「道路」義位的有 10 處。

「路」在《三曹文集》中共出現 30 次，除一處「子路」爲人名外，其餘 29 例有 2 個義位，分別是：（1）道路，路途；（2）途徑。表示「道路」義位的有 27 處。

「途」在《三曹文集》中共出現 2 次，只有「道路」1 個義位。

「道」、「路」、「途」三詞共同的義項爲「道路」。道，《說文》：「所行道也。」段注：「《毛傳》每云行道也。道者人所行。故亦謂之行。道之引伸爲道理。亦爲引道。從辵首。首者，行所達也。」《爾雅·釋宮》：「一達謂之道路。」《漢書·董仲舒傳》：「道者所由適於治之路也。」路，《說文》：「道也。從足從各。」徐鉉注：「言道路人各有適也。」途，《玉篇》：「路也。」《廣韻·模韻》：「道也。」詞典對於這三個詞的訓釋，常常用互訓的方式。也有些典籍提出，三詞存在一些語義上的差異。《說文》段注：「一達謂之道路，此統

言也。《周禮》『澮上有道，川上有路。』此析言也。」《周禮・地官・遂人》：「百夫有洫，洫上有塗；千夫有澮，澮上有道；萬夫有川，川上有路，以達於畿。」鄭玄注：「塗（途）、道、路皆所以通車徒於國都也……塗容乘車一軌，道容二軌，路容三軌。」賈公彥疏：「軌廣八尺。」（洫：溝洫。澮：田間水溝。）依照這一說法，「路」最寬，「道」次之，「途」最窄。王鳳陽先生對此持不同觀點，他認為「道」、「路」是與「街」、「巷」相對應而說的。「街」、「巷」指的是城中的路，而「道」、「路」是連接都城與都城、村落與村落的。〔註3〕

《三曹文集》中的「道」從語義方面考察，可以作為道路的總稱。書中幾次使用「道」，都與戰爭密切相關，當然這也是由當時的歷史背景決定的。做中心語時，構成的詞語有「閣道」、「地道」，可知「道」不一定是很寬的路。做賓語時，謂語動詞有「斷、失、枉」等，所指非常具體。「道」還可以做主語，可以被數量短語修飾。

（1）今海內喪敗，天意實在我家。神應有徵，當在尊兄。南兄，臣下欲使即位，南兄言，以年則北兄長，以位則北兄重。便欲送璽，會曹操斷道。（《曹操集・上言破袁紹》）

（2）議者或軍吏雖有功能，德行不足堪任郡國之選，所謂「可與適道，未可與權」者也。（《曹操集・論吏士行能令》）

（3）赤壁之困，過雲夢澤中，有大霧，遂便失道。（《曹操集・與孫權書》）

（4）此閣道，漢中之險要咽喉也。劉備欲斷絕外內，以取漢中，將軍一舉克奪賊計，善之善者也。（《曹操集・假徐晃節令》）

（5）賊進退道迫，首尾有難。（《曹丕集・伐吳詔》）

（6）孫權殘害民物，朕以寇不可長，故分命猛將三道並征。（《曹丕集・敕還師詔》）

（7）又為地道攻城，城中外雀鼠不得出入，此几上肉耳！（《曹丕集・敕還師詔》）

〔註3〕 王鳳陽《古辭辨》，吉林文史出版社，1993年，207頁。

（8）今遣騎到鄴，故使枉道相過，行矣，自愛！丕白。（《曹丕集・
　　　與朝歌令吳質書》）

　　「路」用於「道路」這一義項時，在《三曹文集》中出現的頻率比「道」
高。「路」也可作為通語統稱「道路」。從語法上考察，「路」可以做主語，也
可以做賓語。做賓語時，謂語動詞有「盈、塞、充、啟」等，這樣的動賓關
係搭配與「道」是完全不同的。「道」的謂語動詞強調的是對「道」通行情況
是否成阻，與征戰有關，強調的是「道」不得通之後的結果。而「路」的謂
語動詞強調的是主語，描述的是主語的動作行為讓「路」產生的狀態。「路」
還可以做定語，在本書中未見與數量短語搭配的例子。

（1）又承從容約誓之言：「徂逝之後，路有經由，不以斗酒只雞過
　　　相沃酹，車過三步，腹痛勿怪。」（《曹操集・祀故太尉橋玄
　　　（墓）文》）

（2）疇即受署，陳建攻胡蹊路所由，率齊山民，一時向化，開塞
　　　導送，供承使役，路近而便，令虜不意。（《曹操集・爵封田
　　　疇令》）

（3）仰北辰而永思，泝悲風以增傷。哀遐路之漫漫，痛長河之無
　　　梁。（《曹丕集・永思賦》）

（4）征南進軍，以圍江陵，多獲舟船，斬首執俘，降者盈路，牛
　　　酒日至。（《曹丕集・伐吳詔》）

（5）朕亦以此亭當路，行來者輒往瞻視，而樓屋傾頹，儻能壓
　　　人，故令修整。（《曹丕集・敕豫州禁吏民往老子亭禱祝》）

（6）君生於擾攘之際，本有縱橫之志，降身奉國，以享茲祚。自
　　　君策名已來，貢獻盈路。（《曹丕集・又報吳主孫權》）

（7）時駕而遊，北遵河曲，從者鳴笳以啟路，文學託乘於後車，
　　　節同時異，物是人非，我勞如何！（《曹丕集・與朝歌令吳質
　　　書》）

（8）今惟吾子，棲遲下士，從我遊處，獨不及門。瓶罄罍恥，能
　　　無懷愧。路不云遠，今復相聞。（《曹丕集・又與吳質書》）

（9）增丘峨峨，寢廟渠渠，姻媾雲會，充路盈衢。（《曹丕集‧曹蒼舒誄有序》）

（10）故龍陽臨釣而泣，以塞美人之路；鄭袖僞隆其愛，以殘魏女之貌。（《曹丕集‧典論‧内誡有序》）

（11）後從陳國袁敏學，以單攻複，每爲若神，對家不知所出，先日若逢敏於狹路，直決耳！（《曹丕集‧典論‧自敍》）

（12）是以儌之齊楚之路，以逞千里之任；試之狡兔之捷，以驗搏噬之用。（《曹植集‧求自試表》）

（13）豐賜光厚，資重千金，損乘輿之副，竭中黃之府，名馬充廄，驅牛塞路。（《曹植集‧黃初六年令》）

（14）予以愁慘，行吟路邊。（《曹植集‧釋愁文》）

（15）趣遐路以棲跡，乘輕云以高翔。（《曹植集‧釋愁文》）

（16）玄微子曰：「吾於整身倦世，探隱拯沈，不遠遐路，幸見光臨，將敬滌耳，以聽玉音。」（《曹植集‧七啓》）

（17）猶搦轡而繁策，馳覆車之危路。（《曹植集‧九詠》）

（18）寧作清水之沈泥，不爲濁路之飛塵。（《曹植集‧九詠》）

本書中「途」共兩見，均與「道」、「路」連用或對用，可見在《三曹文集》成書時代，三詞在語義上並無差別。

（19）五月十八日，丕白：季重無恙！途路雖局，官守有限，願言之懷，良不可任。（《曹丕集‧與朝歌令吳質書》）

（20）彼我之兵連於城下，進則有高城深池，無所施其功；退則有歸途不通，道路潙泂。（《曹植集‧諫伐遼東表》）

下表是「道」、「路」、「途（塗）」在古代典籍中的應用情況統計：

	尚書	周易	禮記	儀禮	詩經	論語	孟子	韓非子	論衡	世說新語
道	1	1	17	4	21	2	4	16	35	15
路	2	1	10	1	2	0	6	4	27	8
途（塗）	0	1	10	0	0	2	0	2	6	0

　　《尚書》中「道路」義項的「道」僅一例：惟克商，遂通道於九夷八蠻。（《尚書·周書·旅獒》）正義曰：「惟武王既克商，華夏既定，遂開通道路於九夷八蠻，於是有西戎旅國致貢其大犬名獒。」用「道路」來訓釋「道」，可見「道」爲通語，不存在寬度上的差異。

　　兩處「路」的使用，一爲具體的可見的，一爲抽象的。

（1）每歲孟春，道人以木鐸徇於路，官師相規，工執藝事以諫，其或不恭，邦有常刑。（宣令官員用木鐸在路上宣佈教令）（《尚書·夏書·胤征》）

（2）於其無好德，汝雖錫之福，其作汝咎。無偏無陂，遵王之義；無有作好，遵王之道；無有作惡，遵王之路。（抽象）（《尚書·周書·洪範》）

　　《周易》中首次出現「失道」這一動賓搭配，表示迷路的意思。「徑路」二詞連用，從下文的「門闕、果蓏、閽寺」連用來考察，此處並無「小路」與「大路」的區別，統言「道路」。「塗（途）」用於抽象意義。

（3）君子攸行，先迷失道，後順得常。（《周易·坤》）

（4）艮爲山、爲徑路、爲小石、爲門闕、爲果蓏、爲閽寺、爲指、爲狗、爲鼠、爲黔喙之屬。（《周易·説卦傳》）

（5）子曰：「天下何思何慮？天下同歸而殊塗，一致而百慮，天下何思何慮！」（《周易·繫辭下》）

　　《禮記》「中」修飾「道」，表示道路中央的意思。書中出現「馳道」一詞，孔穎達疏：「馳道，正道，如今御路也。是君馳走車馬之處，故曰『馳道』也。」這一複音詞在後代典籍中多次出現。「充出，逢館陶長公主行馳道中。充呵問之，公主曰：『有太后詔。』充曰：『獨公主得行，車騎皆不得。』盡劾沒入官。」（《漢書·江充傳》）「爲馳道於天下，東窮燕、齊，南極吳、楚，江湖之上，瀕海之觀畢至。道廣五十步，三丈而樹，厚築其外，隱以金椎，樹以青松。」（《漢書·賈山傳》）「上嘗急召，太子出龍樓門，不敢絕馳道，西至直城門，得絕乃度」。（《漢書·成帝紀》）「二十七年治馳道」（《史記·秦始皇本紀》），「馳道」是君主專用的行車騎馬之路，供迅速調動軍隊或車輛高速運行之用，極其奢靡，富麗堂皇，象徵著絕對的皇權，連太子和公主也不

能隨意走入。這一意義先秦兩漢典籍未見「馳路」、「馳途」的搭配,「道」更富於正式的色彩。從語義上看,「道」、「路」多用於可見的道路,路上有人物,有實際發生的事件;「途」則還可以表示在路途之中,與固定在某個地點相對應,描摹動態的在路上行走的狀態。從語法上考察,「道」可以做主語、介詞的賓語、活用爲動詞,表示「舉行祖道之祭」的意思,最爲靈活,因此使用頻率也最高。從語用方面考察,「道」可與「專、馳」搭配,表示專屬的道路,另二詞無此用法。

（6）爲人子者,居不主奧,坐不中席,行不中道,立不中門。（《禮記·曲禮上》）

（7）乘路馬,必朝服載鞭策,不敢授綏,左必式。步路馬,必中道。（《禮記·曲禮上》）

（8）歲凶,年穀不登,君膳不祭肺,馬不食穀,馳道不除,祭事不縣,大夫不食梁,士飲酒不樂。（《禮記·曲禮下》）

（9）諸侯適天子,必告於祖,奠於禰,冕而出視朝,命祝史告於社稷、宗廟、山川,乃命國家五官而後行,道而出。（舉行祖道之祭）（《禮記·曾子問》）

（10）老聃曰:丘,止柩就道右,止哭以聽變。既明,反而後行。（《禮記·曾子問》）

（11）遇於道,見則面,不請所之。（《禮記·少儀》）

（12）士喪有與天子同者三:其終夜燎,及乘人,專道而行。」（《禮記·雜記上》）

（13）君遇柩於路,必使人弔之。（《禮記·檀弓下》）

（14）齊大饑,黔敖爲食於路,以待餓者而食之。（《禮記·檀弓下》）

（15）曰:「中路嬰兒失其母焉,何常聲之有?」（《禮記·雜記下》）

（16）曾子問曰:親迎,女在塗,而壻之父母死,如之何?孔子曰:女改服布深衣,縞總以趨喪。女在塗,而女之父母死,則女反。（《禮記·曾子問》）

（17）曾子問曰:「親迎,女在塗,而婿之父母死,如之何?」（《禮

記・曾子問》)

（18）曾子問曰：「父母之喪既引，及塗，聞君薨，如之何？」（《禮記・曾子問》)

（19）是故公家不畜刑人，大夫弗養士，遇之塗弗與言也。（《禮記・王制》)

（20）山陵、林麓、川澤、溝瀆、城郭、宮室、塗巷，三分去一。（複音詞，道路，街坊。）（《禮記・王制》)

（21）車而無左右，則亂於車也。行而無隨，則亂於塗也。立而無序，則亂於位也。（《禮記・仲尼燕居》)

《禮記》中存在大量的「道」、「路」、「途」連用或對用現象，且「道」、「路」連用時已形成固定詞序。

（22）從於先生，不越路而與人言。遭先生於道，趨而進，正立拱手。（《禮記・曲禮上》)

（23）哀公使人弔蕢尚，遇諸道，辟於路，畫宮而受弔焉。（《禮記・檀弓》)

（24）子皋曰：「孟氏不以是罪予，朋友不以是棄予，以吾爲邑長於斯也，買道而葬，後難繼也。」（這一意義通用的複音詞是「買路」）（《禮記・檀弓》)

（25）道路：男子由右，婦人由左，車從中央。（《禮記・王制》)

（26）循行國邑，周視原野，修利堤防，道達溝瀆，開通道路，毋有障塞。（《禮記・月令》)

（27）仲夏行冬令，則雹凍傷穀，道路不通，暴兵來至。（《禮記・月令》)

（28）免喪之外，行於道路，見似目瞿，聞名心瞿。（《禮記・雜記下》)

（29）見老者，則車、徒辟；斑白者不以其任行乎道路，而弟達乎道路矣。（《禮記・祭義》)

（30）君子遵道而行，半塗而廢，吾弗能已矣。（《禮記・中庸》)

（31）儒有居處齊難，其坐起恭敬，言必先信，行必中正，道途不
爭險易之利，冬夏不爭陰陽之和，愛其死以有待也。（《禮記·
儒行》）

《儀禮》中的「道」、「路」與莊嚴的儀式有關。由於儀式的要求，二詞與
方位名詞搭配，表示在道路的某個位置。《儀禮》中第一次出現「假道」這一外
交行為，此後在先秦兩漢典籍中多次出現。「假途」最早見於《戰國策》，「假路」
最早見於漢代《太平經》，使用頻率均遠低於「假道」。

（32）若過邦，至於竟，使次介假道，束帛將命於朝，曰「請帥。」
奠幣。（《儀禮·聘禮》）

（33）出自道，道左倚之。薦馬，馬出自道，車各從其馬，駕於門
外，西面而俟，南上。（《儀禮·既夕禮》）

（34）至於壙。陳器於道東西，北上。（《儀禮·既夕禮》）

（35）車至道左，北面立，東上。（《儀禮·既夕禮》）

（36）天子賜侯氏以車服。迎於外門外，再拜。路先設，西上，路
下四，亞之，重賜無數，在車南。（《儀禮·覲禮》）

《詩經》中的「道」多與「遠、阻、長、倬、遲遲」搭配，表現道路的
遙遠不可及。《詩經·小雅·大東》：「周道如砥，其直如矢。」「周道」是周
為了行軍及運輸修的國道，像磨刀石一樣平，像箭一樣直，是等級比較高的
路。「路」則有「載路」的搭配，是滿路的意思，與《三曹文集》中用法一致。
簡言之，《詩經》中的「道」強調長度，「路」強調寬度。

（37）築室于道謀，是用不潰于成。（《詩經·小雅·小旻》）

（38）瞻彼日月，悠悠我思。道之云遠，曷云能來？（《詩經·邶
風·雄雉》）

（39）行道遲遲，中心有違。（《詩經·邶風·谷風》）

（40）有杕之杜，生于道左。（《詩經·唐風·有杕之杜》）

（41）溯洄從之，道阻且長。溯游從之，宛在水中央。（《詩經·秦
風·蒹葭》）

（42）坎其擊缶，宛丘之道。無冬無夏，值其鷺翿。（《詩經·陳風·

宛丘》）

（43）行道遲遲，載渴載飢。我心傷悲，莫知我哀！（《詩經·小雅·
　　　采薇》）

（44）奕奕梁山，維禹甸之，有倬其道。（《詩經·大雅·韓奕》）

（45）既飲旨酒，永錫難老，順彼長道，屈此群醜。（《詩經·魯頌·
　　　泮水》）

（46）鳥乃去矣，后稷呱矣。實覃實訏，厥聲載路。（《詩經·大雅·
　　　生民》）

（47）遵大路兮，摻執子之袪兮，無我惡兮，不寁故也！（《詩經·
　　　鄭風·遵大路》）

《論語》中的「路」都是子路的名字。從語法上看，三詞均可用於介詞的
賓語。「道」、「途」還可以充當名詞狀語。從意義上考察，「途」可用於到某一
特定目的地的路上。

（48）且予與其死於臣之手也，無寧死於二三子之手乎？且予縱不
　　　得大葬，予死於道路乎？（《論語·子罕》）

（49）子曰：「道聽而塗說，德之棄也。」（《論語·陽貨》）

（50）陽貨欲見孔子，孔子不見，歸孔子豚。孔子時其亡也，而往
　　　拜之，遇諸塗。（《論語·陽貨》）

《孟子》中「道」可做主語、賓語，還可以在動詞後以介賓短語的形式做
補語（介詞可以省略）。

（51）獸蹄鳥跡之道，交於中國。（《孟子·滕文公上》）

（52）晉人以垂棘之璧與屈產之乘假道於虞以伐虢。（《孟子·萬章
　　　上》）

（53）呼爾而與之，行道之人弗受；蹴爾而與之，乞人不屑也。（《孟
　　　子·告子上》）

（54）謹庠序之教，申之以孝悌之義，頒白者不負戴於道路矣。（《孟
　　　子·梁惠王上》）

「路」與「門、野、山徑之蹊」相對應，進一步強調寬度。「路」也出現

了名詞做狀語的用法。

（55）關譏而不徵，則天下之旅皆悅而願出於其路矣。耕者助而不
稅，則天下之農皆悅而願耕於其野矣。（《孟子・公孫丑上》）

（56）使數人要於路，曰：「請必無歸而造於朝！」不得已而之景丑
氏宿焉。（《孟子・公孫丑下》）

（57）孟子去齊，充虞路問曰：夫子若有不豫色然。（名詞作狀語）
（《孟子・公孫丑下》）

（58）夫義、路也，禮、門也；惟君子能由是路，出入是門也。（《孟
子・萬章下》）

（59）夫道若大路然，豈難知哉？人病不求耳。（《孟子・告子下》）

（60）山徑之蹊間，介然用之而成路。為間不用，則茅塞之矣。（《孟
子・盡心下》）

《韓非子》中「道」與征戰、外交有關，這一意義不用「路」、「途」替
代。「道」還用於指稱城門外的寬大的道路，可以表示「行至半路」的動詞意
義「道而飢渴」（《韓非子・外儲說左下》）。三詞在這一階段詞義界限進一步
模糊，同時出現與同一形容詞或動詞搭配的情況。

（61）今趙欲聚兵士卒，以秦為事，使人來借道，言欲伐秦，其勢
必先韓而後秦。（《韓非子・存韓》）

（62）昔者晉獻公欲假道於虞以伐虢。（《韓非子・十過》）

（63）魏文侯借道於趙而攻中山，趙肅侯將不許。（《韓非子・說林
上》）

（64）管仲、隰朋從於桓公而伐孤竹，春往而冬反，迷惑失道。《韓
非子・說林上》

（65）中山之相樂池，以車百乘使趙，選其客之有智能者以為將行，
中道而亂。（《韓非子・內儲說上》）

（66）曰：「南門之外，有黃犢食苗道左者。」（《韓非子・內儲說上》）

（67）文公出亡，箕鄭挈壺餐而從，迷而失道，與公相失，飢而道

泣，寢餓而不敢食。(《韓非子·外儲説左下》)

（68）鄭縣人賣豚，人問其價。曰：「道遠日暮，安暇語汝。」(《韓非子·外儲説左下》)

（69）管仲束縛，自魯之齊，道而飢渴，過綺烏封人而乞食。(行至半道) (《韓非子·外儲説左下》)

（70）嘗大飢，道旁餓死者不可勝數也，父子相牽而趨田成氏者，不聞不生。(《韓非子·外儲説右上》)

（71）王子於期爲趙簡主取道爭千里之表，其始發也，麑伏溝中，王子於期齊轡筴而進之，麑突出於溝中，馬驚駕敗。(《韓非子·外儲説右下》)

（72）令王良、造父共車，人操一邊轡而入門閭，駕必敗而道不至也。(《韓非子·外儲説右下》)

（73）今死士之孤飢餓乞於道，而優笑酒徒之屬乘車衣絲。(《韓非子·詭使》)

（74）夫馬之所以能任重引車致遠道者，以筋力也。(《韓非子·人主》)

「路」從語法、語義角度來看與「道」差異不大，越來越顯露出通用語的特點。

（75）使失路者而肯聽習問知，即不成迷也。(《韓非子·解老》)

（76）故車馬不疲弊於遠路，旌旗不亂乎大澤，萬民不失命於寇戎，雄駿不創壽於旗幢。(《韓非子·大體》)

（77）駕出，方以爲文侯也，移車異路而避之，則徒翟黄也。(《韓非子·外儲説左下》)

（78）而士有二心私學、岩居窞路、託伏深慮，大者非世，細者惑下。(《韓非子·詭使》)

「當途」現代並非複音詞，「當路」則有「執政、掌權」及「掌握政權的人」兩個義項。《韓非子》中「當途」出現兩例，一爲動詞一爲名詞，後代典籍中則被「當路」取代。

動詞用例：

（79）且法術之士與當途之臣，不相容也。（《韓非子・人主》）

（80）夫子當路於齊，管仲、晏子之功可復許乎？（《孟子・公孫丑上》）

（81）主父偃當路，諸公皆譽之；及名敗身誅，士爭言其惡。（《史記・平津侯主父列傳論》）

名詞用例：

（82）人臣有議當途之失，用事之過，舉臣之情。（《韓非子・三守》）

（83）當路誰相假，知音世所稀。（唐・孟浩然《留別王維》）

（84）疇昔之年，當路欲置我於死地，病餘而繼以囚繫。（宋・陳亮《庶弟昭甫墓誌銘》）

（85）數上書當路言邊事，當路不能用。（《明史・忠義傳三・潘宗顏》）

漢代至中古時期，「道」、「路」、「途」語義進一步混同，在同一語境下可以互相替換，如：

道－路

（86）仲尼爲政於魯，道不拾遺，齊景公患之。（《韓非子・內儲說下》）

（87）傳書言：延陵季子出游，見路有遺金。（《論衡・書虛》）

（88）後行澤中，手斬大蛇，一嫗當道而哭，云：「赤帝子殺吾子。」（《論衡・吉驗》）

（89）朕亦以此亭當路，行來者輒往瞻視，而樓屋傾頹，倘能壓人，故令修整。（《敕豫州禁吏民往老子亭禱祝》）

（90）是故楊子哭歧道，墨子哭練絲也。（《論衡・率性》）

（91）歧路贈言，古人所重，猶勸法師，行無礙心，大悲爲首。（《續高僧傳》）

（92）魏武行役失汲道，軍皆渴，乃令曰：前有大梅林，饒子，甘

酸可以解渴。(《世說新語・假譎》)

（93）丁巳，拔石頭南岸柵，移度北岸起柵，以絕其汲路。(《南史・陳本紀》)

（94）令太歲不禁人徙，惡人抵觸之乎？則道上之人南北行者皆有殃。(《論衡・難歲》)

（95）王平子年十四、五，見王夷甫妻郭氏貪欲，令婢路上儋糞。(《世說新語・規箴》)

道－途

（96）晉獻公以垂棘之璧假道於虞而伐虢，大夫宮之奇諫曰：「不可。」(《韓非子・喻老》)

（97）書言：秦繆公伐鄭，過晉不假途，晉襄公率羌戎要擊於崤塞之下，匹馬隻輪無反者。(《論衡・儒增》)

路－途

（98）年漸七十，時可懸輿。仕路隔絕，志窮無如。(《論衡・自紀》)

（99）見承禎將還天台，藏用指終南謂之曰：「此中大有佳處，何必在天台？」承禎徐對曰：「以僕所觀，乃仕途之捷徑耳。」(唐・劉肅《大唐新語・隱逸》)

綜上，在「道路」這一義項上，結合使用頻率和語法功能考察，「道」是這一組詞中的基本範疇詞。三詞出現的時代基本相同，從本義來考察，三詞並無寬度上的差別。在其它義項方面，「道」、「路」可用來表示「路程、行程」這一義項，「途」沒有這個意義。「道」、「路」、「途」都可以引申爲「途徑、方法」，但「道」比「路」、「途」應用得廣泛。「路」、「途」可以用來表示「仕途、職位」的意思，「道」沒有這個意義。「道」、「路」可以做動詞，表示「經過」，途無此義項。在語法方面，三詞均可做主語、賓語、狀語、定語，這也是三詞可以互換和連用對用的一個前提。在詞語搭配方面，「道」可以與方位名詞「東、西、南、北、上、中、旁、側」搭配，描述位置。「路」、「途」則沒有這麼豐富的用法，偶有幾例，出現頻率極低。先秦時期的「道」指稱的道路比較正式，與征戰、外交有關，連接國門，有軍事和政治意義。從兩漢

魏晉開始，「路」的使用頻率大大增加，這有可能是因爲「道」的義項過於豐富容易造成歧義，並且「路」從先秦就開始與「道」連用，意義範疇等同。在考察複音詞「歧路」、「當路」等出現的時代及使用頻率時發現，雖然詞語首見時使用的語素是「道」，但以「路」爲語素構成的複音詞使用頻率更高。雖然如此，「路」並沒有取代「道」和「途」，作爲成詞語素，後二者仍然有較高的構詞能力。

2.4　民、𥅆、百姓

　　要點：「民」、「𥅆」、「百姓」在「百姓」語義範疇內爲同義詞。《三曹文集》中「民」的使用頻率遠遠超出另外二詞，充當句子成分的能力更強，詞語搭配也更爲靈活，可以看作範疇內核心詞。

　　「民」在《三曹文集》中共出現 66 次，有 2 個義位，分別是：（1）百姓；（2）泛指人。

　　「𥅆」在《三曹文集》中共出現 1 次，只有「百姓」1 個義位。

　　「百姓」在《三曹文集》中共出現 18 次，只有「百姓」1 個義位。

　　民：《說文》將「民」闡釋爲「眾萌也。」段注：「古謂民曰萌。萌猶懵懵無知皃也。」《左傳・成公十三年》：「民受天地之中以得生。」孔穎達疏：「民者，人也。言人受此天地中和之氣以得生育。」《甲骨文研究・釋宰臣》：「民字於卜辭未見，即從民之字亦未見。殷彝亦然。周代彝器，如康王時代之盂鼎已有民字，均作一左目形而有刃物以刺之。古人民盲每通訓，如《賈子・大政下篇》：『民之爲言萌也，萌之爲言盲也。』今觀民之古文，則民盲殆是一事。然其字均作左目，而以爲奴隸之總稱，且周文有民字而殷文無之（商書《盤庚》及《微子》諸篇雖有民字，然非古器物，不能據爲典要），疑民人之制實始於周人，周人初以敵囚爲民時，乃盲其目以爲奴徵也。」《金文詁林》編者按：「足證郭氏言之非謬。」肯定了郭沫若這一研究成果，認爲根據金文的字形，「民」的本義是奴隸。

　　𥅆：《說文》：「𥅆，民也，從民亡聲。」段注：「《孟子》：『則天下之民皆悅而願爲之𥅆矣。』趙注：『𥅆者，謂其民也。』按此則𥅆與民小別。蓋自他歸往之民則謂之𥅆。故字從民亡。」與「民」一樣，「𥅆」也指勞動者，區別在於，

「氓」是流亡在外，脫離了原籍的百姓。

百姓：春秋以前，百姓指的是百官，因爲姓是貴族才有的。《尚書‧堯典》：「九族既睦，平章百姓。」孔傳：「百姓，百官。」鄭注：「百姓，群臣之父子兄弟。」後經時代的變遷，封建制對奴隸制的取代使得許多舊的貴族奴隸主地位降低，也就成爲了平民。孫星衍《尚書今古文注疏》：「《（國語）周語》富辰曰：『百姓兆民』。注：『百姓，百官也；官有世功，受氏姓也。』《（國語）楚語》觀射父曰：『民之徹官百，王公之子弟之質，能言能聽，徹其官者，而物賜之姓，以鑒其是官，是爲百姓。』閻若璩又云：『百姓義二：有指百官言者，《書》「百姓」與「黎民」對，《禮‧大傳》「百姓」與「庶民」對是也；有指小民言者，不必夏代，亦始自唐虞之時，「百姓不親，五品不遜」是也。』」

在《三曹文集》中的「百姓」義位上，「民」可與形容詞搭配，表示百姓地位低微，如「下民、弱民、愚民」。可與「吏、士、兵」相對應，凸顯普通百姓這一身份。在句中充當句子成分的能力強，可以做主語、賓語、定語，還可以處在兩個謂語之間構成兼語式結構。在做中心語時，定語較豐富，有「累息之民、巢居之民、太和之民、東野之民、斯民」這樣的搭配，表達百姓的來源地、生活方式等等。做賓語時謂語動詞可以是「用、率、撫慰、鎮、殘害、畜養、化、綏、惠」等，搭配靈活，組合能力強，使用頻率高。《三曹文集》中「民」作爲「百姓」義共出現 64 次，舉數例如下：

（1）內踵伯禹司空之職，外承呂尚鷹揚之事，斗筲處之，民其瞻觀。（《曹操集‧讓還司空印綬表》）

（2）下民貧弱，代出租賦，衒鬻家財，不足應命。（《曹操集‧收田租令》）

（3）郡國守相明檢察之，無令彊民有所隱藏，而弱民兼賦也。（《曹操集‧收田租令》）

（4）使天下悉如疇志，即墨翟兼愛尚同之事，而老聃使民結繩之道也。外議雖善，爲復使令司隸以決之。（《曹操集‧決議田疇讓官教》）

（5）故與君教曰：「昔遏父陶正，民賴其器用，及子嬀滿，建侯於陳；近桑弘羊，位至三公。此君元龜之兆先告者也。」（《曹

操集・與王脩書》)

（6）加臣待罪上相，民所具瞻，而自過謬，其謂臣何！（《曹操集・讓九錫表》)

（7）去冬天降疫癘，民有凋傷，軍興於外，墾田損少，吾甚憂之。其令吏民男女：女年七十已上無夫子，若年十二已下無父母兄弟，及目無所見，手不能作，足不能行，而無妻子父兄產業者，廩食終身。（《曹操集・贍給災民令》)

（8）吏民多制文繡之服，履絲不得過絳，紫金黃絲織履。（《曹操集・內誡令》)

（9）劉鎮南久用其民矣，身沒之後，諸子鼎峙，雖終難全，猶可引日。（《曹操集・表劉琮令》)

（10）疇即受署，陳建攻胡蹊路所由，率齊山民，一時向化，開塞導送，供承使役，路近而便，令虜不意。（《曹操集・爵封田疇令》)

（11）請以竺領嬴郡太守，撫慰吏民。（《曹操集・表麋竺領嬴郡》)

（12）今兵戎始息，宇內初定，民之存者，非流亡之孤，則鋒刃之餘，當相親愛，養老長幼。（《曹丕集・禁私復仇詔》)

（13）況連年水旱，士民損耗，而功作倍於前，勞役兼於昔。（《曹丕集・車駕臨江而還詔三公》)

（14）戎役未息於外，士民未安於內，耳未聞康哉之歌，目未覩擊壤之戲，嬰兒未可託於高巢，餘糧未可以宿於田畝。（《曹丕集・讓禪令》)

（15）吾聞作詩曰：「喪亂悠悠過紀，白骨縱橫萬里，哀哀下民靡恃，吾將佐時整理，復子明辟致仕。」（《曹丕集・辭許芝等條上讖緯令》)

（16）鎮江漢之遺民，靜南畿之遐裔。（《曹丕集・述征賦有序》)

（17）孫權殘害民物，朕以寇不可長，故分命猛將三道並征。（《曹丕集・敕還師詔》)

（18）且休力役，罷省徭戍，畜養士民，咸使安息。（《曹丕集・敕
　　　還師詔》）

（19）故涼州刺史張既，能容民畜眾。（《曹丕集・詔賜張既子翁歸
　　　爵》）

（20）進不滅賊，退不和民。（《曹丕集・車駕臨江而還詔三公》）

（21）制詔：昔軒轅建四面之號，周武稱「予有亂臣十人」，斯蓋先
　　　聖所以體國君民，亮成天工，多賢為貴也。（《曹丕集・伐吳
　　　設鎮軍撫軍大將軍詔》）

（22）君化民以德，禮教興行，是用錫君軒縣之樂。（《曹丕集・策
　　　命孫權九錫文》）

（23）關津所以通商旅，池苑所以禦災荒，設禁重稅，非所以便民；
　　　其除池籞之禁，輕關津之稅，皆復什一。（《曹丕集・除禁輕
　　　稅令》）

（24）試守金城太守蘇則，既有綏民平夷之功，聞又出軍西定湟中，
　　　為河西作聲勢，吾甚嘉之。（《曹丕集・問張既令》）

（25）是以上慚眾瑞，下愧士民。（《曹丕集・再讓禪命令》）

（26）吾聞夙沙之民自縛其君以歸神農，豳國之眾繦負其子而入
　　　豐、鎬，斯豈驅略迫脅之所致哉？（《曹丕集・孟達降附令》）

（27）群公卿士誠以天命不可拒，民望不可違，孤亦曷以辭焉？
　　　（《曹丕集・允受禪令》）

（28）紹遇因運，得收英雄之謀，假士民之力，東苞巨海之實，西
　　　舉全晉之地，南阻白渠黃河，北有勁弓胡馬，地方二千里，
　　　眾數十萬，可謂盛矣。（《曹丕集・典論・奸讒有序》）

（29）法者，主之柄；吏者，民之命。法欲簡而明，吏欲公而平。
　　　（《曹丕集・典論・失題二十一段》）

（30）兵不解於外，民罷困於內，促耕不解其飢，疾蠶不救其寒。
　　　（《曹植集・諫伐遼東表》）

（31）皆以功勤濟國，輔主惠民。（《曹植集・求自試表》）

（32）吾雖薄德，位爲藩侯，猶庶幾勠力上國，流惠下民，建永世之業，流金石之功，豈徒以翰墨爲勳績，辭賦爲君子哉！（《曹植集·與楊德祖書》）

（33）將有以補益群生，尊主惠民，使功存於竹帛，名光於後嗣。（《曹植集·請招降江東表》）

（34）唯爾有神，尚餉永吉，兆民之望，祚於有魏世享。（《曹丕集·受禪告天文》）

（35）勤恤民隱，劼勞戮力，以除其害，經營四方，不遑啓處。（《曹植集·慶文帝受禪表二首》）

（36）陛下以聖德龍飛，順天革命，允答神符，誕作民主。（《曹植集·慶文帝受禪表二首》）

（37）散樂移風，國富民康，神應休徵，屢獲嘉祥。（《曹植集·七啓》）

（38）顯朝惟清，王道遐均，民望如草，我澤如春。（《曹植集·七啓》）

「氓」在《三曹文集》中僅見一例。「邊氓」，指邊疆的百姓。因地域的關係，可能來自其它地方，不限於「安土重遷，定居於本地」這一範疇內，故可用「氓」。

（39）悼彼邊氓，未遑宴息。恒勞庶事，競競翼翼。（《曹植集·卞太后誄》）

「百姓」在《三曹文集》中與「民」相比使用頻率較低。從語境來看，通常與表示君主的自稱「孤」、表示大臣的對稱「卿」，及「吏」、「帝」、「仁君」、「國」相對應，表示地位低。語法功能多樣，可充當主語、賓語、定語。

（40）卿在郡以來，禽奸討暴，百姓獲安，躬蹈矢石，所征輒克。（《曹操集·襃揚泰山太守呂虔令》）

（41）審配宗族，至乃藏匿罪人，爲逋逃主，欲望百姓親附，甲兵彊盛，豈可得邪！（《曹操集·收田租令》）

（42）脩令田疇，至節高尚，遭值州里戎、夏交亂，引身深山，研

精味道，百姓從之，以成都邑。（《曹操集‧爵封田疇令》）

（43）自頃已來，軍數征行，或遇疫氣，吏士死亡不歸，家室怨曠，百姓流離，而仁者豈樂之哉？（《曹操集‧存恤從軍吏士家室令》）

（44）今百姓寒者未煖，飢者未飽，鰥者未室，寡者未嫁；權、備尚存，未可舞以干戚，方將整以齊斧。（《曹操集‧讓禪令》）

（45）夫刑，百姓之命也。（《曹操集‧選軍中典獄令》）

（46）上古之始有君也，必崇恩化以美風俗，然百姓順教而刑辟厝焉。（《曹丕集‧制詔三公改元大赦》）

（47）且聞比來東征，經郡縣，歷屯田，百姓面有飢色，衣或裋褐不完，罪皆在孤：是以上慚眾瑞，下愧士民。（《曹丕集‧再讓符命令》）

（48）會黃巾盛於海岱，山寇暴於并、冀，乘勝轉攻，席卷而南，鄉邑望煙而奔，城郭覩塵而潰，百姓死亡，暴骨如莽。（《曹丕集‧典論‧自敘》）

（49）今吾德至薄也，人至鄙也，遭遇際會，幸承先王餘業，恩未被四海，澤未及天下，雖傾倉竭府以振魏國百姓，猶寒者未盡煖，飢者未盡飽。（《曹丕集‧辭許芝等條上讖緯令》）

（50）今事多而民少，上下相弊以文法，百姓無所措其手足。（《曹丕集‧議輕刑詔》）

（51）廣議輕刑，以惠百姓。（《曹丕集‧議輕刑詔》）

（52）今百姓寒者未煖，飢者未飽，鰥者未室，寡者未嫁；權、備尚存，未可舞以干戚，方將整以齊斧；戎役未息於外，士民未安於內，耳未聞康哉之歌，目未覩擊壤之戲，嬰兒未可託於高巢，餘糧未可以宿於田畝：人事未備，至於此也。（《曹丕集‧讓禪令》）

（53）景帝明德，繼文之則。肅清王室，克滅七國。省役薄賦，百姓殷昌。（《曹植集‧漢景帝贊》）

（54）將棲鳳於林園，豢龍於陂池，爲百姓旦夕之所觀。（《曹植集‧龍見賀表》）

（55）臣聞古之仁君，必有棄國以爲百姓。（《曹植集‧轉封東阿王謝表》）

（56）百姓吁嗟，萬國悲傷。（《曹植集‧文帝誄》）

（57）百姓欷歔，嬰兒號慕。（《曹植集‧卞太后誄》）

先秦典籍中「民」、「氓」、「百姓」使用情況如下：

	尚書	詩經	論語	周禮	禮記	左傳	孟子	呂氏春秋
民	197	80	37	177	208	379	203	234
氓	0	1	0	7	0	0	4	0
百姓	15	2	5	1	21	3	19	15

先秦時期，在「百姓」語義範疇內，「民」使用的頻率遠遠超出「氓」和「百姓」。「民」在語句之中與「君」、「主」、「上」、「天子」、「王者」相對應，並且被形容詞修飾，構成「下民」、「小民」等複音詞，顯示了地位的低下；與「聖人」相比較，意指能力平庸。與「人」連用，「民人」泛指百姓。與其它「百姓」義的詞如「黔首」出現在同一語句中，避免用詞重複。「民」可以被國名、地名修飾限制，特指某一範圍內的人民。「民」在句中可做主語、賓語、定語。做賓語時，謂語動詞有「監」、「治」、「君」等，說明「民」處於被統治的地位，與《說文》中被釋爲「天地之性最貴者也」的「人」是有區別的。

（1）德惟善政，政在養民。（《尚書‧虞書‧大禹謨》）

（2）蠢茲有苗，昏迷不恭，侮慢自賢，反道敗德，君子在野，小人在位，民棄不保，天降之咎，肆予以爾眾士，奉辭伐罪。（《尚書‧虞書‧大禹謨》）

（3）禹曰：洪水滔天，浩浩懷山襄陵，下民昏墊。（《尚書‧虞書‧益稷》）

（4）曰：天子作民父母，以爲天下王。（《尚書‧周書‧洪範》）

（5）惟周公左右先王，綏定厥家，毖殷頑民，遷於洛邑，密邇王

室，式化厥訓。(《尚書・周書・畢命》)

（6）惟天生民有欲，無主乃亂；惟天生聰明時乂，有夏昏德，民
墜塗炭，天乃錫王勇智，表正萬邦，纘禹舊服。(《尚書・商
書・仲虺之誥》)

（7）公稱丕顯德，以予小子揚文武烈，奉答天命，和恒四方民，
居師；惇宗將禮，稱秩元祀，咸秩無文。(《尚書・周書・洛
誥》)

（8）苗民弗用靈，制以刑，惟作五虐之刑曰法。(《尚書・周書・
呂刑》)

（9）上帝監民，罔有馨香，德刑發聞惟腥。(《尚書・周書・呂刑》)

（10）伯夷降典，折民惟刑；禹平水土，主名山川；稷降播種，家
殖嘉穀。(《尚書・周書・呂刑》)

（11）今商王受，弗敬上天，降災下民。(《尚書・周書・泰誓》)

（12）其惟王勿以小民淫用非彝，亦敢殄戮用乂民，若有功。(《尚
書・周書・召誥》)

（13）殪戎殷，誕受厥命越厥邦民，惟時敘，乃寡兄勖。(《尚書・
周書・康誥》)

（14）人有土田，女反有之。人有民人，女覆奪之。(《詩經・大雅・
瞻卬》)

（15）上好禮，則民莫敢不敬；上好義，則民莫敢不服；上好信，
則民莫敢不用情。(《論語・述而》)

（16）凡市偽飾之禁，在民者十有二，在商者十有二，在賈者十有
二，在工者十有二。(《周禮・地官・司市》)

（17）有治民之意而無其器，則不成。(《禮記・經解》)

（18）是故隆禮由禮，謂之有方之士；不隆禮不由禮，謂之無方之
民。(《禮記・經解》)

（19）君好之，則臣為之；上行之，則民從之。(《禮記・樂記》)

春秋戰國時期，由於百姓多寡關係到國家的興亡，在儒家民本思想的作

用下，「民」的地位有所上陞，做賓語時謂語動詞如「恤」、「安」等，與前代相比更加溫和。此外，從語境中可以看出，「民」側重於指稱國境以內的居民，相對穩定。

（20）臧孫達曰：「是宜爲君，有恤民之心。」（《左傳・莊公十一年》）

（21）吾聞之：「國將興，聽於民；將亡，聽於神。」（《左傳・莊公三十二年》）

（22）民爲貴，社稷次之，君爲輕。（《孟子・盡心下》）

（23）今時則易然也：夏后、殷、周之盛，地未有過千里也，而齊有其地矣；雞鳴狗吠相聞，而達乎四境，而齊有其民矣。（《孟子・公孫丑上》）

（24）麒麟之於走獸、鳳凰之於飛鳥、太山之於丘垤、河海之於行潦，類也；聖人之於民，亦類也。（《孟子・公孫丑上》）

（25）鄰國之民不加少，寡人之民不加多，何也？（《孟子・梁惠王上》）

（26）古之君民者，仁義以治之，愛利以安之，忠信以導之，務除其災，思致其福。（《呂氏春秋・適威》）

（27）故兵入於敵之境，則民知所庇矣，黔首知不死矣。（《呂氏春秋・懷寵》）

「氓」在先秦典籍中共 12 例。根據語境判斷，「氓」與「民」相對應，非本土之民。因其來自外邦，需「致」、「安」、「教」、「利」。在句中可做主語、賓語，未見做定語的用例。

（28）氓之蚩蚩，抱布貿絲。匪來貿絲，來即我謀。（《詩經・衛風・氓》）

（29）凡治野，以下劑致氓，以田里安氓，以樂昏擾氓，以土宜教氓稼穡，以興鋤利氓，以時器勸氓，以彊予任氓，以土均平政。（《周禮・地官司徒・遂人》）

（30）凡用粟，春頒而秋斂之，凡新氓之治皆聽之，使無徵役，以

地之嫩惡爲之等。(《周禮・地官司徒・遂人》)

（31）廛，無夫里之布，則天下之民，皆悦而願爲之珉矣。(《孟子・
公孫丑上》)

（32）有爲神農之言者許行，自楚之滕，踵門而告文公曰：「遠方之
人，聞君行仁政，願受一廛而爲珉。」(《孟子・滕文公上》)

（33）陳良之徒陳相與其弟辛，負耒耜而自宋之滕，曰：「聞君行聖
人之政，是亦聖人也，願爲聖人珉。」(《孟子・滕文公上》)

（34）曰：「君之於珉也，固周之。」(《孟子・萬章下》)

「百姓」首見於《尚書》，除「百官」之義外，用於「百姓」義從語義方
面考察與「民」無別。「百姓」與「君」、「上」、「諸侯」、「臣」、「吏」、「士」
等階層相對應，地位處於底層。「百姓」可做主語、賓語、定語，做賓語時謂
語動詞有「養」、「勞」、「安」、「撫」等，與「民」一致。「百姓」還可以與介
詞「於」構成介賓結構，在句中做謂語動詞的補語。

（35）周達道以干百姓之譽，罔咈百姓以從己之欲。(《尚書・虞
書・大禹謨》)

（36）天視自我民視，天聽自我民聽。百姓有過，在予一人，今朕
必往。(《尚書・周書・泰誓》)

（37）士制百姓於刑之中，以教祗德。(《尚書・周書・呂刑》)

（38）俾暴虐于百姓，以奸宄于商邑。(《尚書・周書・牧誓》)

（39）不自爲政，卒勞百姓。(《詩經・小雅・節南山》)

（40）對曰：「百姓足，君孰與不足？」(《論語・顏淵》)

（41）曰：「修己以安百姓。」(《論語・憲問》)

（42）其位，王南鄉，三公及州長、百姓北面，群臣西面，群吏東
面，小司寇擯以敘進而問焉，以眾輔志而弊謀。(《周禮・秋
官司寇》)

（43）諸侯爲百姓立社曰國社，諸侯自爲立社曰侯社。(《禮記・祭
法》)

（44）故君子信讓以蒞百姓，則民之報禮重。（《禮記・坊記》）

（45）子曰：上人疑則百姓惑，下難知則君長勞。（《禮記・緇衣》）

（46）一人刑善，百姓休和，可不務乎？（《左傳・襄公十三年》）

（47）若困民之主，匱神乏祀，百姓絕望，社稷無主，將安用之？
（《左傳・襄公十四年》）

（48）百姓皆以王爲愛也，臣固知王之不忍也。（《孟子・梁惠王上》）

（49）今恩足以及禽獸，而功不至於百姓者，獨何與？（《孟子・梁惠王上》）

（50）完子曰：「君之有國也，百姓怨上，賢良又有死之，臣蒙恥。」
（《呂氏春秋・似順》）

（51）於是早朝晏退，問疾弔喪，務鎮撫百姓。（《呂氏春秋・制樂》）

（52）三年苦身勞力，焦唇乾肺，內親群臣，下養百姓，以來其心。
（《呂氏春秋・順民》）

（53）愛敬盡於事親，光耀加於百姓，究於四海，此天子之孝也。
（《呂氏春秋・孝行》）

兩漢時期「民」、「氓」、「百姓」使用情況如下：

	淮南子	史記	漢書	論衡
民	251	917	1475	233
氓	1	0	1	0
百姓	54	208	292	21

兩漢時期「百姓」的使用頻率有所增加，漢人爲前代典籍做注解時也多用「百姓」來注釋「氓」，如《詩經・大雅・桑柔》「維此惠君，民人所瞻」，鄭玄箋「維至德順民之君爲百姓所瞻仰者」。但在數量上「百姓」還是無法與「民」抗衡，更不能取而代之。

「氓」在本文統計的兩漢時期四部典籍中僅見2例，從語義上來看，「外邦之民」的意義有所弱化，與「民」、「隸」連用，意在強調地位低微。

（1）湯夙興夜寐，以致聰明，輕賦薄斂，以寬民氓，布德施惠，
以振困窮，弔死問疾，以養孤孀。（《淮南子・脩務訓》）

（2）於是乎乃解酒罷獵，而命有司曰：「地可墾闢，悉爲農郊，以贍氓隸，頹牆填塹，使山澤之民得至焉。（《漢書・司馬相如傳》）

「百姓」在兩漢典籍中充當句子成分的能力和搭配與「民」一樣都沒有新突破，一句之中「百姓」與「民」並用的例子增多。

（3）今夫積惠重厚，累愛襲恩，以聲華嘔符嫗掩萬民百姓，使知之訢訢然人樂其性者，仁也。（《淮南子・俶眞訓》）

（4）朕既不明，委政於公，間者陰陽不調，寒暑失常，變異屢臻，山崩地震，河決泉湧，流殺人民，百姓流連，無所歸心，司空之職尤廢焉。（《漢書・何武王嘉師丹傳》）

（5）爲民父母，若是之薄，謂百姓何？（《漢書・元帝紀》）

（6）至今有司執政，未得其中，施與禁切，未合民心，暴猛之俗彌長，和睦之道日衰，百姓愁苦，靡所錯躬。（《漢書・元帝紀》）

（7）頃者有司緣臣子之義，奏徙郡國民以奉園陵，令百姓遠棄先祖墳墓，破業失產，親戚別離，人懷思慕之心，家有不安之意。（《漢書・元帝紀》）

（8）間者，國張六管，稅山澤，妨奪民之利，連年久旱，百姓饑窮，故爲盜賊。（《漢書・王莽傳》）

由於兩漢時期社會局勢比較穩定，國家一統，「百姓」主要和「夷」對應，不因國家而區別境內境外之民。「百姓」成爲了一種身份，與統治階級相區別。

（9）即位三十年，四夷賓服，百姓家給，政教清明，乃營立明堂、辟廱。（《漢書・禮樂志》）

（10）然君初入關，本得百姓心，十餘年矣。（《漢書・蕭何傳》）

（11）且兩雄不俱立，楚、漢久相持不決，百姓騷動，海內搖蕩，農夫釋耒，紅女下機，天下之心未有所定也。（《漢書・酈陸朱劉叔孫傳》）

（12）通説范陽令徐公曰：「臣，范陽百姓蒯通也，竊閔公之將死，故弔之。」（《漢書・蒯伍江息夫列傳》）

綜上所述，「民」、「氓」、「百姓」三詞在先秦時期語義不盡相同。「民」和「氓」的主要區別在於，「民」側重於指稱國境之內的百姓，「氓」側重於指稱境外的百姓。這一區別隨著社會的發展而淡化，兩漢時期因國家統一，「氓」也可以理解爲境內之民。「民」和「百姓」語義上的區別在於，「民」本義爲奴隸，因此在詞語搭配情況及語境中都反映出「民」的低微地位。「百姓」的本義是百官，因上古時期只有貴族才有姓氏。「百姓」語義由「百官」演變爲普通群眾的時代約爲春秋戰國交接時期。《辭海》：「百姓，戰國以後用爲平民通稱。」在先秦時期著作中，有注解明確地將「百姓」注爲百官。如《詩經・小雅・天保》：「群黎百姓，遍爲爾德。」《毛傳》：「百姓，百官族姓。」《字說》：「《小雅・天保》亦群黎百姓對舉，百姓與民在古初有主奴貴賤之別，官吏爲百姓，俘民以之助牧畜耕種而已。」〔註4〕《尚書・堯典》：「百姓昭明。」孔穎達疏：「經傳之言百姓，或指天下百姓。此下句乃有黎民，故知百姓即百官也。百官謂之百姓者，隱八年《左傳》云：『天子建德，因生以賜姓。』謂建立有德以爲公卿，因其所生之地而賜之，以爲其姓，令其收斂族親，自爲宗主。明王者，任賢不任親，故以百姓言之。」但「百姓」的「普通群眾」義已於商周時代萌芽，在語境中體現了所屬社會階層低這一特點。兩漢時期，從語義方面考察，「民」、「氓」、「百姓」基本無別。

從充當句子成分的能力和詞語搭配的靈活度來分析，「民」在先秦時代便超出「氓」與「百姓」，使用頻率也遠遠超出另外二詞，可以看作「百姓」語義範疇內的核心詞。兩漢時期在詞彙複音化趨勢的作用下，「百姓」的使用頻率得到了很大提升，但仍無法撼動「民」的核心詞地位。相比之下「民」更具書面語色彩，便於被定語修飾構成新的複音詞。

2.5　年、歲、載

要點：「年」、「歲」、「載」在「太陽公轉一年的時間」語義範疇內爲同義詞。三詞語義方面的差別不明顯，在《三曹文集》中「年」由於充當句子成

〔註4〕　郭沫若《奴隸制時代》，中國人民大學出版社，2005年，279頁。

分的能力更強、詞語搭配更靈活，使用頻率高，具備了成爲範疇內核心詞的可能性。

「年」在《三曹文集》中共出現 103 次，有 3 個義位，分別是：（1）太陽公轉一年的時間；（2）年齡；（3）年號。

「歲」在《三曹文集》中共出現 27 次，有 2 個義位，分別是：（1）太陽公轉一年的時間；（2）年齡。

「載」在《三曹文集》中共出現 30 次，有 3 個義位，分別是：（1）太陽公轉一年的時間；（2）裝載；（3）記載。

年，《說文》：「穀熟也。」《玉篇》：「年，載也，禾取一熟也。」年表示「年成」的意義在三曹文中依然存在。如：若年殷用足，租奉畢入，將大與眾人悉共饗之。（《曹操集·分租與諸將掾屬令》）黃河流域莊稼一年一熟，因此就把莊稼成熟一次的時間稱作「一年」。「年」是根據物候、根據農業生產而命名的。〔註 5〕《公羊傳·隱公元年》：「君之始年也。」何休注：「年者，十二月之總號。」《穀梁傳·桓公元年》：「四時具而後爲年。」都界定了「年」的含義。

歲，古代指歲星，即木星。《曹植集·辯道論》：「夫神仙之書、道家之言，乃云：傳說上爲辰尾宿；歲星降下爲東方朔；淮南王安誅於淮南，而謂之獲道輕舉；鈎弋死於雲陽，而謂之屍逝柩空。」用歲星紀年是天文紀年法。新《辭源》：「歲，年。」用互訓的方式把「歲」與「年」的意義等同起來。

載，從字形上可看出，本義與車相關，是裝載或出行的意思。《說文》：「載，乘也。」《曹丕集·與朝歌令吳質書》：「白日既匿，繼以朗月，同乘並載，以遊後園。」王鳳陽先生認爲，「載」古代常借作開始義。《詩·豳風·七月》：「春日載陽，有鳴倉庚」，集傳「載，始也」。一年周期過後，萬物重新萌發生長，又開始新的一年，所以把一個循環的從頭開始也稱作「載」。〔註 6〕與本義不同，用作「年」的義項時，載讀音爲 zǎi。《爾雅·釋天》：「夏曰歲，商曰祀，周曰年，唐虞曰載。」把「歲」、「祀」、「年」、「載」定義爲「年」在

〔註 5〕王鳳陽《古辭辨》，吉林文史出版社，1993 年，9 頁。

〔註 6〕王鳳陽《古辭辨》，吉林文史出版社，1993 年，9 頁。

不同時代的稱法。《集韻》:「載,年也。」《爾雅‧釋天》:「載,歲也。」則是用互訓建立了三者詞義的聯繫。

年、歲、載的共同義項即爲可以用作表示時間的單位,指地球繞太陽公轉一周的時間。「三曹」作品中也體現出了這一共同點。

（1）河北罹袁氏之難,其令無出今年租賦。（《曹操集‧蠲河北租賦令》）

（2）蓋聞四節異氣以成歲,君子殊道以成名,故微子奔走而顯,比干剖心而榮。（《曹丕集‧連珠》）

（3）時歲之暮春,句芒司節,和風扇物,弓燥手柔,草淺獸肥,與族兄子丹,獵於鄴西終日,手獲獐鹿九,雉兔三十。（《曹植集‧論郤儉等事》）

（4）歲往月來,忽復九月九日。（《曹丕集‧九日與鍾繇書》）

（5）阿保激感,上聖悲傷。城闕之詩,以日喻歲。況我愛子,神光長滅。（《曹植集‧平原懿公主誄》）

（6）出入三載,歷年未賜,此爲成一人之高,甚違王典,失之多矣。（《曹操集‧爵封田疇令》）

例（1）用「今年」指稱某一具體年份。例（2）「四節異氣以成歲」、例（3）「歲之暮春」用「歲」與四時的關係闡明了「歲」表示一年的義項。例（4）（5）「歲往月來」、「以日逾歲」,「歲」、「月」、「日」相比照,這種用法沿用至今,如「歲月如梭」、「度日如年」。例（6）「歷年」承接「三載」,體現出了兩個詞義項的重合之處。

同樣表示太陽公轉一年的時間,「年」除直接放在基數詞後面的用法以外,還可以用在「整數＋零數」的形式後面,「歲」、「載」在本書中則無此用法。如:

（7）喪亂已來,十有五年,後生者不見仁義禮讓之風,吾甚傷之。（《曹操集‧修學令》）

（8）吾起義兵誅暴亂,於今十九年,所征必克,豈吾功哉?（《曹操集‧封功臣令》）

（9）自在軍旅，十有餘年，行同騎乘，坐共幄席。（《曹操集·請
　　追贈郭嘉封邑表》）

（10）吾衣（被）皆十歲也，歲（歲）解浣補納之耳。（《曹操集·
　　內誡令》）

（11）後百餘歲有孫臏，是武之後也。（《曹操集·〈孫子〉序》）

（12）計先王崩來，未能半歲。（《曹植集·請祭先王表》）

（13）反旋在國，捷門退掃，形景相守，出入二載。（《曹植集·黃
　　初六年令》）

（14）自元光以迄徵和，四五十載之間，征匈奴四十餘舉，逾廣漢，
　　絕梓嶺，封狼居胥，禪姑幕，梁北河，觀兵瀚海。（《曹丕集·
　　典論·論孝武》）

　　例（7）「十有五年」表示「十五年」的意思。「歲」、「載」在文中則沒有
這樣的用法。一般是直接置於基數詞後表示確定的一段時間，如例（8）（10）
（12）（13），或者用於約數表達法，如例（9）（11）（14），表示大致的時間。

　　「載」用來表示「年」的意義時，多是誇張用法，極言其久，常見的固定
搭配有：「千載」、「萬載」、「億載」等。如：

（15）會董卓作亂，義當死難，故敢奮身出命，摧鋒率眾，遂值千
　　載之運，奉役目下。（《曹操集·上書謝策命魏公》）

（16）忠臣孝子，宜思仲尼、丘明、釋之之言，鑒華元、樂苢、明
　　帝之戒，存於所以安君定親，使魂靈萬載無危，斯則賢聖之
　　忠孝矣。（《曹丕集·典論·終制》）

（17）可謂命世之大聖，億載之師表者已。（《曹植集·制命宗聖侯
　　孔羨奉家祀碑》）

　　另外，表示「十二個月」這個義項的時候，「年」、「歲」、「載」在意義與用
法上還有一些不同。「第一年」稱爲「元年」，如：

（18）今朕承帝王之緒，其以延康元年爲黃初元年，議改正朔，易
　　服色，殊徽號，同律度量，承土行，大赦天下；自殊死以下，
　　諸不當得赦，皆赦除之。（《曹丕集·制詔三公改元大赦》）

漢武帝建元元年開始使用年號紀年法〔註7〕，「年」也用來專門指稱年號。如：

（19）五行定紀，改號革年。（《曹植集・文帝誄》）

與年號搭配，具體指稱某一年時，只用「年」、「載」，不用「歲」。如：

（20）惟建安十有三年五月甲戌，童子曹蒼舒卒。（《曹丕集・曹蒼舒誄有序》）

（21）銘曰：惟建安廿有四載二月甲午，魏太子丕造百辟寶刀三，其一長四尺二寸，重一斤十有五兩。（《曹丕集・典論・劍銘》）

（22）建安十六年，上西征，余居守，老母諸弟皆從。（《曹丕集・感離賦有序》）

指稱過去表示追溯可用「年」、「歲」，不用「載」。（《前漢紀》中有「歷載」，意為經歷多年，本書無。）如：

（23）昔年疾疫，親故多離其災，徐、陳、應、劉，一時俱逝，痛可言邪！（《曹丕集・又與吳質書》）

（24）道薄於當年，風頹於百代矣。（《曹丕集・令》）

（25）往歲作百辟刀五枚適成，先以一與五官將。（《曹操集・百辟刀令》）

「歲」可以迭用，表示「年年」的意思。「年」在其它典籍中也有迭用的形式（《魏書》：「年年水旱，牛馬殗踣。」），「載」則無。如：

（26）而數年以來，水旱不時，民困衣食，師徒之發，歲歲增調。

（《曹植集・陳審舉表》）

「年」、「歲」均有年齡的義項，「載」則沒有。年因穀物成熟引申表人的生命過程，又可引申為年齡的意思；歲星每年行經一個星次為一歲，人活一年也為一歲，故歲可用作計算年齡的單位。〔註8〕如：

（27）南兄，臣下欲使即位，南兄言，以年則北兄長，以位則北兄重。便欲送璽，會曹操斷道。（《曹操集・上言破袁紹》）

〔註7〕 劉乃和《中國歷史上的紀年》，海豚出版社，2012年。

〔註8〕 洪成玉、張桂珍《古漢語同義詞辨析》

（28）年踰耳順，乾乾匪倦。（《曹植集‧卞太后誄》）

（29）郭奉孝年不滿四十，相與周旋十一年，阻險艱難，皆共罹之。

　　　（《曹操集‧與荀彧書追傷郭嘉》）

（30）吾昔爲頓丘令，年二十三。（《曹操集‧戒子植》）

（31）又臣士息前後三送，兼人已竭，惟尚有小兒七八歲已上、十

　　　六七已還，三十餘人。（《曹植集‧諫取諸國士息表》）

　　表示「年齡」的義項時，「年」通常在句中作主語。如果和具體的數字搭配，則出現在數字前，如例（30）。而「歲」表示年齡則會置於數字後，如例（31）。這也是爲了將表示「十二個月」的「年」與表示「年齡」的「年」區分開來。這一點在「年」、「歲」並用時特別明顯。如：

（32）光武言：「年三十餘，在兵中十歲，所更非一。」吾德不及之，

　　　年與之齊矣。（《曹丕集‧又與吳質書》）

（33）時余年十歲，乘馬得脫。（《曹丕集‧典論‧論郤儉等事》）

　　「年」由「年齡」之義又引申出「壽命」的意思。如：

（34）輔體延年，莫斯之貴。（《曹丕集‧九日與鍾繇書》）

　　「年」常與描摹年齡的形容詞如「少」、「長」等搭配，「歲」、「載」則無。如：

（35）吾以幼年逮陞堂室，特以頑鄙之姿，爲大君子所納。（《曹操

　　　集‧祀故太尉橋玄（墓）文》）

（36）咨爾鄧哀侯沖，昔皇天鍾美於爾躬，俾聰哲之才，成於弱年。

　　　（《曹丕集‧贈諡鄧哀侯詔》）

（37）正復不老，皆使年壯，備有不虞，檢校乘城，顧不足以自救，

　　　況皆復耄耄罷曳乎！（《曹植集‧諫取諸國士息表》）

（38）今部曲皆年耄，臥在床席，非糜不食，眼不能視，氣息裁屬

　　　者，凡三十七人。（《曹植集‧諫取諸國士息表》）

　　「年」、「歲」、「載」在先秦典籍中出現的頻率：

	周易	尚書	詩經	論語	周禮	禮記	左傳	孟子	呂氏春秋
年	19	25	18	15	18	80	777	27	58
歲	20	7	20	1	54	3	29	8	8
載	0	11	0	0	0	0	1	2	0

從圖表中可以看出，先秦時代「年」、「歲」的使用頻率高於「載」。除《左傳》外，「年」、「歲」二詞的使用頻率差距並不大。其原因在於，《左傳》體裁爲史書，需要說明事件發生的具體年代，因此有 700 處「年」用以指明事件發生的時期，如「十二年夏」、「四年春王二月癸巳」、「十有九年春王正月」等。其餘 77 例用以表示「太陽公轉一年的時間」。

在先秦時代的典籍之中，「年」、「歲」、「載」都可以置於數詞後，表示計算年數。

（1）肆高宗之享國五十年有九年。（《尚書·無逸》）

（2）馮相氏掌十有二歲，十有二月，十有二辰，十日，二十有八星之位。辨其敘事，以會天位。（《周禮·春官·馮相氏》）

（3）朕宅帝位三十有三載，耄期倦於勤。（《尚書·虞書·大禹謨》）

「年」的使用頻率雖然並沒有遙遙領先，但是在先秦典籍中可以看出，「年」充當句子成分的能力和詞語搭配的靈活度是非常突出的。在句中，「年」可以與數詞一起構成數量短語，在句中充當補語、狀語、謂語、定語等成分，還可以被形容詞、副詞修飾。

（4）周公居東二年則罪人斯得。（《尚書·金縢》）

（5）九三，高宗伐鬼方，三年克之，小人勿用。（《周易·既濟》）

（6）祖父卒，而後爲祖母后者三年。（《禮記·喪服小記》）

（7）三年之喪，二十五月而畢，哀痛未盡，思慕未忘，然而服以是斷之者，豈不送死者有已，復生有節哉？（《禮記·三年問》）

（8）夫告宰名。宰辯告諸男名。書曰某年某月某日某生而藏之。（《禮記·王制》）

（9）趙惠王謂公孫龍曰：「寡人事偃兵十餘年矣，而不成，兵不可偃乎？」（《呂氏春秋·審應》）

（10）荊莊王立，三年不聽而好讔。（《呂氏春秋·重言》）

（11）倬彼甫田，歲取十千。（《詩經·小雅·甫田》）

在相同的結構中，「年」、「歲」的用例與「載」相比出現的年代也更早。如：

（12）居數年，越報吳，殘其國，絕其世，滅其社稷，夷其宗廟，夫差身爲擒。（《呂氏春秋·知化》）

（13）貢者，校數歲之中以爲常。（《孟子·滕文公上》）

（14）後數載，徙爲代王。（《北史·隋本紀》）

（15）置大餘五算，每年加五算，滿六十日則除之；後年更置五算，如上法。（《史記·曆書》）

（16）每歲孟春，遒人以木鐸徇於路，官師相規，工執藝事以諫，其或不恭，邦有常刑。（《尚書·胤征》）

（17）倫之大喜，每載酒肴詣泰。（《宋書·列傳第六》）

雖然「歲」與「月」、「日」配合得更加緊密，但先秦時期已經出現了「年」、「月」、「日」配合使用的用例。

（18）天子五年一巡守，歲二月，東巡守至於岱宗，柴而望祀山川，覲諸侯，問百年者就見之。（《禮記·王制》）

（19）曰王省惟歲，卿士惟月，師尹惟日。（《尚書·洪範》）

（20）書曰某年某月某日某生而藏之。宰告閭史，閭史書爲二。其一藏諸閭府，其一獻諸州史。（《禮記·內則》）

「年」在先秦時期已出現用於序數詞後的用例，「歲」、「載」則未見此用法。

（21）惠公之季年，敗宋師於黃。（《左傳·隱公元年》）

綜上所述，詞彙作爲語言的一大要素，和語音、語法一樣，是處於發展變化中的。三曹所處的漢魏時期，「年」、「歲」、「載」在表示時間單位這個義項上有共同之處。隨著時代的變遷，在時間這個意義上，現代使用較爲普遍的詞語是「年」。在年齡這個意義上，通用的詞爲「歲」。用「歲」、「載」表示時間則帶有一些文言色彩。從語義的角度來看，「年」與「歲」相比，在前秦時代，由於「歲」代表歲星，所以與「太陽公轉一年的時間」關聯更緊密，

因此與「月」、「日」配合使用的情況更多。但由於「歲」在語法方面充當句子成分的能力更強，搭配更爲靈活，增強了成爲範疇內核心詞的可能性。

2.6　聞、聽、聆

要點：「聞」、「聽」、「聆」在「聽」這一語義範疇內爲同義詞。三詞的差別主要存在於語義方面，「聞」側重於聽到了，接收到訊息；「聽」強調聽的動作；「聆」則描繪了認眞傾聽的情態。

「聞」在《三曹文集》中共出現 106 次，有 8 個義位，分別是：（1）聽到；（2）聽說，知道；（3）向上級匯報；（4）接受；（5）問候；（6）聲譽；（7）見聞（8）嗅。表「聽到」意義的有 29 處。

「聽」在《三曹文集》中共出現 36 次，有 3 個義位，分別是：（1）用耳朵接收聲音；（2）聽從，聽取；（3）審查、斷決。表「用耳朵接收聲音」意義的有 17 處。

「聆」在《三曹文集》中共出現 4 次，有 2 個義位，分別是：（1）細聽；（2）聽從，聽信。表「細聽」意義的有 3 處。列舉如下：

（1）揚雲旗之繽紛兮，聆榜人之謳譁。（《曹丕集‧浮淮賦有序》）

（2）觀遊龍於神淵，聆鳴鳳於高岡。（《曹植集‧七啓》）

（3）號之不應，聽之不聆。（《曹植集‧平原懿公主誄》）

聞，《說文》：「知聞也。」段注：「知聲也。」「聞」本義即爲用耳朵感知聲音，接收到聲音的訊息。《殷曆譜》下編卷三：「聞之義，一爲聞知，一爲達聞。此二義殷代已並用之。此字最初之意義，當爲奏報上『達』之『聞』，猶《淮南‧主術》『而臣情得上聞』之『聞』。接受此奏報者必有所聞，故同時亦有知之義。」《正字通》：「凡人臣奏事於朝亦曰聞。」由此可知，「聞」在「知聲」的意義之外還有「使聲被聞知」之義，即報告、奏事的意思。如《淮南子‧主術訓》：「是故號令能下究，而臣情得上聞。」高誘注：「聞猶達也。」「上聞」即使上級部門或君主聽說、知道。因聽說而知曉，「聞」由此而具備「知道」的意義。王筠《說文句讀》：「《孟子》『聞其樂而知其德』，《大學》『聽而不聞』，是知聽者耳之官，聞者心之官，故《廣雅》曰：『聞，智也。』」

「知事理」這一意義則是「聽」、「聆」所不具備的。

聽：《說文》：「聽，笑貌。聽，聆聽也。」聽、聽二字同源，表達的意思是用耳朵感受、捕捉聲音。郭沫若提出，「古聽（聽）、聲（聲）、聖（聖）乃一字，其字即從耵，從口耳會意。言口有所言，耳得之而爲聲。其得聲之動作則爲聽。聖、聲、聽均後起之字也。聖從耵壬聲，僅于耵之初文附以聲符而已。」〔註9〕《甲骨文字集釋》卷十二聖字下編者按：「聖之初詣爲聽覺官能之敏銳，故引申訓通、賢聖之義。……聽、聲、聖三字同源，其始當本一字。」吳大澂在《說文古籀補》中解釋聽字：「古聽字從聖從十口，聖人能兼聽也。聽從十口，相從十目，視明聽聰也。」聰是聽覺靈敏之意，《莊子・外物》：「耳徹爲聰」，喪失聽力稱爲「失聰」。

聆：《說文》：「聽也。」段注：「聆者，聽之知微者也。」王鳳陽先生認爲，「聆」不同於「聽」、「聞」的地方，在於它連帶表示聽的狀態，只有靜聽、細聽、懷著敬意和關切地聽，唯恐聽不到、聽不清才叫「聆」。謝靈運《登池上樓》「側耳聆波瀾，舉目眺嶇嶔」，是側耳細聽。《法言・五百》「聆聽前世，清視在下，鑒莫近於斯矣」，是恭恭敬敬地聽。〔註10〕先秦典籍《尚書》《詩經》《論語》《孟子》《莊子》《荀子》《韓非子》《周禮》《禮記》等都未使用「聆」。《墨子》僅使用一次：「農夫春耕夏耘，秋斂冬藏，息於聆缶之樂。」〔註11〕畢沅、王念孫都認爲「聆」是「瓴」的誤寫〔註12〕。漢代以後，自揚雄《法言》始見「聆」表示聽的意義。因其見例少，本文主要辨析「聞」、「聽」二詞。

《三曹文集》中「聞」這一動作涉及到的對象非常豐富，包含具象的兵器之聲、鼓聲、鳥鳴聲、歌聲、樂器聲、誦讀聲、話語以及抽象的計謀等。從情態上來看，強調聽的結果，聽見了。與其它感官動詞搭配時，與同樣強調結果的「見、睹」連用，表示感知到了某事物。「聞」可以被時間副詞、範圍副詞、否定副詞等修飾限制，如「將、始、及、皆、亦、不、未、無」等。從語法上看，「聞」可以帶賓語，也可以不帶。不帶賓語時，可以表示使動用

〔註9〕 郭沫若《卜辭通纂》，科學出版社，1983年，137頁。

〔註10〕 王鳳陽《古辭辨》，吉林文史出版社，1993年，797頁。

〔註11〕 見於《墨子・三辯》，《墨子校注》（新編諸子集成），中華書局，2006年。

〔註12〕 轉引自孫詒讓《墨子間詁》，中華書局，2001年，39頁。

法，如「琮之有善，雖小必聞」（《三曹文集・典論・奸讒有序》），就是讓別人聽到的意思。

（1）不從其言者，即夜聞有軍兵聲，明日視屯下，但見虎跡。（《曹操集・掩獲宋金生表》）

（2）臣陳軍披堅執銳，朱旗震耀，虎士雷譟，望旗眩精，聞聲喪氣，投戈解甲，翕然沮壞。（《曹操集・破袁尚上事》）

（3）頻年以來，不聞嘉謀，豈吾開延不勤之咎邪？（《曹操集・求言令》）

（4）更以此事列上，宣示諸軍將校掾屬，皆使聞見。（《曹操集・宣示孔融罪狀令》）

（5）自是以來，在朝之士，每得一顯選，常舉君為首，及聞袁軍師眾賢之議，以為不宜越君。（《曹操集・與王脩書》）

（6）孤與卿君同共舉事，加欽令問。始聞越言，固自不信。（《曹操集・辯衛臻不同朱越謀反論》）

（7）魂而有靈，亦將聞孤此言也。（《曹操集・報崩越書》）

（8）住者結屯，住幡後，聞急鼓音整陳，斥候者視地形廣狹，從四角而立表，制戰陳之宜。（《曹操集・步戰令》）

（9）麾不聞令，而擅前後左右者斬。（《曹操集・步戰令》）

（10）若步騎與賊對陳，臨時見地勢，便欲使騎獨進討賊者，聞三鼓音，騎特從兩頭進戰，視麾所指，聞三金音還。（《曹操集・步戰令》）

（11）有急，聞雷鼓音絕後，六音嚴畢，白辨便出。（《曹操集・步戰令》）

（12）所服食施行導引，可得聞乎？（《曹操集・與皇甫隆令》）

（13）仰瞻天而太息，聞別鳥之哀鳴。（《曹丕集・悼夭賦有序》）

（14）必自魚爛，不復血刃，宜慎終動靜以聞。（《曹丕集・伐吳詔》）

（15）今百姓寒者未煖，飢者未飽，鰥者未室，寡者未嫁；權、備尚存，未可舞以干戚，方將整以齊斧；戎役未息於外，士民

未安於內，耳未聞康哉之歌，目未覩擊壤之戲，嬰兒未可託於高巢，餘糧未可以宿於田畝：人事未備，至於此也。(《曹丕集・讓禪令》)

（16）側聞斯語，未覩厥狀。(《曹丕集・與鍾大理書》)

（17）蓋聞琴瑟高張則哀彈發，節士抗行則榮名至，是以申胥流音於南極，蘇武揚聲於朔裔。(《曹丕集・連珠》)

（18）琮之有善，雖小必聞；有過，雖大必蔽。(《曹丕集・典論・奸讒有序》)

（19）遭天下大亂，百祀墮壞，舊居之廟，毀而不修，褒成之後，絕而莫繼，闕里不聞講誦之聲，四時不睹烝嘗之位，斯豈所謂崇禮報功，盛德百世必祀者哉！(《曹植集・制命宗聖侯孔羨奉家祀碑》)

（20）夫臨博而企竦，聞樂而竊抃者，或有賞音而識道也。(《曹植集・求自試表》)

（21）每四節之會，塊然獨處，左右唯僕隸，所對惟妻子，高談無所與陳，發義無所與展。未嘗不聞樂而撫心，臨觴而歎息也。(《曹植集・求通親親表》)

（22）陛下體天真之淑聖，登神機以繼統，冀聞康哉之歌，偃武行文之美。(《曹植集・陳審舉表》)

（23）楚王臣彪等聞臣為讀，莫不揮涕。(《曹植集・答明帝詔表》)

（24）若此，則太平之基可立而待，康哉之歌可坐而聞，曾何優於二敵，何懼於公孫乎！(《曹植集・諫伐遼東表》)

（25）鏡機子曰：「夫辯言之豔，能使窮澤生流，枯木發榮，庶感靈而激神，況近在乎人情。僕將為吾子說遊觀之至娛，演聲色之妖靡，論變化之至妙，敷道德之弘麗，願聞之乎？」(《曹植集・七啟》)

（26）來無見兮進無聞，泣下雨兮歎成雲。(《曹植集・九詠》)

（27）頃不相聞，覆相聲音亦為怪。(《曹植集・與丁敬禮書》)

（28）故竇融聞聲而景附，馬援一見而歎息。（《曹植集·漢二祖優

劣論》）

（29）孰云仲宣，不聞其聲。（《曹植集·王仲宣誄》）

「聽」這一動作從情態上看強調聽這一動作，是主觀上的行為，至於聽得是否清楚並不明確。「『聞』、『聽』的區別在於『聽』是去聽，只說明主觀動機；『聞』是聽到，說明的是客觀結果。這兩者是可以牴觸的。《禮記·大學》『心不在焉，視而不見，聽而不聞，食而不知其味也』。」〔註13〕修飾「聽」的詞多是表示態度的，如「敬、伏、少、肯、翼」。「聽」的對象也很豐富，可以是音樂、自然之聲、話語，也可以是上級的命令。「聽」的賓語可以省略，但沒有使動的用法。

（30）臨陳皆無歡嘩，（明）聽鼓音，旗幡麾前則前，麾後則後，麾

左則左，麾右則右。（《曹操集·步戰令》）

（31）今又加君九錫，其敬聽後命。（《曹丕集·策命孫權九錫文》）

（32）皇帝陛下：奉被今月乙卯璽書，伏聽冊命五內驚震，精爽散

越，不知所處。（《曹丕集·上書讓禪》）

（33）奉今月壬戌璽書，重被聖命，伏聽冊告，肝膽戰悸，不知所

措。（《曹丕集·上書再讓禪》）

（34）吁嗟卿士，祇承予聽。（《曹植集·皇子生頌》）

（35）聖主不以人廢言，伏惟陛下少垂神聽，臣則幸矣！（《曹植

集·求自試表》）

（36）敢復陳聞者，冀陛下倘發天聰而垂神聽也。（《曹植集·求通

親親表》）

（37）然天高聽遠，情不上通，徒獨望青雲而撫心，仰高天而歎息

耳。（《曹植集·陳審舉表》）

（38）若陛下聽臣悉還部曲，罷官屬，省監官，使解璽釋紱，追柏

成、子仲之業，營顏淵、原憲之事，居子臧之廬，宅延陵之

宅，如此雖進無成功，退有可守，身死之日猶松、喬也。（《曹

〔註13〕王鳳陽《古辭辨》，吉林文史出版社，1993年，797頁。

植集・諫取諸國士息表》)

（39）然伏度國朝終未肯聽臣之若是，固當羈絆於世繩，維繫於祿
　　　位，懷屑屑之小憂，執無巳之百念，安得蕩然肆志，逍遙於
　　　宇宙之外哉。（《曹植集・諫取諸國士息表》)

（40）玄微子曰：「吾於整身倦世，探隱拯沈，不遠迢路，幸見光臨，
　　　將敬滌耳，以聽玉音。」（《曹植集・七啟》)

（41）何以甘無味之味，聽無聲之樂，觀無彩之色也。（《曹植集・
　　　辯道論》)

（42）天蓋高而察卑兮，冀神明於我聽。（《曹植集・文帝誄》)

（43）號之不應，聽之不聆。（《曹植集・平原懿公主誄》)

綜上，《三曹文集》中的「聞」、「聽」二詞雖然都表達「用耳朵接收信息」
這一感官動作，但語義、語法、語用方面並不完全對等。從語義上看，「聞」
主要表達已接收到信息，「聽」表達接收信息的過程。雖然這不是絕對的，二
詞語義偶有交叉，但從數據上看，語義交叉屬個例，絕大部分的用法裏，二
詞語義明確，不完全相同。從語法上看，雖然二詞帶不帶賓語均可，但修飾
的副詞類別不同。從語用上看，在與「看」組感官動詞的組合中，「聞」與「見、
睹」搭配，「聽」與「視」搭配。

下表是「聞」、「聽」二詞在古代典籍中的應用情況統計：

	周　易		尚　書		詩　經		論　語		周　禮		儀　禮	
聞	3	2	30	5	14	7	40	12	3	3	6	4
聽	3	0	31	12	13	7	7	5	66	6	24	1

	左　傳		孟　子		論　衡		世說新語		三曹文集	
聞	302	12	65	9	197	66	123	27	106	29
聽	130	7	19	8	72	24	36	22	36	17

《周易》中「聞」兩例聽的對象都是言論。

（1）九四：臀無膚，其行次且；牽羊悔亡，聞言不信。（《周易・
　　　夬》)

（2）象曰：其行次且，位不當也。聞言不信，聰不明也。（《周易・

夬》）

「聞言不信」，聽到了卻沒有聽取、順從。

《尚書》中「聞」除「聽到」的意義外，還有一例為使動用法，被聽到。

（3）曰若稽古，帝舜曰重華，協於帝。濬哲文明，溫恭允塞，玄德升聞，乃命以位。（《尚書‧虞書‧舜典》）

（4）乃言惟服。乃不良於言，予罔聞於行。（《尚書‧商書‧說命中》）

（5）惟時怙冒，聞于上帝，帝休，天乃大命文王。（《尚書‧周書‧康誥》）

（6）有夏誕厥逸，不肯感言于民，乃大淫昏，不克終日勸于帝之迪，乃爾攸聞。（《尚書‧周書‧多方》）

「聽」用例較多，並且第一次出現「聽」、「聞」連用的形式，表示感知的動作。「聽」還與其它感官動詞「視」對文或連文使用，這種用法未帶賓語，只強調動作，不突顯對象。

（7）無稽之言勿聽，弗詢之謀勿庸。（《尚書‧虞書‧大禹謨》）

（8）小大戰戰，罔不懼於非辜。矧予之德，言足聽聞。（《尚書‧商書‧仲虺之誥》）

（9）天視自我民視，天聽自我民聽。（《尚書‧周書‧泰誓中》）

（10）五事：一曰貌，二曰言，三曰視，四曰聽，五曰思。貌曰恭，言曰從，視曰明，聽曰聰，思曰睿。（《尚書‧周書‧洪範》）

（11）詳乃視聽，罔以側言改厥度。（《尚書‧周書‧蔡仲之命》）

《尚書》中「聽」可以用來表示命令，前面有「悉、咸、明」等副詞修飾，表示聽的範圍，以及聽的姿態。從語法上看，為了強調「認真地、恭順地聽」這一動作，「聽」後通常帶賓語，明確地指明聽的對象。有時還配合一些歎詞如「嗟、嗚呼」等，起到吸引注意力的作用。

（12）王曰：「格爾眾庶，悉聽朕言。」（《尚書‧商書‧湯誓》）

（13）王曰：「嗟！爾萬方有眾，明聽予一人誥。」（《商書‧商書‧湯誥》）

（14）其有眾咸造，勿褻在王庭，盤庚乃登進厥民。曰：「明聽朕言，
　　　無荒失朕命！」（《尚書・商書・盤庚中》）

（15）王曰：「嗟！我友邦冢君越我御事庶士，明聽誓。」（《尚書・
　　　周書・泰誓》）

（16）王乃徇師而誓，曰：「嗚呼！西土有眾，咸聽朕言。」（《尚書・
　　　周書・泰誓》）

（17）公曰：「嗟！人無嘩，聽命！」（《尚書・周書・費誓》）

《詩經》中「聞」後可帶介賓短語做補語，說明聲音傳播的範圍，在此範圍內「被聽到」。

（18）鶴鳴于九皋，聲聞于野。魚潛在淵，或在于渚。（《詩經・小
　　　雅・鶴鳴》）

（19）鼓鐘于宮，聲聞于外。念子懆懆，視我邁邁。（《詩經・小雅・
　　　白華》）

（20）申伯之德，柔惠且直，揉此萬邦，聞于四國。（《詩經・大雅・
　　　崧高》）

「聽」常被表示恭敬態度的詞修飾，如「敬」、「恭」。此外，在《詩經》中「聽」有三例「神之聽之」表示聽到之義。「聽」和下文的賜福有因果關係，所以應當理解爲「聽到了」。

（21）寺人孟子，作爲此詩。凡百君子，敬而聽之。（《詩經・小雅・
　　　巷伯》）

（22）我雖異事，及爾同僚。我即爾謀，聽我囂囂。（《詩經・大雅・
　　　板》）

（23）誨爾諄諄，聽我藐藐。（《詩經・大雅・蕩之什・抑》）

（24）神之聽之，終和且平。（《詩經・小雅・伐木》）

（25）神之聽之，式穀以女。（《詩經・小雅・小明》）

（26）神之聽之，介爾景福。（《詩經・小雅・小明》）

《論語》其中兩例「多聞」，因重點在於「聽」這一過程而未帶賓語。表現的是主觀態度，強調動作。餘者皆帶賓語。

（27）子曰：多聞闕疑，慎言其餘，則寡尤。多見闕殆，慎行其餘，則寡悔。（《論語・為政》）

（28）子曰：「蓋有不知而作之者，我無是也。多聞，擇其善者而從之，多見而識之，知之次也。」（《論語・述而》）

「聽」在《論語》中使用頻率不高，但語義明確，僅有二例與「用耳朵接受信息」這一核心義項無關。其中一例「聽訟，吾猶人也。」〔註14〕「聽」於「傾聽」之外加以審查判斷，譯為「審理」，是由本義引申得來的。從語法上看，這一時期「聽」的用法比較靈活，可以帶賓語，也可以不帶；可以被否定副詞修飾，也可以被名詞性狀語修飾。

（29）子曰：非禮勿視，非禮勿聽，非禮勿言，非禮勿動。（《論語・顏淵》）

（30）子曰：道聽而塗說，德之棄也。（《論語・陽貨》）

（31）子夏曰：君子有三變：望之儼然，即之也溫，聽其言也厲。（《論語・子張》）

《左傳》之後的典籍中，「聞」仍保留了可以表示被動的「被聽到」的用法。這種用法可以單獨用動詞「聞」表示，也可以前加能願動詞「得」修飾，或在其後添加補語。

（32）齊宣王問曰：齊桓、晉文之事可得聞乎？（《孟子・齊桓晉文之事》）

（33）雞鳴狗吠相聞，而達乎四境，而齊有其民矣。（《孟子・公孫丑上》）

（34）平公曰：「清角可得聞乎？」（《論衡・紀妖》）

（35）公曰：「清徵可得而聞乎？」（《論衡・紀妖》）

（36）使者問之，因忽不見，置其璧去。使者奉璧，具以言聞，始皇帝默然良久，曰：「山鬼不過知一歲事，乃言曰『祖龍』者，人之先也。」（《論衡・紀妖》）

（37）田單卻走再拜事之，竟以神下之言聞於燕軍。（《論衡・紀妖》）

〔註14〕見於《論語・顏淵》，楊伯峻《論語譯注》，中華書局，2006年。

「聞」可以與「所」構成所字結構，具有名詞性意義，指稱聽見的事物。「所聽」在先秦兩漢時代使用的頻率遠遠小於「所聞」。與「看」組感官動詞搭配時，「所聞」與「所見」連用或對用，「所聽」與「所視」連用對用，這也說明「聞」、「聽」存在主觀態度與客觀結果的差異。

（38）世俗之性，賤所見貴所聞也。（《論衡・齊世》）

（39）世俗之性，好褒古而毀今，少所見而多所聞。（《論衡・齊世》）

（40）目之所以視，非特山陵之見也，察於荒忽。耳之所聽，非特雷鼓之聞也，察於淑湫。（《管子・水地》）

（41）君子位尊而志恭，心小而道大，所聽視者近，而所聞見者遠。（《荀子・不苟》）

「聽」僅見一例表示「聽見」的意義。

（42）耳不聽五聲之和爲聾，目不別五色之章爲昧，心不則德義之經爲頑，口不道忠信之言爲嚚，狄皆則之，四奸具矣。（《左傳・僖公二十四年》）

《論衡》中有兩例「聽」、「聞」對文，意義無異：故譽人不增其美，則聞者不快其意；毀人不益其惡，則聽者不愜於心。（《論衡・藝增》）使聖人達視遠見，洞聽潛聞，與天地談，與鬼神言，知天上地下之事，乃可謂神而先知，與人卓異。（《論衡・知實》）其餘幾例中「聞」、「聽」仍有結果與動作的差別。

（43）彼言聲聞於天，見鶴鳴於雲中，從地聽之，度其聲鳴於地，當復聞於天也。（《論衡・藝增》）

（44）此其下無地，上無天，聽焉無聞，而視焉則營：此其外猶有狀，有狀之餘，壹舉而能千萬里，吾猶未能之在。（《論衡・道虛》）

（45）鄭子產晨出，過東匠之宮，聞婦人之哭也，撫其僕之手而聽之。（《論衡・非韓》）

（46）有鼓新聲者，使人問左右，盡報弗聞，其狀似鬼，子爲我聽而寫之。（《論衡・紀妖》）

自《左傳》之後，「聞」、「聽」二詞在典籍中出現的次數比此前大大增加，

但用於「用耳朵感知聲音」這一義項的幾率非常小，說明這兩個詞的核心義項與本義並不一致。二詞的引申義並不相同。「聞」由「聽到」的義項引申爲「聽說」。並不是直接感知到聲音，而是間接地瞭解、知道了事件。表示「聽說」意義的「聞」，對象極其多樣，可以是日期、動作、事件、奇聞異事、名言俗語、客觀事實、人物、器皿、計謀等。從語法上看，可以不帶賓語，也可以帶代詞、名詞賓語、主謂結構的短語。其後可以出現補語，說明聽說的來源地或說話人。前面可以用狀語修飾，表示聽說的時間、方式等，可以加否定副詞「未、不」。

（47）大叔完聚，繕甲兵，具卒乘，將襲鄭，夫人將啓之。公聞其期曰：「可矣。」（《左傳·隱公元年》）

（48）公聞其入郛也，將救之，問於使者曰：「師何及？」（《左傳·隱公五年》）

（49）是歲，晉又饑，秦伯又餼之粟，曰：「吾怨其君，而矜其民。且吾聞唐叔之封也，箕子曰：『其後必大。』晉其庸可冀乎？姑樹德焉，以待能者。」（《左傳·僖公十五年》）

（50）及曹，曹共公聞其駢脅，欲觀其裸。浴，薄而觀之。（《左傳·僖公二十三年》）

（51）吾聞之，一日縱敵，數世之患也。（《左傳·僖公三十二年》）

（52）楚薳越使告于宋曰：「寡君聞君有不令之臣爲君憂，無寧以爲宗羞，寡君請受而戮之。」（《左傳·昭公二十二年》）

（53）對曰：「吉也聞諸先大夫子產曰：『夫禮，天之經也，地之義也。』」（《左傳·昭公二十五年》）

（54）昔者曾子謂子襄曰：「子好勇乎？吾嘗聞大勇於夫子矣：自反而不縮，雖褐寬博，吾不惴焉；自反而縮，雖千萬人，吾往矣。」（《孟子·公孫丑上》）

（55）昔者竊聞之：子夏、子游、子張皆有聖人之一體，冉牛、閔子、顏淵則具體而微。（《孟子·公孫丑上》）

（56）吾未聞枉己而正人者也，況辱己以正天下者乎？（《孟子·萬

章上》）

（57）或時聞宮殿之內有舊銅器，或案其刻以告之者，故見而知之。
（《論衡・道虛》）

（58）齊桓公與管仲謀伐莒，謀未發而聞於國，桓公怪之。（《論衡・
知實》）

（59）如明死人無知，厚葬無益，論定議立，較著可聞，則璵璠之
禮不行，徑庭之諫不發矣。（《論衡・薄葬》）

「聽」的核心義項爲「聽從」。由恭順的動作引申而來，聽的對象比較單
一，一般爲命令或諫言。句中「聽」或與「從」連用或對文，表示同一意義。
表「聽從、順從」的「聽」可以帶賓語，也可以不帶。賓語可以是代詞、名
詞，也可以是動詞。可以被否定副詞「不、弗」修飾。

（60）初，鄭伯將以高渠彌爲卿，昭公惡之，固諫，不聽，昭公立，
懼其殺己也。（《左傳・桓公十七年》）

（61）孔叔止之曰：「國君不可以輕，輕則失親。失親患必至，病而
乞盟，所喪多矣，君必悔之……」弗聽，逃其師而歸。（《左
傳・僖公五年》）

（62）申叔時僕，曰：「築室，反耕者，宋必聽命。」從之。（《左傳・
宣公十五年》）

（63）齊人懼，對曰：「小國言之，大國制之，敢不聽從？」（《左傳・
昭公十三年》）

（64）然則取龍之說既不可聽，罰過之言復不可從。（《論衡・雷虛》）

（65）對曰：「不行禮義，一不祥也；嗜欲無止，二不祥也；不聽規
諫，三不祥也。」（《論衡・四諱》）

（66）王請食熊蹯而死，弗聽。王縊而死。謚之曰「靈」，不瞑；曰
「成」，乃瞑。（《論衡・死僞》）

「聽」也可以有名詞的意義，即「聽力」，「聞」則無。

（67）夫失明猶失聽也。失明則盲，失聽則聾。（《論衡・禍虛》）

《世說新語》中有兩例更能突顯「聽」的動作情態。一例中在「聽」後接「訖」，表示動作的結束。一例將「聞」作爲「聽」的賓語，被動詞支配。

（68）林公既非所關，聽訖，云：「二賢故自有才情。」（《世說新語·賞譽》）

（69）答曰：「明公作輔，寧使網漏吞舟，何緣採聽風聞，以爲察察之政？」（《世說新語·規箴》）

綜上所述，「聞」、「聽」在春秋及戰國初期的典籍中分佈較均衡，使用頻率相差無幾。在語義上，「聞」偏重於「聽」的結果，聽到了；「聽」偏重於「聽」的動作，是主觀的行爲。由於本義不同，二詞的引申義在發展中並無重疊。「聞」由強調結果的「聽到」，引申爲不直接感知到消息的「聽說」，並進一步引申爲聽到的消息，具有名詞性的意義。「聽」由於在下級聽上級命令時帶有恭順的感情色彩，引申爲「聽從、順從」的意義。直到南北朝時代的典籍中，「聞」的「嗅」義項並未占主導作用。因爲處在同一範疇中，「聽」在一些方言裏，如唐山一帶的話語中，等同於用鼻子嗅的「聞」的意義。

中古時代是一個語言變革較大的時期，是詞彙由單音詞向複音詞大量過渡的階段。與「聞」對應的複音詞「聽見」直到元代才出現：張千，你聽見他說些甚麼？（元·無名氏《盆兒鬼·第四摺》）「聽說」一詞則初見於宋代：宋子京知定州，日作十首《聽說中山好》，其一云：「聽說中山好，韓家閱古堂。畫圖新將相，刻石好文章。」（宋·陳鵠《耆舊續聞·卷三》）在複音化這一進程中，「聽」確立了在本詞義範疇之中的核心地位。究其原因，其一在於「聞」兼有另一感官動詞「嗅」的意義，用法複雜容易造成歧義。其二在於「聽」單獨表示動作，附加其它語素就可以構成「聽到」、「聽說」、「聽從」等表達不同意義的雙音節詞，從構詞的角度考慮，比「聞」更加靈活，因此成爲了「用耳朵感知聲音」這一範疇的基本範疇詞。

2.7 討、征、伐

要點：「討」、「征」、「伐」在「進攻、攻打」語義範疇內是同義詞，均用於地位高者攻打地位低者，有道者攻打無道者。三詞出現的時間大致相同，「伐」則從開始便包含但不限定於「上對下」，具備了成爲通語的可能性。戰

國末期至漢代，「伐」的用法進一步豐富，成爲這一範疇的核心詞。

「討」在《三曹文集》中共出現 15 次，只有一個義位，即「進攻」。

「征」在《三曹文集》中共出現 59 次，有 2 個義位，分別是：（1）遠去；（2）進攻。另有一例爲引用《詩經》，一例爲詩名。表「進攻」意義的有 53 處。

「伐」在《三曹文集》中共出現 18 次，有 4 個義位，分別是：（1）砍斫；（2）擊；（3）進攻；（4）誇耀。另有一例爲詩名。表「進攻」意義的有 13 處。

三詞的共同義項是「進攻、攻打」，並且從地位上來判斷是上對下的征伐，這一義項不完全是它們的本義。

討，《說文》：「治也」，段注「發其糾紛而治之日討」。《孟子·告子下》「故天子討而不伐」，注「討者，上討下也」，明確地說明了「討」是上級對下級的懲戒。

征，《爾雅·釋詁》：「行也」，《廣雅·釋詁一》「遠也」，《說文》段注「引申爲征伐」。「征」的本義是遠行，到遙遠的地方去，如《楚辭·離騷》「濟沅湘以南征兮，就重華而陳辭」。在這一意義基礎上，構成了「征行」、「征人」、「征客」等與遠行有關的詞語。王鳳陽先生認爲，在古代由於等級森嚴，只有攻打身份相當的敵對國家才用「伐」，如果上對下用「伐」則身份錯位，有失尊嚴。「所以上伐下時借用『征』，意思是：這不是去討伐，只不過是遠行巡視而已。」〔註15〕後來「征」也被認定爲地位高者攻打地位低者的專用語了，如《孟子·盡心下》「征者，上伐下也」。

伐，《說文》：「擊也」，段注：「此伐之本義也，引申之乃爲征伐」。在「征戰」這一意義上，指的是兩個國家之間的公開戰爭。《左傳·莊公二十九年》：「凡師有鐘鼓日伐，無日侵，輕日襲」，伐指的是公開宣戰的戰爭。《春秋本義》〔註16〕引陸希聲《左傳通例》「聲罪致討日伐」，是因爲常與「討」、「征」等上對下征討的詞連用，因此「伐」也有了地位高者攻打地位低者的意味。

〔註15〕王鳳陽《古辭辨》，吉林文史出版社，1993 年，648 頁。

〔註16〕程端學《春秋本義》，吉林出版集團，2005 年。

　　《三曹文集》中「討」做謂語動詞時，均帶賓語。賓語可以是具體的某地、某個人、某個族群，也可以是表達情感的蔑稱如「賊、虜、逆賊、暴」等。攻打的對象不管實際身份是否比施動者低，至少施動者主觀認定對方比自己地位低微，形成了上對下的攻伐關係。「討」可以做定語，在做動詞時可以被方位名詞修飾，表示出征的方向。可以與其它動詞如「遣、禽、進」組成連動的結構，加強表達效果。

（1）臣前遣討河內、獲嘉諸屯，獲生口，辭云：「河內有一神人宋金生，令諸屯皆云鹿角不須守，吾使狗爲汝守。(《曹操集・掩獲宋金生表》)

（2）卿在郡以來，禽奸討暴，百姓獲安，躬蹈矢石，所征輒克。(《曹操集・襃揚泰山太守呂虔令》)

（3）臣前上言逆賊袁尚還，即屬精銳討之。(《曹操集・破袁尚上事》)

（4）尚書令荀彧，深建宜住之便，遠恢進討之略，起發臣心，革易愚慮，堅營固守，儆其軍實，遂摧撲大寇，濟危以安。(《曹操集・請增封荀彧表》)

（5）建宜住之便，恢進討之規，更起臣心，易其愚慮，遂摧大逆，覆取其眾。(《曹操集・請增封荀彧表》)

（6）及紹破敗，臣糧亦盡，以爲河北未易圖也，欲南討劉表。(《曹操文集・請增封荀彧表》)

（7）後臣奉命，軍次易縣，疇長驅自到，陳討胡之勢，猶廣武之建燕策，薛公之度淮南。(《曹操集・表論田疇功》)

（8）後徵爲都尉，遷典軍校尉，意遂更欲爲國家討賊立功，欲望封侯作征西將軍，然後題墓道言「漢故征西將軍曹侯之墓」，此其志也。(《曹操集・讓縣自明本志令》)

（9）後孤討禽其四將，獲其人眾，遂使術窮亡解沮，發病而死。(《曹操集・讓縣自明本志令》)

（10）若步騎與賊對陳，臨時見地勢，便欲使騎獨進討賊者，聞三

鼓音，騎特從兩頭進戰，視麾所指，聞三金音還。（《曹操集‧步戰令》）

（11）今討此虜，正似其事，將軍勉建方略，務全獨克。（《曹丕集‧詔答吳王》）

（12）君生於擾攘之際，本有縱橫之志，降身奉國，以享茲祚。自君策名已來，貢獻盈路。討備之功，國朝仰成。（《曹丕集‧又報吳主孫權》）

（13）表卒，琮竟嗣立，以侯與琦，琦怒投印，僞辭奔喪，內有討瑁、允之意。（《曹丕集‧典論‧奸讒有序》）

（14）山東牧守，咸以《春秋》之義，「衛人討州吁於濮」，言人人皆得討賊。（《曹丕集‧典論‧自敘》）

「征」在本書中使用頻率最高。可與「所」結合構成所字結構，有名詞意義，指稱攻打的對象。可做主語，可與動詞「定、行、出」組成連動結構，加強表達效果。做謂語動詞時，賓語可以是地名、國名、人名、民族、蔑稱如「賊」，也可以不帶賓語。可被副詞「每」及形容詞「同、并、遠」等修飾，可置於方位名詞前後，表示出征的方向。用法靈活，搭配多樣。

（15）卿在郡以來，禽奸討暴，百姓獲安，躬蹈矢石，所征輒克。（《曹操集‧褒揚泰山太守呂虔令》）

（16）奉命東征，屯次鄉里，北望貴土，乃心陵墓。（《曹操集‧祀故太尉橋玄文》）

（17）其令諸將出征，敗軍者抵罪，失利者免官爵。（《曹操集‧敗軍令》）

（18）軍師荀攸，自初佐臣，無徵不從，前後克敵，皆攸之謀也。（《曹操集‧請封荀攸表》）

（19）又遣別征，統御師旅，撫眾則和，奉令無犯，當敵制決，靡有遺失。（《曹操集‧表稱樂進于禁張遼》）

（20）復若南征劉表，委棄兗、豫，餞軍深入，逾越江、沔，利既難要，將失本據。（《曹操集‧請增封荀彧表》）

（21）及孤奉詔征定河北，遂服幽都，將定胡寇，時加禮命。（《曹操集·爵封田疇令》）

（22）自頃已來，軍數征行，或遇疫氣，吏士死亡不歸，家室怨曠，百姓流離，而仁者豈樂之哉？（《曹操集·存恤從軍吏士家室令》）

（23）欲望封侯作征西將軍，然後題墓道言「漢故征西將軍曹侯之墓」，此其志也。（《曹操集·讓縣自明本志令》）

（24）長驅風屬，悠爾北征。（《曹丕集·濟川賦》）

（25）惟應龍之將舉，飛雲降而下征。（《曹丕集·戒盈賦有序》）

（26）征南進軍，以圍江陵，多獲舟船，斬首執俘，降者盈路，牛酒日至。（《曹丕集·伐吳詔》）

（27）孫權殘害民物，朕以寇不可長，故分命猛將三道並征。（《曹丕集·敕還師詔》）

（28）吾今當征賊，欲守之積年。（《曹丕集·伐吳設鎮軍撫軍大將軍詔》）

（29）方今二寇未殄，將帥遠征，故時入原野以習戎備。（《曹丕集·報王朗》）

（30）以時多難故，每征，余常從。（《曹丕集·典論·自敘》）

（31）四五十載之間，征匈奴四十餘舉，逾廣漠，絕梓嶺，封狼居胥，禪姑幕，梁北河，觀兵瀚海。（《曹丕集·論孝武》）

（32）武功烈則可以征不庭，威四夷，南仲、方叔是矣。（《曹植集·陳審舉表》）

（33）庶幾遐年，攜手同征。（《曹植集·王仲宣誄》）

（34）家王征蜀漢。（《曹植集·行女哀辭》）

「伐」在本書中使用較少，有「伐罪」這一搭配，「湯將伐桀」「佐武伐商」等表示這一行為是正義的。單從書中用例考察，並不限於上對下的征討，而是強調動作的受動者是過錯方。充當的語法成分單一，只做了謂語，帶不帶賓語均可。

（35）近者奉辭伐罪，旄麾南指，劉琮束手。（《曹操集·與孫權書》）

（36）彰前受命北伐，清定朔土，厥功茂焉，增邑五千，並前萬戶。

（《曹丕集·任城王彰增邑詔》）

（37）以為周之伐殷以暴也。（《曹丕集·答司馬懿等再陳符命令》）

《三曹文集》中「討」、「征」、「伐」有連用和對用的現象，在這一時期，三詞的詞義和用法並無明顯差別。

（38）始共舉義兵，周旋征討。後袁紹在冀州，亦貪祇，欲得之。

（《曹操集·加棗祇子處中封爵並祀祇令》）

（39）臣自始舉義兵，周遊征伐，與彧戮力同心，左右王略，發言

授策，無施不效。（《曹操集·請爵荀彧表》）

（40）昔周武伐殷，旋師孟津，漢祖征隗囂，還軍高平，皆知天時

而度賊情也。（《曹丕集·敕還師詔》）

（41）諸將征伐，士卒死亡者或未收斂，吾甚哀之；其告郡國給槥

櫝殯殮，送致其家，官為設祭。（《曹丕集·殯祭死亡士卒令》）

綜上，在《三曹文集》中「上攻下」這一義項上，三詞詞義相當，「伐」使用頻率低而且與其它詞語搭配較少，用法不靈活。「討」、「征」語法功能相當，但「征」使用頻率遠高於「討」。

先秦時期「討」、「征」、「伐」使用情況如下：

	尚書		詩經		論語		孟子		國語	
討	1	0	0	0	2	1	2	2	13	10
征	16	15	28	17	1	1	17	11	27	15
伐	19	13	31	11	5	2	17	16	115	93

（表中前一數字為該詞在書中出現的總次數，後一數字為三詞共同義項出現的次數。）

《尚書》中「討」只有一例，表示懲治有罪的一方的意思。

（1）天命有德，五服五章哉；天討有罪，五刑五用哉。（《尚書·

皋陶謨》）

「征」做謂語動詞可以不帶賓語，也可以帶賓語，指明施動的對象，在《尚書》中用法與《三曹文集》中相同，用例不多，但語法功能齊備。

（2）帝曰：咨禹，惟時有苗弗率，汝徂征。（《尚書·虞書·大禹謨》）

（3）湯征諸侯，葛伯不祀，湯始征之，作《湯征》。（《尚書·夏書·胤征》）

（4）甲戌，我惟征徐戎。（《尚書·周書·費誓》）

（5）乃葛伯仇餉，初征自葛，東征西夷怨，南征北狄怨；曰：「奚獨後予。」（《尚書·商書·仲虺之誥》）

（6）惟周王撫萬邦，巡侯、甸，四征弗庭，綏厥兆民。（《尚書·周書·周官》）

「伐」在《尚書》中僅有一例未帶賓語，賓語所指具體，爲人或國家，語法成分單一。從攻打的對象來看，並非上對下的進攻，也不僅限於有道攻無道。

（7）我武維揚，侵于之疆，取彼凶殘。我伐用張，于湯有光。（《尚書·周書·泰誓》）

（8）秦穆公伐鄭，晉襄公帥師敗諸崤，還歸，作《秦誓》。（《尚書·周書·秦誓》）

（9）伊尹相湯伐桀，升自陑，遂與桀戰於鳴條之野，作《湯誓》。（《尚書·商書·湯誓》）

《詩經》中出現了「征夫」一詞，有遠行的人和行軍打仗的戰士兩個義項。《詩經》中的「征」大多不帶賓語，僅兩例帶了賓語，其中一例是與「伐」連用。

（10）王事靡盬，繼嗣我日。日月陽止，女心傷止，征夫遑止。（《詩經·小雅·杕杜》）

（11）濟濟多士，克廣德心；桓桓于征，狄彼東南。（《詩經·魯頌·泮水》）

（12）既破我斧，又缺我斨。周公東征，四國是皇。（《詩經·豳風·破斧》）

（13）我服既成，于三十里，王于出征，以佐天子。（《詩經·小雅·

六月》)

（14）漸漸之石，維其卒矣，山川悠遠，曷其沒矣。武人東征，不
　　　皇出矣。(《詩經・小雅・漸漸之石》)

「伐」可以帶賓語，也可以不帶，受動者仍然不限於地位低者。與《尚書》
相比，《詩經》中的「伐」前出現了一些修飾性的詞語，可以表示已經發生的攻
打，也可以是未發生的。

（15）既見君子，我心則降。赫赫南仲，薄伐西戎。(《詩經・小雅・
　　　出車》)

（16）長子維行，篤生武王。保右命爾，燮伐大商。(《詩經・大雅・
　　　文王之什》)

（17）是伐是肆，是絕是忽。四方以無拂。(《詩經・大雅・皇矣》)

（18）帝謂文王，詢爾仇方，同爾弟兄；以爾鈎援，與爾臨沖，以
　　　伐崇墉。(《詩經・大雅・皇矣》)

（19）苞有三蘖，莫遂莫達。九有有截，韋顧既伐，昆吾夏桀。(《詩
　　　經・商頌・長發》)

《論語》中與戰爭有關的詞語少見，「討」、「征」、「伐」共四例，見於三
個例句中，均用於上對下的攻打。

（20）陳成子弒簡公，孔子沐浴而朝，告於哀公曰：「陳恒弒其君，
　　　請討之。」(《論語・憲問》)

（21）孔子曰：「天下有道，則禮樂征伐自天子出；天下無道，則禮
　　　樂征伐自諸侯出。(《論語・季氏》)

（22）季氏將伐顓臾。冉有、季路見於孔子，曰：「季氏將有事於顓
　　　臾。」(《論語・季氏》)

《孟子》中出現的「討」、「征」和「伐」都有界定。「征」專用於上對下，
敵國之間不使用，並在書中嚴格按照這一定義使用此詞語。與之相應，其它二
詞不限於上對下，「討」除上對下、有道攻無道外還可以表示「責問」義，因此
有「天子討而不伐，諸侯伐而不討」。「伐」則可泛指攻打，不一定是正義的，
也不一定是對外的。值得注意的是此時的「伐」有了被動意義，不帶賓語時可

以表示被攻伐,如「燕可伐與」。

（23）周公相武王,誅紂伐奄:三年討其君,驅飛廉於海隅而戮之。
（《孟子‧滕文公下》）

（24）是故天子討而不伐,諸侯伐而不討。五霸者,摟諸侯以伐諸
侯者也。（《孟子‧告子下》）

（25）沈同以其私問曰:「燕可伐與?」（《孟子‧公孫丑下》）

（26）夫人必自侮,然後人侮之;家必自毀,而後人毀之;國必自
伐,而後人伐之。（《孟子‧離婁上》）

（27）孟子曰:「《春秋》無義戰。彼善於此,則有之矣。征者上伐
下也,敵國不相征也。」（《孟子‧盡心下》）

（28）仁人無敵於天下。以至仁伐至不仁,而何其血之流杵也?
（《孟子‧盡心下》）

（29）萬章問曰:「宋,小國也。今將行王政,齊楚惡而伐之,則如
之何?」（《孟子‧滕文公下》）

《國語》中對「討」表現出的定義是「上虐下」,與「弒」意義相對,明確
了等級關係。另有兩例「討」做謂語動詞而未帶賓語,表示被動用法,句子的
主語為受動者。

（30）下虐上為弒,上虐下為討,而況君乎!君而討臣,何讎之為?
（《國語‧楚語》）

（31）若復而修其德,鎮撫其民,必獲諸侯,以討無禮。君弗蚤圖,
衛而在討。（《國語‧晉語》）

（32）今我小侯也,處大國之間,繕貢賦以共從者,猶懼有討。(《國
語‧魯語》）

「征」則不限定於上下之別,也不限定於正義與非正義,關係友好的國家
也可以「征」。與「守」相對應,說明「征」可以作為「攻打」意義的通語。

（33）是時也,王事唯農是務,無有求利於其官以干農功,三時務
農而一時講武,故征則有威、守則有財。（《國語‧周語》）

（34）叔孫穆子曰：「不可。天子作師，公帥之，以征不德。（《國語·魯語》）

（35）卞有罪而子征之，子之隸也，又何謁焉？（《國語·魯語》）

（36）皮幣玩好，使民鬻之四方，以監其上下之所好，擇其淫亂者而先征之。（《國語·齊語》）

（37）君今非王室不平安是憂，億負晉眾庶，不式諸戎、狄、楚、秦；將不長弟，以力征一二兄弟之國。（《國語·吳語》）

（38）越滅吳，上征上國，宋、鄭、魯、衛、陳、蔡執玉之君皆入朝。（《國語·吳語》）

「伐」在《國語》中出現的頻率最高，以絕對優勢領先於另外二詞。從語義上看，「伐」不限於上對下的攻打，與「攻」連用，可以作為攻打意義的通語，這就使得它的使用範疇變大了。從語法上看，《國語》中的「伐」用法靈活，可以做主語，不確指討伐某個國家或君主，而是指「攻打」這一行為；可以與名詞構成動賓短語做動詞「請」的賓語；可以與其它動詞構成連動結構；可以被形容詞修飾。從語用方面考察，它可以表示已然的，也可以表示將然的行為。這些特質使它在這一時代成為了「攻打（包含上對下）」義項的基本範疇詞。

（39）有一勝猶足用也，有五勝以伐五敗，而避之者，非人也。（《國語·周語》）

（40）君有攻伐之器，小國諸侯有守禦之備，則難以速得志矣。（《國語·齊語》）

（41）桓公曰：「吾欲南伐，何主？」（《國語·齊語》）

（42）昔者之伐也，興百姓以為百姓也，是以民能欣之，故莫不盡忠極勞以致死也。（《國語·晉語》）

（43）對曰：「民未知信，盍伐原以示之信？」乃伐原。（《國語·晉語》）

（44）郤獻子聘於齊，齊頃公使婦人觀而笑之。郤獻子怒，歸，請伐齊。（《國語·晉語》）

（45）中行穆子帥師伐狄，圍鼓。（《國語·晉語》）

（46）周亂而弊，是驕而貪，必將背君，君若以成周之眾，奉辭伐罪，無不克矣。（《國語‧鄭語》）

（47）今君王不察，盛怒屬兵，將殘伐越國。（《國語‧吳語》）

西漢時期，「伐」已經在「攻打（上對下）」這一意義範疇內占絕對優勢，使用頻率遠遠高於「討」、「征」，語法功能和指稱對象也比其它二詞更全面。使用情況如下：

	淮南子		史記		漢書		論衡	
討	9	9	43	43	50	50	5	4
征	19	12	52	52	406	80	17	3
伐	76	54	898	885	240	193	71	53

（表中前一數字爲該詞在書中出現的總次數，後一數字爲三詞共同義項出現的次數。）

漢代典籍中的「討」保留了上對下，有道攻無道的意義。

（1）莊王曰：「陳爲無道，寡人起九軍以討之，征暴亂，誅罪人，群臣皆賀，而子獨不賀，何也？」（《淮南子‧人間訓》）

（2）躬擐甲冑，以伐無道而討不義，誓師牧野，以踐天子之位。（《淮南子‧要略》）

（3）夫兵者，所以禁暴討亂也。（《淮南子‧兵略訓》）

（4）故北出師以討強胡，南馳使以誚勁越。（《史記‧司馬相如列傳》）

（5）四十三年，晉文公與秦穆公共圍鄭，討其助楚攻晉者，及文公過時之無禮也。（《史記‧鄭世家》）

（6）焉耆國近匈奴，先叛，殺都護但欽，莽不能討。（《漢書‧西域傳》）

（7）後宋督弒其君，諸侯會，將討之，桓受宋賂而歸，又背宋。（《漢書‧五行志》）

（8）堯混舜濁，武王誅殘，太公討暴，同濁皆粗，舉措均齊，此其所以爲遇者也。（《論衡‧逢遇》）

（9）方今哀牢、鄯善、諾降附歸德，匈奴時擾，遣將攘討，獲虜

生口千萬數。(《論衡·恢國》)

「征」與先秦時代相比除延續「上對下」的意義外,更廣泛地用於地位相當或下對上的攻打。

（10）大臣征之,天誘其統,卒滅呂氏。(《史記·外戚世家》)

（11）仲春行秋令,則其國大水,寒氣總至,寇戎來征。(《淮南子·時則訓》)

（12）使天下荒亂,禮義絕,綱紀廢,強弱相乘,力征相攘,臣主無差,貴賤無序。(《淮南子·齊俗訓》)

（13）並為帝王,舉兵相征,貪天下之大,絕成湯之統,非聖君之義,失承天之意也。(《論衡·恢國》)

「伐」不限於上對下,數量詞可以修飾「伐」,表示動作的次數。可以被代詞「自」支配,表明施動者的身份。

（14）諸侯由是伐魯,仍交兵結仇,伏屍流血,百姓愈怨,故十三年夏復大水。(《漢書·五行志》)

（15）重耳不欲受,司空季子曰:「其國且伐,況其故妻乎!且受以結秦親而求入,子乃拘小禮,忘大醜乎!」(《史記·晉世家》)

（16）武王問太公曰:「寡人伐紂天下,是臣伐其主而下伐其上也。吾恐後世之用兵不休,鬥爭不已,為之奈何?」(《淮南子·道應訓》)

（17）故人主有伐國之志,邑犬群噪,雄雞夜鳴,庫兵動而戎馬驚。(《淮南子·泰族訓》)

（18）管子憂周室之卑,諸侯之力征,夷狄伐中國,民不得寧處,故蒙恥辱而不死,將欲以憂夷狄之患,平夷狄之亂也。(《淮南子·泰族訓》)

（19）齊恒公之時,天子卑弱,諸侯力征,南夷北狄,交伐中國,中國之不絕如線。(《淮南子·要略》)

（20）夫能使一人不刑,則能使一國不伐;能使刑錯不用,則能使兵寢不施。(《論衡·儒增》)

（21）沈同問「燕可伐與」，此挾私意欲自伐之也。（《論衡‧刺孟》）

（22）六國之時，秦、漢之際，諸侯相伐，兵革滿道，國有相攻之怒，將有相勝之志，夫有相殺之氣，當時天下未必常寒也。（《論衡‧寒溫》）

兩漢時期雖然「伐」已經成為範疇內核心詞，但「討」、「征」二詞並未完全廢棄，「伐」、「討」、「征」三詞還存在大量的詞語連用現象。

（23）其後至湯，舉兵代桀，武王把鉞討紂，無巍巍蕩蕩之文，而有動兵討伐之言。（《論衡‧齊世》）

（24）然王跡之興，起於閭巷，合從討伐，軼於三代，鄉秦之禁，適足以資賢者為驅除難耳。（《史記‧秦楚之際月表》）

（25）是時，比再遣公主配單于，賂遺甚厚，匈奴愈驕，侵犯北邊，殺略多至萬餘人，漢連發軍征討戍邊。（《漢書‧五行志》）

（26）今陛下仁惠撫百姓，恩澤加海內，宜及士民樂用，征討逆黨，以一封疆。（《史記‧律書》）

（27）紂乃許之，賜弓矢斧鉞，使得征伐，為西伯。（《史記‧殷本紀》）

（28）是後陪臣執政，大夫世祿，六卿擅晉權，征伐會盟，威重於諸侯。（《史記‧六國年表》）

（29）秦既暴虐，楚人發難，項氏遂亂，漢乃扶義征伐。（《史記‧秦楚之際月表》）

《世說新語》中三詞使用頻率與漢代大致相同。由於詞彙的發展演變是漫長的過程，不會在短時間內突變，所以「伐」並未完全替代「討」、「征」二詞，甚至會出現例外的情況。《世說新語》中「討」出現兩例，「按討」為複音詞，另一例為「攻打」義，且為有道攻無道。「征」共 21 見，其中 12 例為「攻打」義。「伐」共 11 見，僅有 5 例為「攻打」之義。究其原因，其一為某些稱呼固定之後不會換用其它語素，如「征西將軍」；其二則可能是由於魏晉人士好古，喜歡仿用前人的用詞習慣。

（30）符堅將問晉鼎，既已狼噬梁、岐，又虎視淮陰矣。於時朝議

遣玄北討，人間頗有異同之論。（《世說新語‧識鑒》）

（31）後值孫恩賊出吳郡，袁府君即日便征。遺已聚斂得數斗焦飯，
　　　未展歸家，遂帶以從軍。（《世說新語‧德行》）

（32）桓公北征經金城，見前為琅邪時種柳，皆已十圍，慨然曰：
　　　「木猶如此，人何以堪！」（《世說新語‧言語》）

（33）魏武征袁本初，治裝，餘有數十斛竹片，咸長數寸，眾並謂
　　　不堪用，正令燒除。（《世說新語‧捷悟》）

（34）年十七八，未被舉，而童隸已呼為鎮惡郎。嘗住宣武齋頭，
　　　從征枋頭。（《世說新語‧豪爽》）

（35）官用竹，皆令錄厚頭，積之如山。後桓宣武伐蜀，裝船，悉
　　　以作釘。（《世說新語‧政事》）

（36）方共對飲，劉便先起，云：「今正伐荻，不宜久廢」。（《世說
　　　新語‧任誕》）

（37）孫云：「蠢爾蠻荊，敢與大邦為讎！」習云：「薄伐獫狁，至
　　　於太原。」（《世說新語‧排調》）

本文考察中古時期口語色彩濃厚的佛經作品，得出的結論正如兩漢時
期，「伐」仍作為「攻打，上對下」這一義項範疇內的核心詞。在中古佛經作
品中，「攻打」這一義項的「討」共 3 例，在連用的情況下使用；「征」26 例，
「伐」66 例。

（38）是謂梵志。由三因緣，使此生類。災害橫起，飢饉餓死，攻
　　　伐無道。（《大藏經‧出曜經》）

（39）是時，智人即集鼓角椎鐘鳴鼓，像如戰鬥，復使眾人皆著器
　　　仗，象聞鼓聲謂為大寇入境共相攻伐。（《大藏經‧出曜經》）

（40）若不許者，必見征伐。（《大藏經‧經律異相》）

（41）侵伐鄰國，扭苦良善，鄰國皆苦之。（《大藏經‧經律異相》）

（42）適欲不遣，畏見誅伐。（《大藏經‧經律異相》）

（43）我今征伐與賊戰，憂慮國事。（《大藏經‧出曜經》）

（44）王自出征，顧命梵志。（《大藏經‧經律異相》）

（45）值出軍征伐餘國，因字其兒，號曰羨那。後復生兒，值王出
軍征討得勝。（《賢愚經》）

綜上所述，「討」、「征」、「伐」在「攻打」這一意義上與「侵、襲」區別
之處在於，它們描述的重點不是進攻方式，而是攻守雙方的地位高下。與「弒」
相對應，這三詞用於地位高者攻打地位低者，有道者攻打無道者。三詞出現
的時間大致相同，從先秦時代開始，「討」的語法功能和搭配能力就比較單一，
而「征」、「伐」使用頻率均衡。這一時期，「討」完全限定於上對下的意義，
「伐」則從開始便包含但不限定於這一義項，具備了成為通語的可能性，並
率先出現被動用法。戰國末期至漢代，「伐」的用法進一步豐富，成為這一範
疇的核心詞。「征」的語法能力及搭配的靈活度與「伐」等同，但使用頻率遠
遠低於「伐」。「討」用法單一，但始終保留了「上對下」這一特徵。《三曹文
集》中「征」的使用頻率較高，可能是因為魏晉時期寫作風格傾向於倣古，《世
說新語》也是如此，這一點在中古的佛經典籍中得到了驗證。

上古時代等級森嚴，統治者對禮制要求嚴格，語言是文化的體現，彼時
不同等級地位的人的行為動作都有專稱。然而春秋時期「禮崩樂壞」，禮制無
法維持，詞語的基本意義也就發生了變化。「攻打」這一行為頻繁出現，然而
「上」、「下」等級漸漸淡化，由於天子實力的衰微，諸侯採用天子專有的禮
制，因此地位平等的國家之間的攻打也使用了「討」、「征」、「伐」。國家的分
崩離析使得「有道」與「無道」的界限也不分明瞭，由此這組詞常用來說明
中原地區對少數民族發動的攻擊。以上因素都使得這組詞並沒有貫徹「上對
下」的語義特徵。

2.8　瞻、望、眺

要點：「瞻」、「望」、「眺」在「遠望」語義範疇內是同義詞。三詞的主要差
別在於語義。由於「望」的本義即為「遠望」，且搭配比較靈活，看的對象豐富，
在兩漢時期，「望」就成為了範疇內的核心詞。

「瞻」在《三曹文集》中共出現 9 次，有 3 個義位，分別是：（1）看，強
調動作；（2）遠望；（3）敬視。

「望」在《三曹文集》中表示與看相關的動作共出現 14 次，只有「遠望」1 個義位。

「眺」在《三曹文集》中共出現 3 次，有 2 個義位，分別是：（1）看，強調動作；（2）遠望。

瞻，《說文》：「臨視也。」段注：「《釋詁》、《毛傳》皆曰：『瞻，視也。』許別之云臨視，今人謂仰視曰瞻，此古今義不同也。」王鳳陽先生認為，「瞻」只是表示向前看，與高低無關，只因為「瞻」的引申用法有景仰、敬慕的色彩，所以習慣上將它賦予了仰視義。〔註17〕

望：「望」的甲骨文字形象一個人站在土地上，突出了眼部特徵，意為向遠處看。詞的本義即為「遠望」。《釋名・釋姿容》：「茫也，遠視茫茫也。」

眺，《玉篇》：「望也。」《集韻》：「遠視。」《說文》段注：「視瞻不正，常驚惕也。」《新論・通塞》：「登峰眺目，極於煙際。」王鳳陽先生認為，「眺」、「望」的區別主要有兩點：一，「望」只是往遠處看，「眺」則是遠望，是盡目力所及的遠望，所謂「極目遠望」；二，「望」有希冀色彩，如「望兒山」、「望夫石」，如《孟子・滕文公下》「苟行仁政，四海之內皆舉首而望之，欲以為君。」〔註18〕

《三曹文集》中「瞻」表「遠望」義有三例。這一義位是根據「看」的對象得來的，「天」、「雲」、「軍隊」均為遠處之物。因所看之物或在上或在前，因此理解為「向上看」、「向前看」亦通。三句中「瞻」均充當謂語，帶不帶賓語皆可。

（1）仰瞻天而太息，聞別鳥之哀鳴。（《曹丕集・悼夭賦有序》）

（2）瞻玄雲之翁鬱，仰沈陰之杳冥。（《曹丕集・感物賦有序》）

（3）其舟隊今已向濟，今車駕自東，為之瞻鎮。（《曹丕集・伐吳詔》）

《三曹文集》中「望」表「遠看」義共 14 例。「望」的對象比較多元，可以是廣闊的，如「土」、「墓田」、「樹林」、「雲天」；也可以是具體的事物，如「旗」、

〔註17〕王鳳陽《古辭辨》，吉林文史出版社，1993 年，739 頁。

〔註18〕王鳳陽《古辭辨》，吉林文史出版社，1993 年，739 頁。

「樞」、「車蓋」、「煙」。從詞語搭配的角度考察,「望」可以和「遙」、「遠」搭配,強調向遠處看這一情態;和「顧」連用,側重於向前看;和「見」搭配,側重於看的動作。「望」在句中充當謂語,可以被副詞「獨」修飾,可用於方位名詞後指明看的方向。帶賓語用例較多,也可不帶賓語。

（4）奉命東征,屯次鄉里,北望貴土,乃心陵墓。裁致薄奠,公其尚饗!(《曹操集·祀故太尉橋玄(墓)文》)

（5）臣陳軍披堅執銳,朱旗震耀,虎士雷譟,望旗眩精,聞聲喪氣,投戈解甲,翕然沮壞。(《曹操集·破袁尚上事》)

（6）昔霍去病蚤死,孝武爲之咨嗟;祭遵不究功業,世祖望樞悲慟。(《曹操集·請追贈郭嘉封邑表》)

（7）汝等時時登銅雀臺,望吾西陵墓田。(《曹操集·遺令》)

（8）賊山上望見,從谷中卒出,淵使兵與鬥,賊遂繞出其後,兵退而淵未至,甚可傷。(《曹操集·軍策令》)

（9）出北園兮彷徨,望眾木兮成行。(《曹丕集·感離賦有序》)

（10）潁川,先帝所由起兵征伐也。官渡之役,四方瓦解,遠近顧望,而此郡守義,丁壯荷戈,老弱負糧。(《曹丕集·復潁川一年田租詔》)

（11）前于闐王山習,所上孔雀尾萬枚,文采五色,以爲金根車蓋,遙望耀人眼。(《曹丕集·詔群臣》)

（12）東望於邑,裁書敘心。(《曹丕集·又與吳質書》)

（13）今者翻然濯鱗清流,甚相嘉樂,虛心西望,依依若舊,下筆屬辭,歡心從之。(《曹丕集·與孟達書》)

（14）乘勝轉攻,席卷而南,鄉邑望煙而奔,城郭覩塵而潰,百姓死亡,暴骨如莽。(《曹丕集·典論·自敘》)

（15）臣昔從先武皇帝,南極赤岸,東臨滄海,西望玉門,北出玄塞,伏見所以行師用兵之勢,可謂神妙也。(《曹植集·求自試表》)

（16）然天高聽遠，情不上通，徒獨望青雲而撫心，仰高天而歎息耳。（《曹植集・陳審舉表》）

（17）歌曰：望雲際兮有好仇，天路長兮往無由，佩蘭蕙兮爲誰修？嬿婉絕兮我心愁。此宮觀之妙也，子能從我而居之乎？（《曹植集・七啓》）

「眺」在《三曹文集》中用例較少，用於「遠望」義僅見兩例。從語義上看，因所看之物或在上或在下，爲自然景觀，均爲遠處之物，所以「眺」有「遠望」之義。從語法上看，「眺」在句中做謂語，帶賓語指明看的對象。

（18）華閣緣雲，飛陛淩虛，俯眺流星，仰觀八隅，升龍攀而不逮，眇天際而高居。（《曹植集・七啓》）

（19）臨回風兮浮漢渚，目牽牛兮眺織女。（《曹植集・九詠》）

「瞻」、「望」、「眺」在先秦典籍中出現的頻率：

	周易	尚書	詩經	論語	周禮	禮記	左傳	孟子	呂氏春秋
瞻	0	0	24	0	0	0	0	0	0
望	0	0	10	1	4	6	18	5	20
眺	0	0	0	0	0	1	0	0	0

先秦時期「瞻」用於「遠望」意義用例不多，最早見於《詩經》。「瞻」的對象比較單一，因其有仰慕色彩，所以看的人地位重要，看的物大多爲廣闊遼遠之物，可以與其它與看有關的詞如「顧」、「望」連用，在句中做謂語，未見被副詞修飾的用例。

（1）瞻彼淇奧，綠竹猗猗。（《詩經・衛風・淇奧》）

（2）我瞻四方，蹙蹙靡所騁。（《詩經・小雅・節南山》）

（3）瞻卬昊天，則不我惠。（《詩經・大雅・瞻卬》）

（4）瞻彼日月，悠悠我思。（《詩經・邶風・雄雉》）

（5）顧瞻周道，中心怛兮。（《詩經・檜風・匪風》）

（6）之子于歸，遠送于野。瞻望弗及，泣涕如雨。（《詩經・邶風・燕燕》）

《論語》中「瞻」兩見，一例強調「看」的動作〔註19〕，一例爲「向前看」〔註20〕，均與「遠望」無關。

《禮記》中的「瞻」除引用詩經外，共 6 見，表示強調「看」的結果〔註21〕、「向前看」〔註22〕、「細看」〔註23〕、「敬視」〔註24〕等意義，均與「遠望」無關。

《左傳》中「瞻」共兩見，分別爲「照看、看管」〔註25〕和「看（強調動作）」〔註26〕之義。

《呂氏春秋》中「瞻」除人名外均爲「觀察，細看」義，引用《禮記》。並未出現新的例句。

在「遠望」這一義位上，「望」在先秦時期使用的頻率略多於「瞻」。從語境中可以看出「望」是向遠處看的姿態，需要「跂」、「升虛」、「登軾」、「登觀臺」、「登山」、「登西北隅」、「際高」、「引領」、「舉首」。「望」與「瞻」、「視」連用，表遠看。與「細看」意義的「眂」在同一句中出現，表示遠觀。「望」的本義即爲「遠望」，與方位名詞的結合比較緊密，可置於方位名詞後具體指稱看的方向。「望」的對象非常豐富，可以是人、物品、軍隊、國家，還可以是動作。從語法上看，「望」在句中做謂語，可以帶賓語指明看的對象，也可以不帶賓語，強調張望這一動作。

（7）陟彼岵兮，瞻望父兮。（《詩經·魏風·陟岵》）

（8）誰謂河廣，一葦杭之。誰謂宋遠，跂予望之。（《詩經·衛風·

〔註19〕《論語·堯曰》：「君子正其衣冠，尊其瞻視，儼然人望而畏之，斯不亦威而不猛乎？」

〔註20〕《論語·子罕》：「瞻之在前，忽焉在後。」

〔註21〕《禮記·樂記》：「樂極和，禮極順，內和而外順，則民瞻其顏色而弗與爭也，望其容貌而民不生易慢焉。」此例共兩見。

〔註22〕《禮記·曲禮上》：「將入戶，視必下，入戶奉扃，視瞻毋回。」

〔註23〕《禮記·月令》：「命理瞻傷、察創、視折、審斷，決獄訟，必端平。」《禮記·月令》「乃命宰祝，循行犧牲，視全具，案芻豢，瞻肥瘠，察物色。」

〔註24〕《禮記·祭法》：「及夫日月星辰，民所瞻仰也。山林、川谷、丘陵，民所取財用也。」

〔註25〕《左傳·襄公三十一年》：「諸侯賓至，甸設庭燎，僕人巡宮，車馬有所，賓從有代，巾車脂轄，隸人牧圉，各瞻其事，百官之屬，各展其物。」

〔註26〕《左傳·襄公十四年》：「雞鳴而駕，基井夷竈，唯余馬首是瞻。」

河廣》）

（9）升彼虛矣，以望楚矣。望楚與堂，景山與京。（《詩經·鄘風·
　　定之方中》）

（10）子夏曰：「君子有三變，望之儼然，即之也溫，聽其言也厲。」
　　（《論語·子張》）

（11）望而眠其輪，欲其幀爾而下迤也。（《周禮·考工記·輪人》）

（12）望其輻，欲其掣爾而纖也。（《周禮·考工記·輪人》）

（13）望其轂，欲其眼也，進而眠之，欲其幬之廉也。（《周禮·考
　　工記·輪人》）

（14）鮑人之事，望而眠之，欲其荼白也。（《周禮·考工記·鮑人》）

（15）哭辟市朝，望其國竟哭。（《禮記·奔喪》）

（16）齊衰望鄉而哭，大功望門而哭，小功至門而哭，緦麻即位而
　　哭。（《禮記·奔喪》）

（17）豕望視而高睫，腥。（鄭玄注：「望視，視遠也。」）（《禮記·
　　內則》）

（18）有陳豹者，長而上僂，望視。（楊伯峻注：「望視，仰視貌
　　……大概背駝者目皆向上。」）（《左傳·哀公十四年》）

（19）下視其轍，登軾而望之，曰：「可矣。」（《左傳·莊公十年》）

（20）公既視朔，遂登觀臺以望。（《左傳·僖公五年》）

（21）吳師奔，登山以望，見楚師不繼，復逐之，傅諸其軍。（《左
　　傳·襄公二十五年》）

（22）曰我先君共王，引領北望，日月以冀。傳序相授，於今四王
　　矣。（《左傳·昭公七年》）

（23）孟氏使登西北隅，以望季氏。（《左傳·昭公二十五年》）

（24）邾子在門臺，臨廷。閽以瓶水沃庭，邾子望見之，怒。（《左
　　傳·定公三年》）

（25）孟子見梁襄王，出，語人曰：「望之不似人君，就之而不見所

畏焉。」(《孟子・梁惠王上》)

（26）不行王政云爾，茍行王政，四海之內皆舉首而望之，欲以爲君。(《孟子・滕文公下》)

（27）日者臣望君之在臺上也，艴然充盈手足矜者，此兵革之色也。(《呂氏春秋・審應覽・重言》)

（28）對曰：「妾望君之入也，足高氣強，有伐國之志也；見妾而有動色，伐衛也。」(《呂氏春秋・審應覽・精諭》)

（29）丈人望其眞子，拔劍而刺之。(《呂氏春秋・愼行論・疑似》)

（30）順風而呼，聲不加疾也，際高而望，目不加明也，所因便也。(《呂氏春秋・愼大覽・順說》)

（31）封人子高左右望曰：「美哉城乎！」(《呂氏春秋・開春論・開春》)

「望」還可迭用，表示仰望的樣子。

（32）其往送也，望望然，汲汲然，如有追而弗及也。(鄭玄注：「望望，瞻顧之貌也。」)(《禮記・問喪》)

「眺」僅在《禮記》中一見，與「望」連用，被形容詞「遠」修飾，描述了「遠望」的姿態。在句中做謂語，未帶賓語。

（33）可以居高明，可以遠眺望，可以升山陵，可以處臺榭。(《禮記・月令》)

「瞻」、「望」、「眺」在兩漢時期典籍中出現的頻率：

	淮南子	史記	漢書	論衡
瞻	0	1	0	3
望	15	94	85	27
眺	1	0	3	0

《史記》中的「瞻」除人名外，兩例引用《論語》、《禮記》，一例中「瞻」爲「細察」義 〔註27〕，只有一例爲「遠望」義。《漢書》中除引用《詩經》的例句外，「瞻」均用於強調「看」的動作。

〔註27〕《史記・周本紀》：「言審愼瞻雒、伊二水之陽，無遠離此爲天室也。」

（1）上姑蘇，望五湖；東闚洛汭、大邳，迎河，行淮、泗、濟、
漯洛渠；西瞻蜀之岷山及離碓；北自龍門至於朔方。（《史記·
河渠書》）

《論衡》中除引用《禮記》一例外，其餘三例中「瞻」均爲「遠望」義。

（2）夫閉心塞意，不高瞻覽者，死人之徒也哉。（《論衡·別通》）

（3）米在囊中，若粟在橐中，滿盈堅強，立樹可見，人瞻望之，
則知其爲粟米囊橐。（《論衡·論死》）

（4）如囊穿米出，橐敗粟棄，則囊橐委辟，人瞻望之，弗復見矣。
（《論衡·論死》）

以上四例中，「瞻」可以與方位名詞連用，被形容詞修飾，從語境中可知不是近觀而是遠看。看的對象可以是具體的物品，可以是遠處風景，也可以不指明具體對象，單強調看的動作狀態。充當句子成分的能力與先秦時期無別。

與先秦時期相比，在「遠望」這一語義範疇內，「望」使用的頻率遠遠超出「瞻」和「眺」，於此時佔據了範疇內核心詞的地位。從語義上看，不僅延續了「遠望」這一意義，還兼表「細看」、「觀測」。看的對象不僅可以是具體的可見的，還可以是虛無的，如兩漢典籍中頻繁出現的「望氣」。「望」的結果可以是看見了，也可以是無法看見，「不可極」。望的情態是帶有期盼的，「立而望之」、「跂而望之」，因期盼而衍生「希望」的意思。做謂語時，可以帶介賓短語，指明站立的地點。「望」的賓語可以爲自稱、他稱、對稱。

（5）子之賓獨有三過：望我而笑，是擾也；談語而不稱師，是返也；交淺而言深，是亂也。（《淮南子·齊俗訓》）

（6）賓曰：「望君而笑，是公也；談語而不稱師，是通也；交淺而言深，是忠也。」（《淮南子·齊俗訓》）

（7）見日月光，曠然而樂，又況登泰山，履石封，以望八荒，視天都若蓋，江河若帶，又況萬物在其間者乎？（《淮南子·泰族訓》）

（8）有無者，視之不見其形，聽之不聞其聲，捫之不可得也，望之不可極也。（《淮南子·俶眞訓》）

（9）蔽之於前，望之於後，出奇行陳之間，發如雷霆，疾如風雨。
（《淮南子·兵略訓》）

（10）故東面而望，不見西牆；南面而視，不睹北方。（《淮南子·氾論訓》）

（11）無內無外，不匿瑕穢，近之而濡，望之而隧。（《淮南子·說山訓》）

（12）高築城郭，設樹險阻，崇臺榭之隆，侈苑囿之大，以窮要妙之望。（《淮南子·本經訓》）

（13）則望於往世之前而視於來事之後，猶未足爲也，豈直禍福之間哉！（《淮南子·精神訓》）

（14）循繩而斲則不過，懸衡而量則不差，植表而望則不惑。（《淮南子·說林訓》）

（15）信乃使萬人先行，出，背水陳，趙軍望見而大笑。（《史記·淮陰侯列傳》）

（16）天子既已封禪泰山，無風雨菑，而方士更言蓬萊諸神山若將可得，於是上欣然庶幾遇之，乃復東至海上望，冀遇蓬萊焉。（《史記·孝武本紀》）

（17）故望雲氣知勝負強弱。（《史記·律書》）

（18）未至，望之如雲；及至，三神山乃居水下；臨之，患且至，風輒引船而去，終莫能至云。（《史記·秦始皇本紀》）

（19）晝日燃輫以望火煙，夜舉燧以望火光也。（《史記·周本紀》）

（20）置驛馬傳囚，勢不得逾冬月，誠不見其外內顧望阿附爲云驗。（《漢書·何武王嘉師丹傳》）

（21）望氣者言長安獄中有天子氣，於是上遣使者分條中都官詔獄繫者，亡輕重一切皆殺之。（《漢書·宣帝紀》）

（22）凡望雲氣，仰而望之，三四百里；平望，在桑榆上，千餘里，二千里；登高而望之，下屬地者居三千里。（《漢書·天文志》）

（23）立而望之，偏何姍姍其來遲。（《漢書‧外戚傳上》）

（24）由是觀之，天子大夫者，下民之所視效，遠方之所四面而內
望也。（《漢書‧董仲舒傳》）

（25）近者視而放之，遠者望而傚之，豈可以居賢人之位而爲庶人
行哉！（《漢書‧董仲舒傳》）

（26）湯爲人沈勇有大慮，多策謀，喜奇功，每過城邑山川，常登
望。（《漢書‧張湯傳》）

（27）水未逾堤二尺所，從堤上北望，河高出民屋，百姓皆走上山。
（《漢書‧溝洫志》）

（28）臣望東北，汾陰直有金氣，意周鼎出乎！（《論衡‧儒增》）

（29）故望見驥足，不異於眾馬之蹄，蹍平陸而馳騁，千里之跡，
斯須可見。（《論衡‧效力》）

（30）從平地望泰山之顛，鶴如鳥、鳥如爵者，泰山高遠，物之小
大失其實。（《論衡‧說日》）

（31）顏淵與孔子俱上魯太山，孔子東南望，吳閶門外有繫白馬，
引顏淵指以示之曰：「若見吳昌門乎？」（《論衡‧書虛》）

（32）使顏淵處昌門之外，望太山之形，終不能見。（《論衡‧書虛》）

（33）至錢唐，臨浙江，濤惡，乃西百二十里，從陝中度，上會稽，
祭大禹，立石刊頌，望於南海。（《論衡‧實知》）

（34）夏太后子莊襄王葬芷陽，故夏太后獨別葬杜東，曰：「東望吾
子，西望吾夫。後百年，旁當有萬家邑。」（《論衡‧實知》）

「眺」在兩漢時期使用的頻率仍舊較低。「眺」做謂語時，主語多爲美人，
語義主要強調看的動作、神態，不看重看的結果，因此可以不帶賓語。

（35）嘗試使之施芳澤，正蛾眉，設笄珥，衣阿錫，曳齊紈，粉白
黛黑，佩玉環揄步，雜芝若，籠蒙目視，冶由笑，目流眺。（《淮
南子‧脩務訓》）

（36）玉女無所眺其清盧兮，虙妃曾不得施其蛾眉。（《漢書‧揚雄
傳上》）

（37）靈安留，吟青黃，遍觀此，眺瑤堂。（《漢書‧禮樂志》）

（38）夢登山而迥眺兮，覲幽人之彷彿。（《漢書‧敘傳》）

　　魏晉典籍《世說新語》中「瞻」、「望」、「眺」語義、語法功能和使用比例與《三曹文集》基本一致。「瞻」四見，其中兩例強調看的動作〔註28〕，另外兩例因語境而具備「仰望」的意義。

（39）使太陽與萬物同暉，臣下何以瞻仰？（《世說新語‧寵禮》）

（40）後出爲桓宣武司馬，將發新亭，朝士咸出瞻送。（《世說新語‧排調》）

　　「望」的對象更爲豐富，可以是人的姿態。在語句中與「遙」、「引」等詞搭配使用，也進一步表現了想看的急迫心情。

（41）桓大司馬病，謝公往省病，從東門入。桓公遙望，歎曰：「吾門中久不見如此人！」（《世說新語‧賞譽》

（42）乃策杖將一小兒，始入門，諸客望其神姿，一時退匿。《世說新語‧容止》

（43）荀中郎在京口，登北固望海云：「雖未睹三山，便自使人有淩雲意。」《世說新語‧言語》

（44）比入至庭，傾身引望，語笑歡甚。《世說新語‧假譎》

　　「眺」一見，與「矚」配合，身居高處，所看者爲廣闊之物。

（45）桓公入洛，過淮、泗，踐北境，與諸僚屬登平乘樓，眺矚中原。（《世說新語‧輕詆》）

　　綜上所述，在「遠望」語義範疇內，「瞻」、「望」、「眺」主要差別在於語義方面。「瞻」的「遠望」義主要是因與「仰」搭配，或所看對象是遠處之物，「向遠處極目瞭望」這一情態並不明確。「望」和「眺」都是「極目遠眺」，但「望」是希望能看到一些事物的，帶有希冀色彩，目標明確，而「眺」更強調看的動作和主語的神態。三詞語法功能無別，均做謂語，帶不帶賓語均可。從搭配的靈活度來看，「望」可以被動詞、副詞修飾，強調神態，還可以

〔註28〕《世說新語‧賞譽》：「閑習禮度，不如式瞻儀形；諷味遺言，不如親承音旨。」《世說新語‧輕詆》：「劉尹顧謂：『此是瞋邪？非特是醜言聲，拙視瞻。』」

後接補語，指明看的地點。從看的對象來看，「望」的對象可以是遼闊的，如雲、天、國家、海洋、河流、山川；可以是渺小的，如人、物體的一部分；可以是動作；可以是神態；可以是虛無的；還可以不指明所看之物。因此，從兩漢時期開始，在「遠望」語義範疇內，「望」的使用頻率便大大增加，遠超出「瞻」、「眺」二詞，成爲範疇內核心詞。

2.9　伺、省、觀、察

要點：「伺」、「省」、「觀」、「察」在「觀察，仔細看」語義範疇內爲同義詞。在這一組詞中，「觀」本義即爲「仔細看」，在詞語搭配的靈活度和對象的多元化方面，均強於組內其它詞，使用頻率也遠超出另三詞，可以看做範疇內基本範疇詞。

「伺」在《三曹文集》中共出現 2 次，有 1 個義位，爲「觀察、窺伺」的意思。

「省」在《三曹文集》中共出現 3 次，有 1 個義位，表示「仔細看」。

「觀」在《三曹文集》中共出現 33 次，有 8 個義位，分別是：（1）觀察、觀測；（2）參觀、遊覽；（3）觀賞、玩賞；（4）遠望；（5）看到；（6）見聞；（7）考察；（8）讀。

「察」在《三曹文集》中共出現 12 次，有 3 個義位，分別是：（1）仔細察看、觀察；（2）明辨；（3）考察。

伺：《說文・新附》：「侯望也。」《水經・丹水注》：「水出丹魚，先夏至十日，夜伺之，魚浮水側，赤光上照如火。」伺的本義是等待時機，窺探，「伺」也是「窺」的方言，其窺伺義也常寫作「覗」，《方言・十》：「覘，視也，自江而北謂之覘，或謂之覗。」〔註29〕

省：《說文》：「視也。」《爾雅・釋詁》：「察也。」字典對「相」的解釋爲：《爾雅・釋詁》「視也」，《說文》「省視也」，段玉裁注：「省視，謂察視也」。闡明了「省」、「相」、「察」的同義關係。

觀：「觀」本義爲仔細地看，除可用於「觀賞」意之外，還可用於微觀，

〔註29〕轉引自王鳳陽《古辭辨》，吉林文史出版社，1993 年，738 頁。

即仔細地觀察、觀測。如《論語・顏淵》「質直而好義，察言而觀色，慮以下人。」

察：《爾雅・釋詁》：「審也。」《廣韻・黠韻》：「諦也。」察本義即爲仔細看，看清楚。王鳳陽認爲，「察」泛指細緻地觀察、深入地思考。〔註30〕《新書・道術》：「纖微皆審謂之察。」《列子・說符》：「周諺有言：察見淵魚者不祥，智料隱匿者有殃。」由仔細看的意義引申爲「明白」、「清楚」，如《禮記・中庸》「《詩》云：鳶飛戾天，魚躍於淵，言其上下察也」。

《三曹文集》中「伺」在兩個例句中語義均帶有「窺伺、窺探」的意味。不僅僅是細看、觀察，還要在觀察之後有所行動，觀察的目的性強。從語法上看，做謂語時「伺」的賓語可以是名詞，也可以是主謂短語，「伺」的對象是時機。

（1）東有待釁之吳，西有伺隙之蜀。（《曹植集・諫伐遼東表》）

（2）今足下曾無矯矢理綸之謀，徒欲候其離舟，伺其登陸，乃圖並吳會之地，牧東野之民，恐非主上授節將軍之心也。（《曹植集・與司馬仲達書》）

「省」在《三曹文集》三個例句中均做謂語，看的對象爲書信。在句中與表示「看」的動作的詞如「讀」、「覽」等連用。從語境中看，「省」往往引起思索和感歎。《三曹文集》中做謂語的兩例均帶賓語，還有一例與「者」構成名詞性短語，在句中做定語。

（3）書之不好，令史坐之：至於謬誤，讀省者之責。（《曹操集・選舉令》）

（4）覽省上下，悲傷感切，將欲遣禮，以紓侯敬恭之意。（《曹丕集・止臨菑侯植求祭先王詔》）

（5）今省上事，款誠深至，心用慨然，悽愴動容。（《曹丕集・又報吳主孫權》）

「觀」的對象與同義範疇內其它詞語相比更爲豐富，看的可以是人、事件、文章等。與「觀」的「觀看」義不同，在「觀察」義位上，「觀」看的是

〔註30〕王鳳陽《古辭辨》，吉林文史出版社，1993年，741頁。

細節，看後有總結思考，對一些情況作出初步判定。

（6）方今天下大亂，智士勞心之時也。而顧觀變蜀漢，不亦久乎！
（《曹操集・遺荀攸書》）

（7）又劉表自以爲宗室，包藏奸心，乍前乍卻，以觀世事，據有當州。（《曹操集・讓縣自明本志令》）

（8）觀古今文人，類不護細行，鮮能以名節自立。（《曹丕集・又與吳質書》）

（9）觀其詞，知陳琳所敍爲也。（《曹丕集・敍陳琳》）

（10）余觀賈誼《過秦》，論周秦之得失，通古今之滯義，洽以三代之風，潤以聖人之化，斯可謂作者矣。（《曹丕集・典論・失題二十一段》）

「察」在《三曹文集》中有 3 例爲「觀察」義。「察」可與「聽」連用，意指從視覺和聽覺兩方面分析判定。與普通的看相別，「察」與其它動作相關聯，看後有所行動。「察」在句中做謂語，可以帶賓語也可以不帶。「察」的對象可以是人、情況。

（11）督戰部曲，將拔刃在後，察違令不進者斬之。（《曹操集・步戰令》）

（12）臨陳，牙門將騎督明受都令，諸部曲都督將吏士，各戰時校都督部曲，督住陳後，察凡違令畏懦者斬。（《曹操集・步戰令》）

（13）蓋精微聽察，理析毫分；規矩可則，阿保不傾。（《曹植集・輔臣論》）

「伺」、「省」、「觀」、「察」在先秦典籍中的使用頻率：

	尚書	詩經	周易	論語	周禮	禮記	左傳	孟子	呂氏春秋
伺	0	0	1	0	0	0	0	0	0
省	0	2	5	0	0	2	1	2	2
觀	7	2	73	4	7	15	4	7	33
察	0	0	2	1	3	0	1	0	2

「伺」的「觀察」義在上古文獻中僅見一例，在句中做謂語，有「尋找機會、窺伺」的含義。

（1）上乾下坎，乾剛坎險，上剛以制其下，下險以伺其上，又爲內險而外健，又爲己險而彼健，皆訟之道也。（《周易‧訟》）

「省」因其主語爲帝王，看的對象爲廣闊宏大之物，而帶有「視察」的義位，既是觀察，又是巡行，帶有上對下的視角。「省」的「巡視」意味，巡視的是守土者的職守，是征討的委婉說法。「省事」常結合使用，表示處理各種事務。「省」察看的多是人事，即使帶名詞賓語或不帶賓語，「省」仍是視事。

（2）戒我師旅，率彼淮浦，省此徐土。（《詩經‧大雅‧常武》）

（3）帝省其山，柞棫斯拔，松柏斯兌。（《詩經‧大雅‧皇矣》）

（4）先王以省方觀民設教。（《周易‧觀》）

（5）《太甲》曰：「毋越厥命以自覆也；若虞機張，往省括于厥度則釋。（《禮記‧緇衣》）

（6）日省月試，既廩稱事，所以勸百工也；送往迎來，嘉善而矜不能，所以柔遠人也。（《禮記‧中庸》）

（7）禹南省，方濟乎江，黃龍負舟。（《呂氏春秋‧知分》）

（8）春省耕而補不足，秋省斂而助不給。（《孟子‧梁惠王下》）

（9）古之爲享食也，以觀威儀、省禍福也。（《左傳‧成公十四年》）

「觀」的對象比較豐富，可以是具象的事物如火、莊稼、現象、臉色，也可以是抽象的德行、嫌隙；視角也更爲開闊，可以是上對下的巡行監管，也可以平等的。「觀」在句中做謂語時基本都帶賓語。

（10）予若觀火。（《尚書‧盤庚上》）

（11）七世之廟，可以觀德。萬夫之長，可以觀政。（《尚書‧咸有一德》）

（12）命我眾人，庤乃錢鎛，奄觀銍艾。（視察）（《詩經‧周頌‧臣工》）

（13）監觀四方，求民之莫。（《詩經‧大雅‧皇矣》）

（14）水火異物，各居其所，故君子觀象而審辨之。（《周易・象傳》）

（15）是故君子居則觀其象而玩其辭，動則觀其變而玩其占。（《周易・繫辭上》）

（16）易與天地準，故能彌綸天地之道，仰以觀於天文，俯以察於地理，是故知幽明之故。（《周易・繫辭》）

（17）此可以觀德行矣。（《禮記・射義》）

（18）時觀而弗語，存其心也。（《禮記・學記》）

（19）夫達也者，質直而好義，察言而觀色，慮以下人。（《論語・顏淵》）

（20）子曰：「始吾於人也，聽其言而信其行；今吾於人也，聽其言而觀其行。」（《論語・公冶長》）

（21）以為法而縣於邑閭，巡野觀稼，以年之上下出斂法。（《周禮・地官司徒・司稼》）

（22）會聞用師，觀釁而動。（《左傳・宣公十二年》）

「察」可迭用，表示「明辨、清楚」。另外三詞則一般無迭用形式。「察」在句中常與其它表示「看」的詞語連用對用，如「視、觀、眠、瞻」等。在句中做謂語時，賓語除名詞外，還有大量主謂短語。

（23）眾人察察，我獨悶悶。（「眾」，一本作「俗」。王弼注：「分別別析也。」）（《老子・第二十章》）

（24）易與天地準，故能彌綸天地之道，仰以觀於天文，俯以察於地理，是故知幽明之故。（《周易・繫辭》）

（25）子曰：「視其所以，觀其所由，察其所安，人焉廋哉？人焉廋哉？」（《論語・為政》）

（26）凡察革之道，眠其鑽空，欲其窔也。（《周禮・考工記・函人》）

（27）子反命軍吏察夷傷，補卒乘，繕甲兵，展車馬，雞鳴而食，唯命是聽。晉人患之。（《左傳・成公十六年》）

（28）有侁氏女子採桑，得嬰兒於空桑之中，獻之其君，其君令烰

人養之,察其所以然。(《呂氏春秋·本味》)

（29）是月也,乃命祝宰巡行犧牲,視全具,案芻豢,瞻肥瘠,察物色,必比類,量小大。(《呂氏春秋·仲秋》)

「伺」、「省」、「觀」、「察」在兩漢典籍中的使用頻率:

	淮南子	史記	漢書	論衡
伺	0	10	9	1
省	0	1	3	1
觀	98	221	162	60
察	11	21	15	8

「伺」的語義更加偏重於窺伺,且觀察的事件不經常發生,需要等待,因此常與「候」連用。「伺」的對象為時機的用例也越來越多。主謂結構也可以在句中做謂語「伺」的賓語。

（1）至淮南,淮南王方獵,見醢,因大恐,陰令人部聚兵,候伺帝郡警急。(《史記·黥布列傳》)

（2）數月,帝晨出射,趙王不能蚤起,太后伺其獨居,使人持鴆飲之。(《漢書·外戚傳》)

（3）子韋曰:「臣請伏於殿下以伺之,星必不徙,臣請死耳。」(《論衡·變虛》)

在兩漢典籍中,「省」的語義保留了前代的巡行義,與「聽」連用,表示感官動作。和「察」對文,構建了同義關係。

（4）刺戒者至迫近,而省聽者常急忽。(《漢書·杜欽傳》)

（5）何其察人之明,省物之暗也。(《論衡·雷虛》)

（6）維二十九年,皇帝春遊,覽省遠方。(《史記·秦始皇本紀》)

「觀」和「察」的語義和用法在漢代典籍中都沒有新的進展。

（7）臣聞天威不違顏咫尺,願陛下深思先帝所以建立陛下之意,且克己躬行以觀群下之從化。(《漢書·何武王嘉師丹傳》)

（8）嘗竊觀陰陽之術,大祥而眾忌諱,使人拘而多所畏。(《漢書·司馬遷傳》)

綜上所述,「伺」、「省」、「觀」、「察」的主要區別在於語義方面。「伺」帶有「窺伺」的意味,因此多非正面的行爲。由於「伺」的對象多爲時機,有時需要等待,因此常與「候」連用,構成複音詞「候伺」。「省」的對象多爲廣闊宏大之物,因此帶有「巡視」的意義,主語通常是地位較高的人。「觀」的本義即爲「仔細看」,先秦時期就在使用頻率、搭配靈活度、指稱對象的範圍等方面強於組內其它詞,兩漢時期雖然語法語義等方面都沒有新突破,但「仔細看」仍是其一個重要義位,因此可以看作「觀察、仔細看」這一語義範疇內基本範疇詞。「察」的「觀察」義位越來越弱化,「考察」義位則得到了更廣泛的運用。總之,這一組詞與基本的「看」意義相比,重在看之後有所行動,因此在看時需要更加細緻,並且認眞思考。

2.10　寡、少、鮮、乏、希

要點:《三曹文集》中,「寡」、「少」、「鮮」、「乏」、「希」五詞在「物資或人力的匱乏」這個語義範疇內存在同義關係。「寡」、「少」詞義內涵最廣泛,充當的句子成分最多元,搭配最靈活,先秦時代就已經成爲範疇內的基本範疇詞。兩漢時期,「少」使用頻率超越了「寡」,但並未完全取而代之,《三曹文集》中的用例就體現了這一特點。

「寡」在書中共出現 9 次,只有「物資或人力的匱乏」這 1 個義位。其中一例爲引用《孟子》。

「少」在書中共出現 20 次,有 3 個義位,分別是:(1)物資或人力的匱乏;(2)年少;(3)稍微。表「人或物品缺少」意義的有 11 處。

「鮮」在書中共出現 8 次,只有「物資或人力的匱乏」這 1 個義位。其中一例引用《詩經》。

「乏」在書中共出現 5 次,只有「物資或人力的匱乏」這 1 個義位。

「希」用於「物資或人力的匱乏」這 1 義位共 3 例,餘者皆爲「希望」意。

寡,《說文》「少也」;少,《說文》「不多也」。用疊訓的方式說明二者爲同義詞,表示物資或人力的缺少匱乏。鮮,《說文》,「魚名」。《詩經·邶風·新臺》「燕婉之求,籧篨不鮮」,朱熹注「少也」,「鮮」在這裏有了「少」的

意思。乏，《唐韻》「無也」，沒有即爲缺少的意思。希，《集韻》「寡也」，《爾雅·釋詁》「罕也」。從古代字典、韻書及典籍注釋中反映出，這組詞在語義上是有區別的。「寡」、「少」、「鮮」強調少，是一種客觀的描述，「乏」強調需求，「希」則不僅僅是少，還有罕見的意味。

《三曹文集》中「寡」多用於修飾名詞，也可以形容詞作謂語。出現了和「鮮」同義對文的用法，與其相對應的反義詞是「眾」。「寡」不僅可以用於說明人少，也可以用於抽象意義，常見的搭配有「寡德」、「寡欲」。

（1）時眾寡糧單，圖欲還許。（《曹操集·請增封荀彧表》）

（2）卿蹈河歷險，以勞擊逸，以寡勝眾，功過南仲，勤蹈吉甫。此勳非但破胡，乃永寧河右，使吾長無西顧之念矣。（《曹丕集·詔褒張既擊胡》）

（3）孤雖寡德，庶自免於常人之貴。（《曹丕集·答司馬懿等再陳符命令》）

（4）而偉長獨懷文抱質，恬談寡欲，有箕山之志，可謂彬彬君子者矣。（《曹丕集·又與吳質書》）

（5）然而名不繼德，行不純道，直寡善人之美稱，鮮君子之風采，惑秦宮而不出，窘項座而不起，計失乎酈生，忿過乎韓信。（《曹植集·漢二祖優劣論》）

（6）凡此諸事，豈非高祖寡計淺慮以致！（《曹植集·漢二祖優劣論》）

（7）然始辭繁寡實，頗有怪言。（《曹植集·辯道論》）

（8）清素寡欲，明敏特達。（《曹植集·輔臣論》）

「少」在語法上區別於「寡」的一個重要特點是，「少」可以做補語，並且可以帶補語。《三曹文集》中未見「寡」被副詞修飾的例子，「少」則可被副詞修飾。「少」也可以形容詞作謂語，不僅可以修飾具體的人或物，以及用於形容抽象的事物，也可以說明動作的次數少。「少」的反義詞是「多」。

（9）時兵少糧盡，圖欲還許，書與彧議，彧不聽臣。（《曹操集·請增封荀彧表》）

（10）且奉孝乃知孤者也，天下人相知者少，又以此痛惜，奈何奈何！（《曹操集・與荀彧書追傷郭嘉》）

（11）太中大夫孔融既伏其罪矣，然世人多采其虛名，少於核實，見融浮豔，好作變異，眩其誑詐，不復察其亂俗也。（《曹操集・宣示孔融罪狀令》）

（12）去冬天降疫癘，民有凋傷，軍興於外，墾田損少，吾甚憂之。（《曹操集・瞻給災民令》）

（13）孤所以能常以少兵勝敵者，常念增戰士，忽餘事。（《曹操集・鼓吹令》）

（14）袁本初鎧萬領，吾大鎧二十領；本初馬鎧三百具，吾不能有十具。見其少遂不施也，吾遂出奇破之。是時士卒練甲，不與今時等也。（《曹操集・軍策令》）

（15）今與孫驃騎和通，商旅當日月而至，而百賈偷利喜賤。其物平價，又與其絹，故官逆爲平準耳。官豈少此物輩耶！（《曹丕集・平準詔》）

（16）近之不綏，何遠之懷？今事多而民少，上下相弊以文法，百姓無所措其手足。（《曹丕集・議輕刑詔》）

（17）余於他戲弄之事少所喜，唯彈棋略盡其巧，少爲之賦。（《曹丕集・典論・自敘》）

（18）使夫昭、成均年而立，易世而化，貿臣而治，換樂而歌，則漢不獨少，周不獨多也。（《曹丕集・論周成漢昭》）

（19）又言：「車師之西國，兒生，擘背出脾，欲其食少而努行也。」（《曹植集・辯道論》）

「鮮」從語法上看在本書中只有兩種用法：做狀語和做謂語。書中未見修飾名詞的用法。常見搭配有「鮮有」、「鮮能」。可用於指稱具體的人、物，也可用於抽象的事物。

（20）臣聞古之遣將，上設監督之重，下建副二之任，所以尊嚴國命，謀而鮮過者也。（《曹操集・留荀彧表》）

（21）觀古今文人，類不護細行，鮮能以名節自立。（《曹丕集·又與吳質書》）

（22）夫人善於自見，而文非一體，鮮能備善，是以各以所長，相輕所短。（《曹丕集·典論·論文》）

（23）然而名不繼德，行不純道，直寡善人之美稱，鮮君子之風采，惑秦宮而不出，窘項座而不起，計失乎酈生，忿過乎韓信。（《曹植集·漢二祖優劣論》）

（24）又其梟將畫臣，皆古今之鮮有，歷世之希睹。（《曹植集·漢二祖優劣論》）

（25）高祖又鮮君子之風采，溺儒冠不可言敬，辟陽淫僻，與眾共之。（《曹植集·漢二祖優劣論》）

（26）若夫殿處鼎食之家，重貂累蓐之門，若是者鮮焉。（《曹植集·說疫氣》）

從意義上看，「乏」與上述三詞最大的區別在於，「乏」描述的對象是不可缺少的。「寡」、「少」、「鮮」描述的「缺少」這一現象有時是一種主觀需求，而「乏」是客觀存在，是需要補給填充的。從語法上看，本書中「乏」均作形容詞謂語，且可以被副詞修飾。

（27）昌邑即位日淺，未有貴寵，朝乏讜臣，議出密近，故計成如轉圜，事成如摧朽。（《曹操集·拒王芬辭》）

（28）後大軍糧乏，得東阿以繼，祗之功也。（《曹操集·加棗祗子處中封爵並祀祗令》）

（29）既爲任、姒徽音之美，又乏謹身養己之福，而陰懷妒害，包藏禍心，弗可以承天命、奉祖宗。（《曹操集·假爲獻帝策收伏後》）

（30）且公卿未至乏主，斯豈小事，且宜以待固讓之後，乃當更議其可耳。（《曹丕集·讓禪令》）

（31）雖賢不乏世，宿將舊卒猶習戰也。（《曹植集·求自試表》）

「希」從語義上考察，比組內其它詞語的語義範疇更窄，是極其少的意

思，因此與「鮮」對文。正因其有「極少」、「甚少」的意思，已經自帶副詞意義，所以不被副詞修飾。從語法上考察，「希」可以做定語，也可以做狀語。

（32）猥以蒙鄙之姿，得觀希世之寶，不煩一介之使，不損連城之價，既有秦昭章臺之觀，而無藺生詭奪之誑。（《曹丕集‧與鍾大理書》）

（33）鼎以希出而世重之，釜鑊常用而世輕之。（《曹丕集‧典論‧佚文十二則》）

（34）又其梟將盡臣，皆古今之鮮有，歷世之希睹。（《曹植集‧漢二祖優劣論》）

本組詞在先秦時代七部典籍中的使用頻率如下：

	周易		尚書		詩經		論語		周禮		孟子		呂氏春秋	
寡	6	6	8	2	6	0	11	10	18	17	13	12	32	28
少	3	0	8	0	1	1	5	0	0	0	6	3	59	23
鮮	2	1	6	2	12	8	5	5	3	0	0	0	0	0
乏	0	0	0	0	0	0	0	0	2	0	2	2	5	5
希	0	0	1	1	0	0	5	5	2	0	4	4	1	1

先秦典籍中「寡」的使用頻率最高。在《周易》中，「寡」已經出現了使動用法。與「寡」對應的反義詞是「多」。「寡」沒有被副詞修飾。從語法成分上看，可以做定語及謂語。因其可做定語，而構成「寡人」、「寡君」、「寡妻」等固定搭配，表示「寡德之人」、「寡德之君」、「寡德之妻」等意義，「寡」仍是「少」的意思。

（1）損以遠害，益以興利，困以寡怨。（《周易‧繫辭下》）使動

（2）將叛者，其辭慚，中心疑者其辭枝，吉人之辭寡，躁人之辭多，誣善之人其辭遊，失其守者其辭屈。（《周易‧繫辭下》）

（3）其於人也為寡髮，為廣顙。（《周易‧說卦》）孔穎達疏：「寡，少也。」

（4）君子以裒多益寡，稱物平施。（《周易‧謙卦》）

（5）豐，多故也；親寡，旅也。離上而坎下也。小畜，寡也；履，不處也。（《周易‧雜卦》）

（6）張皇六師，無壞我高祖寡命。(《尚書·顧命下》) 孫星衍疏：

「高祖謂文王。寡命，如《康誥》『乃寡兄勖』，謂寡有之命。」

〔註31〕

（7）罔曰弗克，惟既厥心；罔曰民寡，惟慎厥事。(《尚書·周書·

畢命》)

　　《論語》中的「寡」除做謂語，有使動用法外，還可以做賓語，有名詞的指代意義，可以被否定副詞「無」修飾。反義詞除「多」外還可以為「眾」。在《周禮》中，「眾」、「寡」連用現象非常普遍，「寡」凡 18 見，其中「眾」、「寡」連用共 14 例。

（8）子曰：「多聞闕疑，慎言其餘，則寡尤；多見闕殆，慎行其

餘，則寡悔。言寡尤，行寡悔，祿在其中矣。」(《論語·為

政》)

（9）曾子曰：「以能問於不能，以多問於寡；有若無，實若虛，犯

而不校——昔者吾友從事於斯矣。」(《論語·泰伯》)

（10）夫子欲寡其過而未能也。(《論語·憲問》)

（11）丘也聞有國有家者，不患貧而患不均，不患寡而患不安。蓋

均無貧，和無寡，安無傾。(《論語·季氏》)

（12）君子無眾寡，無大小，無敢慢，斯不亦泰而不驕乎。(《論語·

堯曰》)

（13）宮正，以時比宮中之官府、次舍之眾寡。(《周禮·天官·宮

正》)

（14）往體多，來體寡，謂之夾庾之屬，利射侯與弋。往體寡，來

體多，謂之王弓之屬，利射革與質。(《周禮·考工記·弓人》)

　　在《孟子》中，「寡」的語法功能進一步發展，可以在句中做狀語。充當謂語時，可以與語氣詞配合，起到加強語氣的作用。與「眾寡」連用相同，出現了「多寡」連用的現象，表示「數量」的意義。（已經成為複音詞的詞語如「寡人」等不列入統計。）

〔註31〕孫星衍，《尚書今古文注疏》，中華書局，1986 年。

（15）然則小固不可以敵大，寡固不可以敵眾，弱固不可以敵強。
（《孟子‧梁惠王上》）

（16）天下之不助苗長者寡矣。（《孟子‧公孫丑上》）

（17）得道者多助，失道者寡助。寡助之至，親戚畔之；多助之至，
天下順之。（《孟子‧公孫丑下》）

（18）樂歲粒米狼戾，多取之而不為虐，則寡取之；凶年糞其田而
不足，則必取盈焉。（《孟子‧滕文公上》）

（19）布帛長短同，則賈相若；麻縷絲絮輕重同，則賈相若；五穀
多寡同，則賈相若；屨大小同，則賈相若。（《孟子‧滕文公
上》）

（20）陶以寡，且不可以為國，況無君子乎？（《孟子‧告子下》）

（21）孟子曰：「養心莫善於寡欲。其為人也寡欲，雖有不存焉者，
寡矣；其為人也多欲，雖有存焉者，寡矣。」（《孟子‧盡心
下》）

《呂氏春秋》中「寡」的反義詞有「多」、「眾」兩個。可以被否定副詞
「不」修飾。

（22）夏后相曰：「不可。吾地不淺，吾民不寡，戰而不勝，是吾德
薄而教不善也。」（《呂氏春秋‧先己》）

（23）故強者劫弱，眾者暴寡，勇者淩怯，壯者傲幼，從此生矣。
（《呂氏春秋‧侈樂》）

（24）軍大卒多而不能鬥，眾不若其寡也。（《呂氏春秋‧決勝》）

（25）夫愛人者眾，知愛人者寡。（《呂氏春秋‧安死》）

（26）無天子，則強者勝弱，眾者暴寡，以兵相殘，不得休息。今
之世當之矣。（《呂氏春秋‧觀世》）

（27）今袀服回建，左不軾，而右之超乘者五百乘，力則多矣，然
而寡禮，安得無疵？（《呂氏春秋‧悔過》）

（28）夫其多能不若寡能，其有辯不若無辯。（《呂氏春秋‧離謂》）

（29）爲人臣而免於燕爵之智者寡矣。（《呂氏春秋・務大》）

「少」在先秦時代用例不多，從語法功能上看，可以被否定副詞「不」修飾；可以做謂語、賓語；可與「者」配合，做主語；可以被程度副詞修飾。「寡」則未見做主語及被否定副詞修飾的情況。「少」除使動用法外，還有意動用法。對應的反義詞有「多」、「眾」二詞。

（1）憂心悄悄，慍於群小。覯閔既多，受侮不少。靜言思之，寤辟有摽。（《詩經・邶風・柏舟》）

（2）鄰國之民不加少，寡人之民不加多，何也？（《孟子・梁惠王上》）

（3）與少樂樂，與眾樂樂，孰樂？（《孟子・梁惠王下》）

（4）益之相禹也，歷年少，施澤於民未久。（《孟子・萬章上》）

（5）亡國之主反此，乃自賢而少人。少人則説者持容而不極，聽者自多而不得。（《呂氏春秋・謹聽》）意動

（6）天下雖有有道之士，國猶少。（《呂氏春秋・觀世》）

（7）其出彌遠者，其知彌少。（《呂氏春秋・君守》）

（8）古之王者，其所爲少，其所因多。（《呂氏春秋・任數》）

（9）權鈞則不能相使，勢等則不能相并，治亂齊則不能相正。故小大、輕重、少多、治亂，不可不察，此禍福之門也。（《呂氏春秋・慎勢》）

（10）多實尊勢，賢士制之，以遇亂世，王猶尚少。（《呂氏春秋・慎勢》）

（11）民農則重，重則少私義，少私義則公法立，力專一。（《呂氏春秋・上農》）使動

（12）今公行，多者數百乘，步者數百人；少者數十乘，步者數十人。（《呂氏春秋・不屈》）

從語法上看，「鮮」多用於謂語、定語，還可做狀語。「鮮」從語義上看已經具備了「非常」、「少」兩個義素，因此不能被程度副詞修飾。《論語》中多用語氣助詞「矣」與「鮮」搭配，加強了「極少」的意思。

（1）仁者見之謂之仁，知者見之謂之知，百姓日用而不知，故君子之道鮮矣。（《周易·繫辭上》）

（2）周公曰：「嗚呼！休茲知恤，鮮哉！」（《尚書·周書·立政》）

（3）世祿之家，鮮克由禮。（《尚書·周書·畢命》）

（4）新臺有泚，河水瀰瀰。燕婉之求，籧篨不鮮。（《詩經·邶風·新臺》）

（5）揚之水，不流束楚。終鮮兄弟，維予與女。（《詩經·鄭風·揚之水》）

（6）鮮民之生，不如死之久矣。（《詩經·小雅·蓼莪》）《毛傳》：「鮮，寡也。」

（7）牂羊墳首，三星在罶。人可以食，鮮可以飽。（《詩經·小雅·苕之華》）

（8）蕩蕩上帝，下民之辟。疾威上帝，其命多辟。天生烝民，其命匪諶。靡不有初，鮮克有終。（《詩經·大雅·蕩》）

（9）不僭不賊，鮮不為則。（《詩經·大雅·抑》）

（10）人亦有言：德輶如毛，民鮮克舉之。（《詩經·大雅·烝民》）

（11）有子曰：「其為人也孝悌，而好犯上者，鮮矣。」（《論語·學而》）

（12）子曰：「巧言令色，鮮矣仁！」（《論語·學而》）

（13）子曰：「以約失之者鮮矣。」（《論語·里仁》）

（14）子曰：「中庸之為德也，其至矣乎！民鮮久矣。」（《論語·雍也》）

（15）子曰：「由！知德者鮮矣。」（《論語·衛靈公》）

「乏」在語義上與組內其它詞的區別在於，其它詞重在描述「少」，而「乏」主要傳達了「缺」的現狀。這種「缺乏」是應該得到補充的，所以「乏」常被動詞「振」、「匡」支配。「乏」，只是「缺少」，而不是完全沒有，與「空」、「絕」連用，表示缺少乃至缺失的含義。在同義詞連用時，因其語義內涵與其它詞有差異，因此只見與「匱」連用的情況。因物資短缺而導致貧窮，「乏」

可以與「窮」、「困」連用。從描述的對象上看，「乏」不用於人或抽象的事物，只用於物資。從語法上看，「乏」可以做定語、謂語、賓語，未見副詞修飾的情況。

（1）爲宮室之美，妻妾之奉，所識窮乏者得我與？（《孟子・告子上》）

（2）故天將降大任於是人也，必先苦其心志，勞其筋骨，餓其體膚，空乏其身，行拂亂其所爲，所以動心忍性，曾益其所不能。（《孟子・告子下》）

（3）王公大人從而顯之：有愛子弟者，隨而學焉，無時乏絕。（《呂氏春秋・當染》）

（4）天子布德行惠，命有司發倉廩，賜貧窮，振乏絕，開府庫，出幣帛，周天下，勉諸侯，聘名士，禮賢者。（《呂氏春秋・季春紀》）

（5）四方來雜，遠鄉皆至，則財物不匱，上無乏用，百事乃遂。（《呂氏春秋・仲秋紀》）

（6）大國不至，寡君與士卒竊爲大國憂，日無所與焉，惟恐士卒罷弊與糇糧匱乏。（《呂氏春秋・悔過》）

（7）文公施捨，振廢滯，匡乏困，救災患，禁淫愿，薄賦斂，宥罪戾，節器用，用民以時。（《呂氏春秋・原亂》）

「希」描述的對象非常廣泛，除抽象事物、人之外，動物體毛稀疏，聲音間隔大，都可以用「希」說明。從語法上看，「希」可以做定語、謂語、狀語，可以被程度副詞修飾。

（1）日永，星火，以正仲夏。厥民因，鳥獸希革。（《尚書・堯典》）
孫星衍疏引鄭玄曰：「夏時鳥獸毛疏皮見。」〔註32〕

（2）子曰：「伯夷叔齊不念舊惡，怨是用希。」（《論語・公冶長》）

（3）鼓瑟希，鏗爾，舍瑟而作。（《論語・先進》）

（4）自諸侯出，蓋十世希不失矣；自大夫出，五世希不失矣；陪

〔註32〕孫星衍《尚書今古文注疏》，中華書局，2004年。

臣執國命，三世希不失矣。（《論語・季氏》）

（5）人之所以異於禽獸者幾希，庶民去之，君子存之。（《孟子・離婁下》）

（6）由君子觀之，則人之所以求富貴利達者，其妻妾不羞也，而不相泣者，幾希矣。（《孟子・離婁下》）

（7）其日夜之所息，平旦之氣，其好惡與人相近也者幾希。（《孟子・告子上》）

（8）舜之居深山之中，與木石居，與鹿豕遊，其所以異於深山之野人者幾希。（《孟子・告子下》）

（9）故凡作亂之人，禍希不及身。（《呂氏春秋・原亂》）

兩漢時期本組詞在四部典籍中的使用頻率：

	淮南子		史記		漢書		論衡	
寡	40	35	33	19	84	46	29	27
少	42	34	487	82	699	111	105	64
鮮	12	9	16	5	17	12	9	3
乏	10	8	31	31	57	53	15	15
希	2	2	20	20	38	38	39	39

　　這一階段，組內各詞在語義和語法語用方面並未出現較大的突破，從使用頻率來看，「少」用於本研究範疇義位的次數增多，有超越「寡」的趨勢，並且詞義豐富。其它詞引申義較少，主要用於本研究範疇的義位。

　　「寡」的用法與先秦時期相比增加了狀語的用法。反義詞仍為「多」、「眾」二詞。可附加「者」，具備名詞詞性，做主語。常與「少」、「鮮」連用或對文。「寡聞」與「淺見」聯合使用，表示人的見識淺薄，後成為固定用法。

（1）益之而不眾，損之而不寡。（《淮南子・原道訓》）

（2）約其所守，寡其所求，去其誘慕，除其嗜欲，損其思慮。約其所守則察，寡其所求則得。（《淮南子・原道訓》）使動

（3）夫責少者易償，職寡者易守，任輕者易權。（《淮南子・主術訓》）

（4）使強不掩弱，眾不暴寡。（《淮南子・覽冥訓》）

（5）逮至當今之世，忍訽而輕辱，貪得而寡羞，欲以神農之道治之，則其亂必矣。（《淮南子·氾論訓》）

（6）民交讓爭處卑，委利爭受寡，力事爭就勞。（《淮南子·泰族訓》）

（7）非好學深思，心知其意，固難爲淺見寡聞道也。（《史記·五帝本紀》）

（8）生者必有死，物之必至也；富貴多士，貧賤寡友，事之固然也。（《史記·孟嘗君列傳》）

（9）平原君已定從而歸，歸至於趙，曰：「勝不敢復相士。勝相士多者千人，寡者百數，自以爲不失天下之士，今乃於毛先生而失之也。」（《史記·平原君虞卿列傳》）

（10）然此非獨行者之罪也，父兄之教不先，子弟之率不謹也：寡廉鮮恥，而俗不長厚也。（《史記·司馬相如列傳》）

（11）十賊彍弩，百吏不敢前，盜賊不輒伏辜，免脫者眾，害寡而利多，此盜賊所以蕃也。（《漢書·吾丘壽王傳》）

「少」延續了先秦時期的用法。此外，在兩漢時期，「少」的搭配更爲靈活多元，「力少」、「智少」、「人少」、「物少」都可以用「少」描述。「少」也可以與「多」、「眾」形成反義關係。「多少」這一詞語搭配被廣泛運用，表示數量。由於搭配多樣、語法靈活，「少」在一些語境下可以替換「寡」，如「寡欲」、「少欲」。

（1）及至分山川溪谷使有壤界，計人多少眾寡使有分數，築城掘池，設機械險阻以爲備。（《淮南子·本經訓》）

（2）夫舉重鼎者，力少而不能勝也，及至其移徙之，不待其多力者。（《淮南子·主術訓》）

（3）愚人之智，固已少矣，其所事者多，故動而必窮矣。（《淮南子·主術訓》）

（4）聖人之道，猶中衢而致尊邪：過者斟酌，多少不同，各得其所宜。（《淮南子·繆稱訓》）

（5）古之善賞者，費少而勸眾；善罰者，刑省而奸禁；善予者，
　　用約而爲德；善取者，入多而無怨。（《淮南子・氾論訓》）

（6）物固有大不若小，眾不若少者，及至夫強之弱，弱之強，危
　　之安，存之亡也，非聖人，孰能觀之！（《淮南子・氾論訓》）

（7）員之中規，方之中矩，行成獸，止成文，可以將少，而不可
　　以將眾。（《淮南子・詮言訓》）

（8）以數雜之壽，憂天下之亂，猶憂河水之少，泣而益之也。（《淮
　　南子・詮言訓》）

（9）天下有三危：少德而多寵，一危也；才下而位高，二危也；
　　身無大功而受厚祿，三危也。（《淮南子・人間訓》）

（10）食少，調有餘相給，以均諸侯。（《史記・夏禹本紀》）

（11）發倉廩，散財幣，以振孤獨窮困之士，輕賦少事，以佐百姓
　　之急。（《史記・秦始皇本紀》）

（12）以財物爲用，以貴賤爲文，以多少爲異，以隆殺爲要。（《史
　　記・孝景本紀》）

（13）今地邑益少，我欲與廣陵王共發兵云。（《史記・三王世家》）

（14）是後邊城、河東、弘農、三輔、太常民皆便代田，用力少而
　　得穀多。（《漢書・食貨志》）

（15）法家嚴而少恩，然其正君臣上下之分，不可改也。（《漢書・
　　司馬遷傳》）

（16）稟壽夭之命，以氣多少爲主性也。（《論衡・氣壽》）

（17）出於禮，入於刑，禮之所去，刑之所取，故其多少同一數也。
　　（《論衡・謝短》）

（18）農商殊業，所畜之貨，貨不可同，計其精粗，量其多少，其
　　出溢者名曰富人，富人在世，鄉里願之。（《論衡・量知》）

（19）夫如是，而適足以見賢不肖之分，睹高下多少之實也。（《論
　　衡・狀留》）

（20）夫恬淡少欲，孰與鳥獸？鳥獸亦老而死。（《論衡・道虛》）

「鮮」不僅表示「甚少」之意，在兩漢文獻中還有多例與同義詞「寡」連用，並與「眾」、「多」形成反義關係，還被程度副詞「益」修飾，這說明「鮮」的表意範疇更加廣泛，可以泛指「數量少」。從描述對象上看，「鮮」主要用於人及抽象事物。

（1）說之者眾，而用之者鮮；慕之者多，而行之者寡。（《淮南子·原道訓》）

（2）凡人之論，心欲小而志欲大，智欲員而行欲方，能欲多而事欲鮮。（《淮南子·主術訓》）

（3）數戰則民罷，數勝則主驕，以驕主使罷民，則國不亡者，天下鮮矣。（《淮南子·道應訓》）

（4）法既益嚴，吏多廢免。兵革數動，民多買復及五大夫，徵發之士益鮮。（《史記·平準書》）

（5）父兄之教不先，子弟之率不謹，寡廉鮮恥，而俗不長厚也。（《史記·司馬相如列傳》）

（6）兵革數動，民多買復及五大夫、千夫，徵發之士益鮮。（《漢書·食貨志》）

（7）歌曲彌妙，和者彌寡；行操益清，交者益鮮。（《論衡·講瑞》）

（8）敵力角氣，能以小勝大者希，爭強量功，能以寡勝眾者鮮。（《論衡·諰時》）

（9）髮白齒落，日月逾邁，儔倫彌索，鮮所恃賴。（《論衡·自紀》）

「希」除做謂語外，多見於狀語的用法。可以被副詞「益」修飾。從反義詞的情況來考察，「希」既可與「多」構成反義關係，也可與「常」構成反義關係。因此「希」既可以表示「數量少」，也可以表示「頻次少」。

（1）夫人主之情，莫不欲總海內之智，盡眾人之力，然而群臣志達效忠者，希不困其身。（《淮南子·主術訓》）

（2）過府而負手者，希不有盜心。（《淮南子·說林訓》）

（3）夫常星之變希見，而三光之占亟用。（《史記·天官書》）

（4）總之，楚越之地，地廣人希，飯稻羹魚，或火耕而水耨，果

隋蠃蛤，不待賈而足，地埶饒食，無飢饉之患。(《史記・貨
殖列傳》)

（5）一幸生男，是爲代王。其後薄姬希見高祖。(《史記・外戚世
家》)

（6）然其侵盜益希，遇漢使愈厚，欲以漸致和親。(《漢書・匈奴
傳》)

（7）楊粵之地少陰多陽，其人疏理，鳥獸希毛，其性能暑。(《漢
書・爰盎晁錯傳》)

（8）呂后年長，常留守，希見，益疏。(《漢書・外戚傳》)

（9）比聞天之怒，希聞天之喜；比見天之罰，希見天之賞。豈天
怒不喜，貪於罰，希於賞哉？(《論衡・雷虛》)

（10）今謂之英傑，古以爲聖神，故謂七十子歷世希有。(《論衡・
問孔》)

（11）古以言爲功者多，以文爲敗者希。(《論衡・書解》)

（12）常言人長，希言人短。(《論衡・自紀》)

（13）世無其官，又無董父、后、劉之人，故潛藏伏匿，出見希疏。
(《論衡・龍虛》)

綜上所述，在「物資或人力的匱乏」這個語義範疇內的五個成員「寡」、
「少」、「鮮」、「乏」、「希」中，從語義方面來看，「鮮」、「乏」內涵較狹窄，
「希」使用頻率不高。在先秦時代，「寡」和「少」便成爲了這一範疇內的基
本範疇詞。兩漢時期，「少」的使用頻率大大提升，並且語法功能多樣，在某
些語境下可以替換「寡」，有取代「寡」成爲基本範疇詞的趨勢。但語言的發
展是循序漸進的過程，在長時間內，二詞並用，「寡」並未完全消亡，《三曹
文集》中就體現了這一新舊交替的情況。

2.11　空、虛

要點：在「空虛」這一語義範疇內，「空」、「虛」是一組同義詞。二詞共
有三個相同義位，「空」的「中空不實」義出現早於「虛」，「虛假，不眞實」

和「徒然，白白地」兩個義位，「虛」的使用頻率和靈活程度均高於「空」。由於二詞側重點有差異，直至魏晉時代，並未出現一詞取代另一詞成爲範疇內基本範疇詞的情況。

「空」在《三曹文集》中表示「中空不實」的這一義位共出現 8 次，另有一例爲「虛假，不眞實」之意。

「虛」在《三曹文集》中共出現 37 次，有 7 個義位：（1）中空不實；（2）天空；（3）虛弱；（4）謙虛；（5）無欲無爲的思想境界；（6）虛假，不眞實；（7）徒然，白白地。表示「中空不實」這一義位的有 6 例；表示「虛假，不眞實」這一義位的有 4 例；表示「徒然，白白地」這一義位的有 11 例。

「空」、「虛」相同的義位有三個，分別是「中空不實」、「虛假，不眞實」、「徒然、白白地」。前兩個義位均在《三曹文集》中有所體現，後一個義位在《三曹文集》中只見於「虛」。

空，《說文》：「竅也」，段注「今俗語所謂孔也」，朱駿聲《說文通訓定聲》：「經傳皆以孔爲之」。《漢書·張騫傳》「然騫鑿空」，顏師古注「空，孔也。猶言始鑿其孔穴也。故此下言『當空道』，而《西域傳》謂『孔道』也。」《韻會小補》：「秦人呼土窟爲土空」。「空」、「孔」、「窟」爲同源詞，「孔」及「窟窿」內部無物，因此作爲形容詞，「空」也表示無所有的意思。

虛，《說文》：「大丘也，崑崙丘謂之崑崙虛」。段注：「崑崙丘，丘之至大者也。《釋水》曰：『河出崑崙虛。』《海內西經》曰：『海內崑崙之虛在西北，帝之下都。』即《西山經》『崑崙之丘，實惟帝之下都』也。按虛者，今之墟字。虛本謂大丘，大則空曠，故引申之爲空虛。」徐灝在《說文解字注箋》中提出，「虛爲大丘，即所謂四方高中央下者，故引申爲虛空之稱」，即「虛」的空虛義是從四面高中央低的大土丘的意思引申出來的。〔註33〕

作爲同義詞，「空」、「虛」二詞可互訓：《廣韻·東韻》「空，空虛」，《廣雅·釋詁》「虛，空也」。

《三曹文集》中的「空」、「虛」在「中空不實」義上主要做定語，修飾名詞。從這一層面上看，「空」有「空無一物」之意，描寫的對象是具體的、可見

的，如「空床」、「空手」、「空宮」；「虛」無此用法。在抽象意義上，二詞都可引申爲「不眞實」，如「空言」、「虛名」、「虛語」、「虛辭」，因此「空」可以與「僞、詐」連文，如：「初謂道術，直呼愚民詐僞空言定矣！」（《曹植集·釋疑論》）；「虛」可以與「謬」對文同義，如「夫虛談謬稱，鄙薄所弗當也。」（《曹丕集·再讓符命令》）

（1）孤懼有此空聲冒實，淫蛙亂耳。（《曹操集·與王脩書》）

（2）惟離居之可悲，塊獨處於空床。（《曹丕集·離居賦》）

（3）宿聞展善有手臂，曉五兵，又稱其能空手入白刃。（《曹丕集·典論·自敘》）

（4）經離十載，塊然守空，飢寒備嘗。（《曹丕集·典論·社頌》）

（5）夫神仙之書、道家之言，乃云傳說上爲辰尾宿，歲星降下爲東方朔；淮南王安誅於淮南，而謂之獲道輕舉；鉤弋死於雲陽，而謂之尸逝柩空。（《曹植集·辯道論》）

（6）嗟我公侯，屢空是安。（《曹植集·大司馬曹休誄》）

（7）空宮寥廓，棟宇無煙，巡省階塗，彷彿櫺軒。（《曹植集·卞太后誄》）

（8）今者海內清定，萬里一統，三垂無邊塵之警，中夏無狗吠之虞，以是弛罔闊禁，與世無疑，保宮空虛，初無資任。（《曹丕集·與孟達書》）

（9）太中大夫孔融既伏其罪矣，然世人多采其虛名，少於核實，見融浮豔，好作變異，眩其誑詐，不復察其亂俗也。（《曹操集·宣示孔融罪狀令》）

（10）既爲子孫計，又己敗則國家傾危，是以不得慕虛名而處實禍，此所不得爲也。（《曹操集·讓縣自明本志令》）

（11）來至洛邑，皆下惡，是爲下土之物，皆有虛名。（《曹丕集·詔群臣》）

（12）劉根不覺飢渴，或謂能忍盈虛。（《曹丕集·典論·論郤儉等事》）

（13）仁者有事之實名，非無事之虛稱。（《曹丕集・典論・失題二十一段》）

（14）至聞天下穆清，明君蒞國，覽盈虛之正義，知頑素之迷惑。（《曹植集・七啓》）

在「徒然，白白地」義上，「空」未見用例，「虛」有 11 例，佔有絕對優勢。

（15）赤壁之役，值有疾病，孤燒船自退，橫使周瑜虛獲此名。（《曹操集・與孫權書》）

（16）凡斯皆宜聖德，故曰：「苟非其人，道不虛行。」（《曹丕集・答董巴等令》）

（17）痛神曜之幽潛，哀鼎俎之虛置。（《曹丕集・武帝哀策文》）

（18）若夫馳平原，赴豐草，逐狡獸，截輕禽，使弓不虛彎，所中必洞，斯則妙矣。」（《曹丕集・典論・自敘》）

（19）庶欲守此辭以自終，卒不虛言也。（《曹丕集・辭許芝等條上讖緯令》）

（20）故君無虛授，臣無虛受。虛授謂之謬舉，虛受謂之尸祿；《詩》之素餐所由作也。（《曹植集・求自試表》）

（21）如微才弗試，沒世無聞，徒榮其軀而豐其體，生無益於世，死無損於數，虛荷上位而忝重恩，禽息鳥視，終於白首，此徒圈牢之養物，非臣之所志也。（《曹植集・求自試表》）

（22）臣以無功，虛荷國恩，爵尊祿厚，用無益於時，脂車秣馬，志在黜放。（《曹植集・轉封東阿王謝表》）

（23）又世虛然有僊人之說。（《曹植集・辯道論》）

（24）豈可虛荷國寵而不稱其任哉！（《曹植集・陳審舉表》）

（25）機不虛發，中必飲羽。（《曹植集・七啓》）

先秦時期「空」、「虛」使用情況如下：

	尚書		詩經		論語		周禮		禮記		左傳		國語		孟子		呂氏春秋	
空	0	0	4	2	2	1	3	1	0	0	0	0	1	1	2	2	15	9
虛	1	0	4	0	2	2	0	0	15	9	23	5	3	2	2	1	36	23

《詩經》中「空」共三見，均爲「中空不實」之意，且描述的對象是具體可見的。從語法上看，「空」可以做定語，也可以做謂語。

（1）皎皎白駒，在彼空谷。生芻一束，其人如玉。毋金玉爾音，
　　　而有遐心。（《詩經・小雅・白駒》）

（2）小東大東，杼柚其空。（《詩經・小雅・大東》）

（3）大風有隧，有空大谷。（《詩經・大雅・桑柔》）

《論語》中「空」一見，在句中做謂語。「虛」兩見，分別充當謂語和賓語。從例句中可知，與「虛」對應的反義詞有「盈」、「實」兩個。

（4）子曰：「回也其庶乎？屢空〔註34〕。賜不受命，而貨殖焉，臆
　　　則屢中。」（《論語・先進》）

（5）亡而爲有，虛而爲盈，約而爲泰，難乎有恒矣。（《論語・述
　　　而》）

（6）曾子曰：「以能問於不能，以多問於寡：有若無，實若虛，犯
　　　而不校，昔者吾友嘗從事於斯矣。」（《論語・泰伯》）

《周禮》中「空」僅見一例，前人注釋從語源方面闡釋了詞義。

（7）凡察革之道，視其鑽空〔註35〕，欲其惌也。（《周禮・考工記・
　　　函人》）

《禮記》中未見「空」。「虛」凡 9 見，其中一例做狀語，爲「徒然，白白地」之意。其餘八例中，「虛」可做謂語、賓語、定語、狀語，可以被否定副詞修飾。從語義方面考察，「入虛如有人」，則「虛」爲無人之室，這與「空」語義內涵對等；「執虛如執盈」，「虛」與「盈」對應，「虛」則並非完全無物，

〔註34〕何晏《論語集解》：「言回庶幾聖道，雖數空匱而樂在其中。賜不受教命，唯財貨
　　　是殖，億度是非，蓋美回所以勵賜。一曰：屢猶每；空猶虛中也。」依照何晏注
　　　解，「空」有兩種解釋：一爲貧窮，家中物資短缺，「空無一物」；一爲謙虛。本文
　　　採用第一種解釋。

〔註35〕陸德明釋文：「空，音孔，又如字。」

只是沒有盛滿，內涵大於「空」。

（8）虛坐〔註36〕盡後，食坐盡前。（《禮記‧曲禮》）

（9）飯用米貝，弗忍虛也。（《禮記‧檀弓下》）

（10）君若賜之爵，則越席再拜稽首受，登席祭之，飲卒爵而俟君卒爵，然後授虛爵。（《禮記‧玉藻》）

（11）忠信之人可以學禮。苟無忠信之人，則禮不虛道〔註37〕。（《禮記‧禮器》）

（12）執虛如執盈，入虛如有人。（《禮記‧少儀》）

（13）貴者不重，賤者不虛，示均也。（《禮記‧祭統》）

（14）不能《詩》，於禮繆。不能樂，於禮素。薄於德，於禮虛。（《禮記‧仲尼燕居》）

（15）禮無不答，言上之不虛取於下也。（《禮記‧燕義》）

《左傳》中「虛」用於「空虛」範疇凡 4 見，其中一例爲「虛假，不眞實」這一義位。此外，「虛」還出現了使動用法。從語義上看，「虛」和「絕」對文，與「繼」構成反義關係，「虛」不僅限於空間的空虛，還可用於描述時間。

（16）子叔嬰齊奉君命無私，謀國家不貳，圖其身不忘其君。若虛其請，是棄善人也。（《左傳‧成公十六年》）

（17）土虛而民耗，不饑何爲？（《左傳‧襄公二十八年》）

（18）魯之於晉也，職貢不乏，玩好時至，公卿大夫相繼於朝，史不絕書，府無虛月。（《左傳‧襄公二十九年》）

（19）杜洩見，告之飢渴，授之戈。對曰：「求之而至，又何去焉？」豎牛曰：「夫子疾病，不欲見人。」使置饋於個而退。牛弗進，則置虛，命徹。（倒空）（《左傳‧昭公四年》）

（20）進退無辭，則虛〔註38〕以求媚。（《左傳‧昭公二十年》）

〔註36〕孔穎達疏：「虛坐盡後者，凡坐各有其法。虛，空也，空謂非飲食坐也。」

〔註37〕陳澔注：道猶行也。

〔註38〕鄭玄注：所以天昏孤疾者，爲暴君使也，其言僭嫚於鬼神。

　　《國語》和《孟子》出現了「空」、「虛」連用的情況。《國語》中「空虛」的意義與前文「無」對應，表示「空無一物」的意思；《孟子》中「空虛」的意義著重強調國家實力不足。兩例均在句中做謂語。「空」出現了使動用法。

（21）大夫無常，苟眾所置，孰能勿從？子盍盡國以賂外內，無愛虛以求入，既入而後圖聚〔註39〕。（《國語‧晉語》）

（22）日臣嘗卜於天，今吳民既罷，而大荒薦饑，市無赤米，而囷鹿空虛，其民必移就蒲贏於東海之濱。（《國語‧吳語》）

（23）故天將降大任於是人也，必先苦其心志，勞其筋骨，餓其體膚，空乏其身，行拂亂其所為，所以動心忍性，曾益其所不能。（《孟子‧告子下》）

（24）孟子曰：「不信仁賢，則國空虛；無禮義，則上下亂；無政事，則財用不足。」（《孟子‧盡心下》）

　　戰國末期的《呂氏春秋》，「空」指稱的對象不僅限於具體事物，更增添了很多抽象的內容，並且增加了「虛假，不真實」這一義位。「空」、「虛」連用的情況也增多了，並且詞序固定，已構成複音詞。

（25）伶倫自大夏之西，乃之阮隃之陰，取竹於嶰溪之谷，以生空竅厚鈞者，斷兩節間——其長三寸九分——而吹之，以為黃鐘之宮。（《呂氏春秋‧古樂》）

（26）故火燭一隅，則室偏無光。骨節蚤成，空竅哭歷，身必不長。（《呂氏春秋‧士容》）

（27）至治之世，其民不好空言虛辭，不好淫學流說。（《呂氏春秋‧知度》）

（28）論惠施相魏無功，而曰：「圍邯鄲三年而弗能取，士民罷潞，國家空虛，天下之兵四至。」（《呂氏春秋‧不屈》）

　　「虛」的義位更為豐富。「中空不實」這一義位用例最多，語法上也最靈活，可以做謂語、賓語、定語，描述的對象可以是具體的，也可以是抽象的。「虛假」這一義位共3例，均做定語。「徒然，白白地」這一義位僅見一例。

〔註39〕韋昭注：「外謂諸侯，內謂大夫。虛國藏以求入也。」

（29）其爲宮室臺榭也，足以辟燥濕而已矣；其爲飲食酏醴也，足以適味充虛而已矣；其爲聲色音樂也，足以安性自娛而已矣。
（《呂氏春秋‧重己》）

（30）人之竅九，一有所居則八虛，八虛甚久則身斃。（《呂氏春秋‧圜道》）

（31）月也者，群陰之本也。月望則蚌蛤實，群陰盈；月晦則蚌蛤虛，群陰虧。（《呂氏春秋‧精通》）

（32）兼愛天下，不可以虛名爲也，必有其實。（《呂氏春秋‧審應》）

（33）農夫知其田之易也，不知其稼之疏而不適也；知其田之際也，不知其稼居地之虛也。不除則蕪，除之則虛，此事之傷也。
（《呂氏春秋‧辯土》）

（34）至治之世，其民不好空言虛辭，不好淫學流說。（《呂氏春秋‧知度》）

（35）信立則虛言可以賞矣。虛言可以賞，則六合之內皆爲己府矣。
（《呂氏春秋‧貴信》）

（36）名不徒立，功不自成，國不虛存，必有賢者。（《呂氏春秋‧謹聽》）

兩漢時期「空」、「虛」使用情況如下：

	淮南子		史記		漢書		論衡	
空	4	4	69	58	68	68	90	73
虛	88	42	93	34	136	70	144	129

《淮南子》中，「空」和「虛」的「中空不實」意義沒有出現新的用法。值得注意的是，「虛」與反義詞「滿」的對文增多，「滿」有取代「實」、「盈」成爲「虛」的反義詞的趨勢。

（1）陰陽者承天地之和，形萬殊之體，含氣化物，以成垺類，贏縮卷舒，淪於不測，終始虛滿，轉於無原。（《淮南子‧本經訓》）

（2）滿如陷，實如虛，盡之者也。（《淮南子‧繆稱訓》）

（3）虛而能滿，淡而有味，被褐懷玉者。（《淮南子・繆稱訓》）

（4）其有弗棄，非其有弗索，常滿而不溢，恒虛而易足。（《淮南子・氾論訓》）

「虛」的「徒然、白白地」義位使用頻率不多，在《淮南子》中出現了這一義位的同義詞「徒」。

（5）幽兮冥兮，應無形兮；遂兮洞兮不虛動兮。（《淮南子・原道訓》）

（6）是故祿過其功者損，名過其實者蔽。情行合而名副之，禍福不虛至矣。（《淮南子・繆稱訓》）

（7）故眾聚而不虛散，兵出而不徒歸。（《淮南子・兵略訓》）

《史記》中「空」、「虛」在「虛假，不眞實」這一義位上使用頻率都有所提升。「中空不實」，「空」52 例，「虛」38 例；「虛假，不眞實」，「空」5 例，「虛」22 例；「徒然，白白地」，「空」1 例，「虛」2 例。

「虛」作「中空不實」義時，出現了被程度副詞修飾的用法。

（8）又興十萬餘人築衛朔方，轉漕甚遼遠，自山東咸被其勞，費數十百巨萬，府庫益虛。（《史記・平準書》）

在「虛假，不眞實」這一義位上，「空」、「虛」側重點有所不同。「空」側重於沒有來由，沒有依據，「虛」側重於與事實不符。從語法上看，二詞主要做定語，修飾的對象是言語。「空」有一例做狀語。「虛」做謂語在《史記》中均用於否定語氣。

（9）《畏累虛》、《亢桑子》之屬，皆空語無事實。（《史記・老子韓非列傳》）

（10）故空藉此三人爲辭，以推天子諸侯之苑囿。（《史記・司馬相如列傳》）

（11）諺曰：「千金之子，不死於市。」此非空言也。（《史記・貨殖列傳》）

（12）子曰：「我欲載之空言，不如見之於行事之深切著明也。」（《史記・太史公自序》）

（13）其實皆以爲善，爲之不知其義，被之空言而不敢辭。（《史記‧
太史公自序》）

（14）吾聞帝賢者有也，空言虛語，非所守也，吾不敢當帝位。
（《史記‧高祖本紀》）

（15）予觀《春秋》、《國語》，其發明五帝德、帝繫姓章矣，顧弟弗
深考，其所表見皆不虛。（《史記‧五帝本紀》）

（16）夫子之弗論次其年月，豈虛哉！（《史記‧三代世表》）

（17）夫從人飾辯虛辭，高主之節，言其利不言其害，卒有秦禍，
無及爲已。（《史記‧張儀列傳》）

（18）世之傳孟嘗君好客自喜，名不虛矣。（《史記‧孟嘗君列傳》）

「空」、「虛」做狀語，表示「徒然，白白地」意義的例句如下：

（19）遇子羔出衛城門，謂子路曰：「出公去矣，而門已閉，子可還
矣，毋空受其禍。」（《史記‧仲尼弟子列傳》）

（20）儵眐淒浰，雷動熛至，星流霆擊，弓不虛發，中必決眥，洞
胸達腋，絕乎心繫，獲若雨獸，揜草蔽地。（《史記‧司馬相
如列傳》）

（21）箭不苟害，解脰陷腦；弓不虛發，應聲而倒。（《史記‧司馬
相如列傳》）

《漢書》中「空」的「徒然，白白地」意義使用頻率有所提升，共見 15
例。「虛假」意義只見一例，與前代無差別。「中空不實」意多用於使動用法。

「空」表「徒然，白白地」略舉數例如下：

（22）初，光誡朋友：「兵不空出，即後匈奴，遂擊烏桓。」（《漢書‧
匈奴傳》）

（23）今丹、熊懼於自詭期會，調發諸郡兵、穀，復紧民取其十四，
空破梁州，功終不遂。（《漢書‧王莽傳》）

（24）鉅鹿侯芭常從雄居，受其《太玄》、《法言》焉，劉歆亦嘗觀
之，謂雄曰：「空自苦！」（《漢書‧揚雄傳下》）

（25）空以身膏草野，誰復知之！（《漢書‧李廣蘇建傳》）

表「中空不實」意略舉數例如下：

（26）其後驃騎將軍擊破匈奴右地，降渾邪、休屠王，遂空其地，始築令居以西，初置酒泉郡。（《漢書・西域傳》）

（27）毋空大位，以塞爭權，所以安社稷絕未萌也。（《漢書・張湯傳》）

（28）趙空壁爭漢鼓旗逐信、耳。（《漢書・韓彭英盧吳傳》）

「虛」的「中空不實」義則在《漢書》中更多見，共出現45例。「虛」可以被副詞修飾，並且使動用法頻見。仍與「實」、「盈」二詞構成反義關係。

（29）又興十餘萬人築衛朔方，轉漕甚遠，自山東咸被其勞，費數十百巨萬，府庫並虛。（《漢書・食貨志》）

（30）有句圜十五星，屬杓，曰賤人之牢。牢中星實則囚多，虛則開出。（《漢書・天文志》）

（31）民飢餓相食，死者數十萬，長安為虛，城中無人行。（《漢書・王莽傳下》）

（32）實陂池而勿禁，虛宮館而勿仞。（《漢書・司馬相如傳》）

（33）秦滅四維而不張，故君臣乖亂，六親殃戮，姦人並起，萬民離叛，凡十三歲，而社稷為虛。（《漢書・賈誼傳》）

（34）揚榷古今，監世盈虛。（《漢書・敘傳》）

（35）故非獨君之受命也，臣之生亦不虛矣。（《漢書・王莽傳上》）

表「虛假」與「徒然，白白地」意與前代用法無別，略舉數例如下：

（36）其失誇奢朋黨，言與行繆，虛詐不情，急之則離散，緩之則放縱。（《漢書・地理志下》）

（37）京兆尹張敞上疏諫曰：「願明主時忘車馬之好，斥遠方士之虛語，遊心帝王之術，太平庶幾可興也。」（《漢書・郊祀志》）

（38）色不虛改，形不虛毀，觀日之五變，足以監矣。（《漢書・五行志》）

《論衡》被稱作「疾虛妄古之實論，譏世俗漢之異書」，由於內容的特別，

「虛」在「虛假，不眞實」這一義位上被大量運用，遠遠超過更早產生的「中空不實」義位。「中空不實」，「空」43 例，「虛」38 例；「虛假，不眞實」，「空」24 例，「虛」115 例；「徒然，白白地」，「空」6 例，「虛」3 例。

在「中空不實」義位上，「空」也與「滿」構成了反義關係。「空」、「虛」在不同典籍的同一語境中出現，進一步證實了同義關係。

（39）是故車行於陸，船行於溝，其滿而重者行遲，空而輕者行疾。（《論衡·狀留篇》）

（40）豆麥雖糲，亦能愈飢。食豆麥者皆謂糲而不甘，莫謂腹空而無所食。（《論衡·藝增》）

（41）臣意未往診時，齊太醫先診山跗病，灸其足少陽脈口，而飲之半夏丸，病者即泄注，腹中虛。（《史記·扁鵲倉公列傳》）

《論衡》中「空」的用法與《史記》大致相同，主要做狀語，並出現了「空」、「虛」連用的情況，反義詞爲「實」。

（42）此或時見三家之姓，曰姒氏、子氏、姬氏，則因依放，空生怪說，猶見鼎湖之地，而著黃帝升天之說矣。（《論衡·奇怪》）

（43）況盧敖一人之身，獨行絕跡之地，空造幽冥之語乎。（《論衡·道虛》）

（44）此時或扣頭薦百里奚，世空言其死；若或扣頭而死，世空言其首碎也。（《論衡·儒增》）

（45）夫經有襃增之文，世有空加之言，讀經覽書者所共見也。（《論衡·齊世》）

（46）夫歎思其人與喜稱萬歲，豈可空爲哉？（《論衡·佚文》）

（47）有空諱之言，無實凶之效，世俗惑之，誤非之甚也。（《論衡·四諱》）

（48）簡子見之，若寢夢矣。空虛之象，不必有實。假令有之，或時熊羆先化爲人。（《論衡·奇怪》）

（49）虛聞空見，實試未立，賞罰未加。（《論衡·非韓》）

（50）事莫明於有效，論莫定於有證。空言虛語，雖得道心，人猶

不信。(《論衡·薄葬》)

「虛」可以充當的語法成分比「空」豐富，可以做謂語、定語、狀語，做謂語時可以被副詞修飾。與「妄」、「無驗」、「委」搭配，加強對不眞實事件或現象的描述。反義詞有「實」和「眞」。

（51）傳言宋景公出三善言，熒惑卻三舍，延年二十一載，是又虛也。(《論衡·無形》)

（52）失事之實，虛妄之言也。(《論衡·偶會》)

（53）世俗聞之，皆以爲然。如實論之，殆虛言也。(《論衡·書虛》)

（54）九合諸侯，一匡天下，千世一出之主也，而云負婦人於背，虛矣。(《論衡·書虛》)

（55）是竟子韋之言妄，延年之語虛也。(《論衡·變虛》)

（56）鉗徒之言實而有效，王朔之言虛而無驗也。(《論衡·禍虛》)

（57）世稱黃帝騎龍升天，此言蓋虛，猶今謂天取龍也。(《論衡·龍虛》)

（58）今不言其從之崑崙，亦不言其身生羽翼，空言升天，竟虛非實也。(《論衡·道虛》)

（59）世多似是而非，虛僞類眞。(《論衡·死僞》)

（60）太歲不指午，而空曰歲破；午實無凶禍，而虛禁南北，豈不妄哉！(《論衡·難歲》)

（61）世書俗說，多所不安，幽處獨居，考論實虛。(《論衡·自紀》)

用於「徒勞，白白地」義位，「空」、「虛」在語義上沒有差別，修飾的動詞相同即說明了這一點。從語法上看，也沒有差異，均做狀語。使用頻率相差不大，大概因使用習慣而別。

（62）蓋言語之次，空生虛妄之美；功名之下，常有非實之加。
（《論衡·書虛》)

（63）如罪定法立，終無門戶，雖曾子、子騫，坐泣而已。何則？計動無益，空爲煩也。(《論衡·薄葬》)

（64）知請呼無喜，空行勞辱也。（《論衡·知實》）

（65）既空增三舍之數，又虛生二十一年之壽也。（《論衡·變虛》）

（66）世聞「德將毋醉」之言，見聖人有多德之效，則虛增文王以為千鍾，空益孔子以百觚矣。（《論衡·語增》）

（67）空憒人君人心，使明知之主，虛受之責，世論傳稱，使之然也。（《論衡·治期》）

　　《三曹文集》中未見「空」用於「徒然，白白地」義例。在南朝劉宋時期的《後漢書》中，「空」具備這一意義，略舉二例如下：

（68）詔曰：「比者星辰謬越，坤靈震動，醫異之降，必不空發。」（《後漢書·孝桓帝紀》）

（69）今五國各官騎百人，稱娖前行，皆北軍胡騎，便兵善射，弓不空發，中必決眥。（《後漢書·中山簡王劉焉列傳》）

　　由此可知，至少在魏晉時代，「空」的「徒然，白白地」義位並未被「虛」完全取代，《三曹文集》中未見，也許是用詞習慣所致。

　　綜上，在戰國末期之前，「空」、「虛」的使用主要集中在「中空不實」義上，且使用頻率大致相當。從語義方面考察，「空」側重於描述空無一物，「虛」除「無物」外還可用於描述「有物品，但未盛滿」的現象，因此與「實」、「盈」構成反義關係。從語法上看，「虛」充當的句子成分更為多樣。由於「虛」描述的對象不僅限於具體事物，涵蓋了時間和空間，所以搭配更靈活。戰國末期，「空」、「虛」引申出「虛假，不真實」之義，二詞側重點有所不同。「空」側重於沒有來由，憑空捏造，這與「空」的語源有關，本無一物；「虛」側重於與事實不符，與現實相背離。在這一意義上，二者的反義詞均為「實」。由於「虛」在語法方面更為活躍，在「虛假」義上使用頻率大大超過了「實」，搭配也更為多樣靈活。漢代，「中空不實」義的「空」和「虛」有共同的反義詞「滿」，同時，「虛」保留了與「實」、「盈」的反義關係。在做狀語的副詞意義「徒然，白白地」意義上，「空」、「虛」用法一致，使用頻率大致相當，在不同典籍中使用頻率的多少主要取決於作者的用詞習慣。由於「空」、「虛」側重點不同，所以未能取代對方成為範疇內的基本範疇詞。

2.12　舊、故

　　要點：在「原有的，從前的」語義範疇內，「舊」、「故」是一組同義詞。二詞的主要區別在於語義。「故」可以用在具體的官職前面，表示某人曾經的地位，這一用法漢代已有，《三曹文集》中亦是如此。「舊」則無此用法。先秦時代，「舊」的使用頻率和活躍程度均超過「故」，可以看作範疇內核心詞。兩漢時期，「故」使用頻率極大地提升，充當句子成分的能力和詞語搭配的靈活度也不亞於「舊」，但無法取而代之，原因在於二詞語義的微別及「故」義項的多元性。

　　「舊」在書中共出現 25 次，有 3 個義位，分別是：（1）故交，老交情；（2）從前的，原來的；（3）老的，有閱歷的。表「從前的，原來的」意義的有 22 處。

　　「故」在書中共出現 165 次，有 6 個義位，分別是：（1）原因；（2）故交，老交情；（3）故意；（4）死去的；（5）從前的，原來的；（6）所以。表「從前的，原來的」意義的有 20 處。

　　「舊」、「故」在《三曹文集》中有兩個相同義位，本文只研究二詞在「從前的，原來的」這一相同義位上的同與異。

　　舊，《小爾雅・廣詁》「久也」，《廣韻》「故也」，《增韻》「對新之稱」。

　　故，段玉裁《說文解字注》「引申之爲故舊。故曰古，故也。」

　　《三曹文集》中「舊」多做定語修飾名詞，也可以做賓語。做定語時修飾的對象可以是「土」、「都」、「處」、「疆」、「堂」等具體的地方，也可以是「德」、「儀」、「章」、「法」等抽象的事物，還可以是人。

> （1）臣自顧省，不克負荷，食舊爲幸。（《曹操集・上書讓增封武
> 　　　平侯》）
>
> （2）謹條遵奉舊訓權時之宜十四事，奏如左，庶以蒸螢，增明太
> 　　　陽，言不足採。（《曹操集・陳損益表》）
>
> （3）泰山郡界廣遠，舊多輕悍。（《曹操集・表糜竺領嬴郡》）
>
> （4）吾起義兵，爲天下除暴亂。舊土人民，死喪略盡，國中終日
> 　　　行，不見所識，使吾悽愴傷懷。（《曹操集・軍譙令》）

（5）匪謂靈忿，能詁己疾，舊懷惟顧，念之悽愴。（《曹操集·祀故太尉橋玄墓文》）

（6）國家舊法，選尚書郎，取年未五十者，使文筆眞草，有才能謹愼，典曹治事，起草立義，又以草呈示令、僕訖，乃付令史書之耳。（《曹操集·選舉令》）

（7）屯南野之舊都，聊弭節而容與。（《曹丕集·述徵賦有序》）

（8）時徘徊於舊處，睹靈衣之在床。（《曹丕集·悼夭賦有序》）

（9）公故漢宰臣，乃祖以來，世著名節，年過七十，行不踰矩，可謂老成人矣，所宜寵異以章舊德。（《曹丕集·賜故太尉楊彪几杖詔》）

（10）今者翻然濯鱗清流，甚相嘉樂，虛心西望，依依若舊，下筆屬辭，歡心從之。（《曹丕集·與孟達書》）

（11）伏見舊儀，國家冬至獻履貢襪，所以迎福踐長。（《曹植集·冬至獻襪履頌》）

（12）遭天下大亂，百祀墮壞，舊居之廟，毀而不修，襃成之後，絕而莫繼，闕里不聞講誦之聲，四時不睹烝嘗之位，斯豈所謂崇禮報功，盛德百世必祀者哉！（《曹植集·制命宗聖侯孔羨奉家祀碑》）

（13）令魯郡修起舊廟，置百石卒史以守衛之，又於其外廣爲屋宇，以居學者。（《曹植集·制命宗聖侯孔羨奉家祀碑》）

（14）修復舊堂，豐其蕝宇。（《曹植集·制命宗聖侯孔羨奉家祀碑》）

（15）世宗光光，文武是攘。威振百蠻，恢拓土疆。簡定律曆，辨修舊章。（《曹植集·漢武帝贊》）

（16）紹先周之舊跡，襲文、武之懿德；保乂定功，海內爲一，豈不休哉！（《曹植集·慶文帝受禪表二首》）

（17）天子之存也，必居名邦□土；則死有知，亦當逍遙於華都，留神於舊室，則甘泉通天之臺，雲陽九層之閣，足以綏神育靈。（《曹植集·毀鄴城故殿令》）

（18）賴蒙帝王天地之仁，違百僚之典議，舍三千之首戾，反我舊居，襲我初服，雲雨之施，焉有量哉！（《曹植集・黃初六年令》）

（19）贊典禮於辟廱，講文德於明堂，正流俗之華說，綜孔氏之舊章。（《曹植集・七啟》）

（20）神鍾寶鼎，形自舊土。（《曹植集・文帝誄》）

（21）遂臻魏都，遊魂舊邑。（《曹植集・卞太后誄》）

（22）憐爾早歿，不逮陰光：改封大郡，惟帝舊疆。（《曹植集・平原懿公主誄》）

「故」在《三曹文集》中做定語，與「舊」不同的是，「故」不但修飾「地」、「殿」、「爵」、「事」、「伎」等或具體或抽象的事物，還用於修飾人，用在官職前，指稱曾擔任某官職的人物。修飾人的用法共出現 9 次，使用頻率高。

（23）臣縣故令南陽郭芝，有九醞春酒。（《曹操集・奏上九醞酒法》）

（24）大將軍鄴侯袁紹，前與冀州牧韓馥，立故大司馬劉虞，刻作金璽，遣故任長畢瑜詣虞，為說命祿之數。（《曹操集・上言破袁紹》）

（25）故陳留太守棗祗，天性忠能。（《曹操集・加棗祗子處中封爵並祀祗令》）

（26）反覆來說，孤猶以為當如故，大收不可復改易。（《曹操集・加棗祗子處中封爵並祀祗令》）

（27）時故軍祭酒侯聲云：「科取官牛，為官田計。如祗議，於官便，於客不便。」（《曹操集・加棗祗子處中封爵並祀祗令》）

（28）故太尉橋公，誕敷明德，泛愛博容。（《曹操集・祀故太尉橋玄墓文》）

（29）追思寶嬰散金之義，今分所受租與諸將掾屬及故戍於陳、蔡者，庶以疇答眾勞，不擅大惠也。（《曹操集・分租與諸將掾屬令》）

（30）故北中郎將盧植，名著海內，學為儒宗，士之楷模，乃國之楨幹也。(《曹操集‧告涿郡太守令》)

（31）故軍祭酒洧陽亭侯潁川郭嘉，立身著行，稱成鄉邦，與臣參事，盡節為國。(《曹操集‧請追贈郭嘉封邑表》)

（32）楚有江、漢山川之險，後服先彊，與秦爭衡，荊州則其故地。(《曹操集‧表劉琮令》)

（33）感遺物之如故，痛爾身之獨亡。(《曹丕集‧表劉琮令》)

（34）前奏以朝車迎中常侍大長秋特進君侯神主。然君侯不宜但依故爵乘朝車也。(《曹丕集‧詔議追崇始祖》)

（35）朕承唐、虞之美，至於正朔，當依虞、夏故事。(《曹丕集‧定服色詔》)

（36）公故漢宰臣，乃祖以來，世著名節，年過七十，行不踰矩，可謂老成人矣，所宜寵異以章舊德。(《曹丕集‧賜故太尉楊彪几杖詔》)

（37）故涼州刺史張既，能容民畜眾。(《曹丕集‧詔賜張既子翁歸爵》)

（38）其上故驃騎將軍南昌侯印綬符策。(《曹丕集‧策命孫權九錫文》)

（39）余還坐，笑曰：「昔陽慶使淳于意去其故方，更授以祕術，今余亦願鄧將軍捐棄故伎，更受要道也。」一坐盡歡。(《曹丕集‧典論‧自敘》)

（40）若夫齷齪近步，遵常守故，安足為陛下言哉！(《曹植集‧陳審舉表》)

（41）令：鄄城有故殿，名漢武帝殿。(《曹植集‧毀鄄城故殿令》)

（42）維建安二十二年正月二十四日戊申，魏故侍中關內侯王君卒。(《曹植集‧王仲宣誄》)

（43）物不毀故，而人不存。(《曹植集‧卞太后誄》)

「舊」、「故」在先秦時代七部典籍中的使用頻率如下：

	周易		尚書		詩經		論語		周禮		孟子		呂氏春秋	
舊	4	4	18	11	7	7	6	4	1	0	1	1	2	1
故	47	1	9	0	11	0	12	1	61	0	94	0	580	7

《周易》中的「舊」與「故」從語法上看，「舊」做定語，「故」僅有的一例做賓語。「故」與「新」為反義詞，強調「過去的，從前的」。

（1）六三，食舊德，貞厲，終吉，或從王事，無成。象曰：食舊德，從上吉也。（《周易‧訟卦》）

（2）初六：井泥不食，舊井無禽。舊井無禽，時舍也。（《周易‧井卦》）

（3）革，去故也。鼎，取新也。（《周易‧雜卦》）

《尚書》中「故」未見「原來的」意義，「舊」用作此意義共11例。從語法上看，「舊」除做定語外，還可以做狀語、賓語。做定語時修飾的中心語有「服」、「政」、「章」、「典」等意為典章制度的詞語。從句中的謂賓搭配來判斷，「舊」意指「原有的」，並且可能一直延續下去，不一定發生改變，「原有的」事物不等同於「落伍的」，並無貶義色彩。

（4）天吏逸德，烈于猛火，殲厥渠魁，脅從罔治。舊染污俗，咸與維新。（《尚書‧夏書‧胤征》）

（5）惟天生民有欲，無主乃亂，惟天生聰明時乂，有夏昏德，民墜塗炭，天乃錫王勇智，表正萬邦，纘禹舊服。（《尚書‧商書‧仲虺之誥》）

（6）君罔以辯言亂舊政，臣罔以寵利居成功，邦其永孚于休。（《尚書‧商書‧太甲下》）

（7）盤庚敩於民，由乃在位以常舊服、正法度。（《尚書‧商書‧盤庚上》）

（8）王曰：「來！汝說。台小子舊學于甘盤，既乃遯於荒野，入宅於河。」（《尚書‧商書‧說命下》）

（9）天毒降災荒殷邦，方興沈酗于酒，乃罔畏畏，咈其耇長，舊

有位人。(《尚書・商書・微子》)

（10）一戎衣，天下大定。乃反商政，政由舊。(《尚書・周書・武
成》)

（11）率自中，無作聰明亂舊章。(《尚書・周書・蔡仲之命》)

（12）王若曰：「君牙，乃惟由先正舊典時式，民之治亂在茲。」
(《尚書・周書・君牙》)

《詩經》中「舊」七例，全部用於「原來的，從前的」範疇，「故」未見用
於此範疇。「舊」作為「新」的反義詞，意指「原來的」，與「現在的」相對應。
從詞語搭配來看，「舊」修飾的對象更加廣泛，「姻」、「邦」也可以與之搭配。

（13）之子于歸，皇駁其馬。親結其縭，九十其儀。其新孔嘉，其
舊如之何？(《詩經・豳風・東山》)

（14）我行其野，言采其蓫。不思舊姻，求爾新特。成不以富，亦
祗以異。(《詩經・小雅・鴻雁之什》)

（15）文王在上，于昭于天。周雖舊邦，其命維新。(《詩經・大雅・
文王》)

（16）穆穆皇皇，宜君宜王。不愆不忘，率由舊章。(《詩經・大雅・
文王》)

（17）文王曰咨，咨女殷商。匪上帝不時，殷不用舊。(《詩經・大
雅・蕩》)

（18）於乎小子，告爾舊止，聽用我謀，庶無大悔。天方艱難，曰
喪厥國。(《詩經・大雅・抑》)

（19）於乎哀哉！維今之人，不尚有舊。(《詩經・大雅・召旻》)

《論語》中「舊」修飾的對象可以是人，如「令尹」；可以是「惡」；可以
是「穀」，不僅限於典章制度。「舊」與「新」的對用也越來越普遍。「故」用於
「原來的，從前的」範疇僅一例，在句中做賓語，與「新」對用，構成反義關
係。

（20）舊令尹之政，必以告新令尹。(《論語・公冶長》)

（21）子曰：「伯夷、叔齊不念舊惡，怨是用希。」(《論語・公冶長》)

（22）閔子騫曰：「仍舊貫，如之何？何必改作？」（《論語·先進》）

（23）舊穀既沒，新穀既升，鑽燧改火，期可已矣。（《論語·陽貨》）

（24）子曰：「溫故而知新，可以爲師矣。」（《論語·爲政》）

《孟子》「舊」有兩例引用《詩經》。其餘一例做定語，修飾名詞「君」。未見「故」用於「原來的，從前的」範疇。

（25）王曰：「禮，爲舊君有服，何如斯可爲服矣？」（《孟子·離婁下》）

《呂氏春秋》「舊」引用《詩經》一例。另外一例用作定語，未出現新的用法與搭配。

（26）子之在上無道，據傲荒怠，貪戾虐眾，恣睢自用也，辟遠聖製，謷醜先王，排訾舊典，上不順天，下不惠民，徵斂無期，求索無厭，罪殺不辜，慶賞不當。（《呂氏春秋·懷寵》）

「故」在句中可以做定語、賓語。做定語時修飾的對象可以是地點，如「處」；可以是人，如「主」、「君」；可以是「法」。從語義上看，與「舊」相比，「故」更強調時間上的前後對比，如「故處」、「故主」、「故君」、「如故」、「故法」。

（27）殷整甲徙宅西河，猶思故處，實始作爲西音。（《呂氏春秋·音初》）

（28）乃命司服，具飭衣裳，文繡有常，制有小大，度有短長，衣服有量，必循其故，冠帶有常。（《呂氏春秋·仲秋紀》）

（29）且死者彌久，生者彌疏；生者彌疏，則守者彌怠；守者彌怠而葬器如故，其勢固不安矣。（《呂氏春秋·節喪》）

（30）夫爲故主殺新主，臣以爲不義。（《呂氏春秋·終廉》）

（31）郑之故法，爲甲裳以帛。（《呂氏春秋·去尤》）

（32）以此故法爲其國，與此同。時已徙矣，而法不徙，以此爲治，豈不難哉！（《呂氏春秋·察今》）

（33）豫讓笑而應之曰：「是先知報後知也，爲故君賊新君矣，大亂君臣之義者無此，失吾所爲爲之矣。」（《呂氏春秋·恃君》）

兩漢時期「舊」、「故」在典籍中的使用頻率如下：

	淮南子		史記		漢書		論衡	
舊	2	2	38	30	80	80	31	24
故	683	9	1781	211	2288	426	805	10

《淮南子》中「舊」僅兩例。其中一例與「古」對文，語義相近，強調「過去的」。語法方面與先秦時期相比併無發展。

（1）苟利於民，不必法古；苟周於事，不必循舊。（《淮南子・氾論訓》）

（2）今世之法籍與時變，禮義與俗易，爲學者循先襲業，據籍守舊教，以爲非此不治，是猶持方柄而周員鑿也。（《淮南子・氾論訓》）

「故」大量出現與反義詞「新」對文的情況。與「常」對文，意義相類，說明「故」不僅有與「新」對應的「以往的」意義，還可以強調「舊有的」，表示一種恒定持續的狀態。從語法上看，「故」可以做賓語、定語。

（3）若吹呴呼吸，吐故內新，熊經鳥伸，鳧浴蝯躩，鴟視虎顧，是養形之人也，不以滑心，使神滔蕩而不失其充，日夜無傷而與物爲春，則是合而生時干心也。（《淮南子・精神訓》）

（4）使各處其宅，田其田，無故無新，惟賢是親，用非其有，使非其人，晏然若故有之。（《淮南子・主術訓》）

（5）窺面於盤水則員，於杯則隋，面形不變其故，有所員有所隋者，所自窺之異也。（《淮南子・齊俗訓》）

（6）屈子曰：「宜若聞之，昔善治國家者，不變其故，不易其常。今子將衰楚國之爵，而平其制祿；損其有餘，而綏其不足；是變其故，易其常也。（《淮南子・道應訓》）

（7）倍道棄數，以求苟遇，變常易故，以知要遮，過則自非，中則以爲候，闇行繆改，終身不寤，此之謂狂。（《淮南子・詮言訓》）

（8）其御曰：「此故公家畜也，老罷而不爲用，出而鬻之。」（《淮

南子・人間訓》)

（9）聖人天覆地載，日月照，陰陽調，四時化，萬物不同，無故
無新，無疏無親。(《淮南子・泰族訓》)

（10）王喬、赤松，去塵埃之間，離群慝之紛，吸陰陽之和，食天
地之精，呼而出故，吸而入新。(《淮南子・泰族訓》)

（11）地墝民險，而介於大國之間，晉國之故禮未滅，韓國之新法
重出，先君之令未收，後君之令又下，新故相反，前後相繆，
百官背亂，不知所用。(《淮南子・要略》)

《史記》中出現了「舊」與「常」連用的例子。後代慣用的「故交」一詞
在《史記》中用爲「舊交」，「舊」、「故」二詞從語義上考察並無太大差別。從
語法上看，「舊」的用法並無突破，仍充當定語、賓語。詞語搭配與先秦時代相
比更豐富，大量用於指稱地域和人物，這一用法與「故」先秦時代的用法相似，
二詞在搭配方面進一步混同。

（12）吾聞犬戎樹敦，率舊德而守終純固，其有以禦我矣。(《史記・
周本紀》)

（13）秦聖臨國，始定刑名，顯陳舊章。(《史記・秦始皇本紀》)

（14）是以孔子明王道，干七十餘君，莫能用，故西觀周室，論史
記舊聞，興於魯而次春秋，上記隱，下至哀之獲麟，約其辭
文，去其煩重，以制義法，王道備，人事浹。(《史記・表》)

（15）高祖崩，令沛得以四時歌舞宗廟。孝惠、孝文、孝景無所增
更，於樂府習常肄舊而已。(《史記・樂書》)

（16）顓頊受之，乃命南正重司天以屬神，命火正黎司地以屬民，
使復舊常，無相侵瀆，是謂絕地天通。(《史記・曆書》)

（17）堯復遂重黎之後，不忘舊者，使復典之，而立羲和之官。(《史
記・曆書》)

（18）道河北行二渠，復禹舊跡，而梁、楚之地復寧，無水災。(《史
記・河渠書》)

（19）去齊，使於鄭。見子產，如舊交。(《史記・吳太伯世家》)

（20）使人誘之，遂滅有過氏，復禹之績，祀夏配天，不失舊物。
（《史記‧吳太伯世家》）

（21）立善則固，事長則順，奉愛則孝，結舊好則安。（《史記‧晉世家》）

（22）於是逐不臣者七人，修舊功，施德惠，收文公入時功臣後。
（《史記‧晉世家》）

（23）今車騎將軍青度西河至高闕，獲首虜二千三百級，車輜畜產畢收爲鹵，已封爲列侯，遂西定河南地，按榆溪舊塞，絕梓領，梁北河，討蒲泥，破符離，斬輕銳之卒。（《史記‧將軍驃騎列傳》）

（24）幽厲之後，王道缺，禮樂衰，孔子脩舊起廢，論詩書，作春秋，則學者至今則之。（《史記‧太史公自序》）

「故」主要充當的句子成分是定語、狀語和賓語，在語法方面與「舊」用法相同。《史記》中「故」的使用頻率大大增加，除舊有的修飾地點、道路之外，絕大多數的用例都是用來修飾官職或身份，說明曾經擁有的地位，如「故大夫」、「故太子」、「故王」、「故齊將」等，「舊」則無此用法。從語義上來看，《史記》中的「故」更側重於「原來的，曾經的」，與現在相對應。

（25）帝盤庚之時，殷已都河北，盤庚渡河南，復居成湯之故居，乃五遷，無定所。（《史記‧殷本紀》）

（26）及惠王即位，奪其大臣園以爲圃，故大夫邊伯等五人作亂，謀召燕、衛師，伐惠王。（《史記‧周本紀》）

（27）或爲東周說韓王曰：「西周故天子之國，多名器重寶。王案兵毋出，可以德東周，而西周之寶必可以盡矣。」（《史記‧周本紀》）

（28）三父等乃復立故太子武公。（《史記‧秦本紀》）

（29）獻公即位，鎮撫邊境，徙治櫟陽，且欲東伐，復繆公之故地，脩繆公之政令。（《史記‧秦本紀》）

（30）百官奏事如故，宦者輒從輼涼車中可其奏事。獨子胡亥、趙

高及所幸宦者五六人知上死。趙高故嘗教胡亥書及獄律令法事，胡亥私幸之。(《史記‧秦本紀》)

（31）七月，戌辛陳勝等反故荊地，爲「張楚」。(《史記‧秦本紀》)

（32）孝公既沒，惠王、武王蒙故業，因遺冊，南兼漢中，西舉巴、蜀，東割膏腴之地，收要害之郡。(《史記‧秦本紀》)

（33）梁乃召故所知豪吏，諭以所爲起大事，遂舉吳中兵。(《史記‧項羽本紀》)

（34）陳嬰者，故東陽令史，居縣中，素信謹，稱爲長者。(《史記‧項羽本紀》)

（35）角弟田閒故齊將，居趙不敢歸。(《史記‧項羽本紀》)

（36）長史欣恐，還走其軍，不敢出故道，趙高果使人追之，不及。(《史記‧項羽本紀》)

（37）韓王成因故都，都陽翟。(《史記‧項羽本紀》)

（38）今盡王故王於醜地，而王其群臣諸將善地，逐其故主趙王，乃北居代，余以爲不可。(《史記‧項羽本紀》)

（39）陳餘迎故趙王歇於代，反之趙。(《史記‧項羽本紀》)

（40）乃以故吳令鄭昌爲韓王，以距漢。(《史記‧項羽本紀》)

（41）八月，漢王用韓信之計，從故道還，襲雍王章邯。(《史記‧高祖本紀》)

（42）諸故秦苑囿園池，皆令人得田之，正月，虜雍王弟章平。(《史記‧高祖本紀》)

（43）聞豨將皆故賈人也，上曰：「吾知所以與之。」(《史記‧高祖本紀》)

（44）當是時，諸呂用事擅權，欲爲亂，畏高帝故大臣絳、灌等，未敢發。(《史記‧呂太后本紀》)

（45）往來近塞，捕殺吏卒，驅保塞蠻夷，令不得居其故，陵轢邊吏，入盜，甚敖無道，非約也。(《史記‧孝文本紀》)

（46）霸陵山川因其故，毋有所改。(《史記‧孝文本紀》)

（47）少君見上，上有故銅器，問少君。少君曰：「此器齊桓公十年陳於柏寢。」（《史記‧孝武本紀》）

（48）使二卿將卒塞決河，河徙二渠，復禹之故跡焉。（《史記‧孝武本紀》）

（49）帝乃詔使邢夫人衣故衣，獨身來前。（《史記‧外戚世家》）

（50）長沙定王發，發之母唐姬，故程姬侍者。（《史記‧五宗世家》）

（51）常人安於故俗，學者溺於所聞。（《史記‧商君列傳》）

（52）燕王曰：「先生復就故官。」（《史記‧蘇秦列傳》）

（53）廉頗之免長平歸也，失勢之時，故客盡去。（《史記‧廉頗藺相如列傳》）

（54）梁王安得晏然而已乎？而將軍又何以得故寵乎？（《史記‧魯仲連鄒陽列傳》）

（55）長安，故咸陽也。（《史記‧韓信盧綰列傳》）

（56）臣故秦民，恐軍不信臣，臣願得大王左右善騎者傅之。（《史記‧樊酈滕灌列傳》）

　　《漢書》中「舊」可用於指稱「原來已有的」，如「舊祠」、「舊亭」，表示延續；也可以用於指稱「從前的」，如「舊恩」，與現在相對應。可修飾「官」、「爵」，但不能直接修飾具體職官名稱。

（57）而貞君及恭已死，恭三子皆以舊恩封。（《漢書‧外戚傳》）

（58）本雍舊祠二百三所，唯山川諸星十五所爲應禮云。（《漢書‧郊祀志》）

（59）祖宗所立神祇舊位，誠未易動。（《漢書‧郊祀志》）

（60）略存大綱，以統舊文。（《漢書‧敘傳下》）

（61）願與大臣延及儒生，述舊禮，明王制，驅一世之民，濟之仁壽之域，則俗何以不若成康？（《漢書‧禮樂志》）

（62）濬則師德，下民咸殖，令問在舊，孔容翼翼。（《漢書‧禮樂志》）

（63）西顥沆碭，秋氣肅殺，含秀垂穎，續舊不廢。（《漢書‧禮樂

志》)

（64）故孝宣皇帝愍而錄之，乃開廟臧，覽舊籍，詔令有司求其子
　　　孫，咸出庸保之中，並受復除，或加以金帛，用章中興之德。
　　　（《漢書‧高惠高后文功臣表》)

（65）曲陽侯根聞而爭之：「此地當平陵寢廟衣冠所出遊道，禹爲師
　　　傅，不遵謙讓，至求衣冠所遊之道，又徙壞舊亭，重非所宜。」
　　　（《漢書‧匡張孔馬傳》)

（66）莽以光爲舊相名儒，天下所信，太后敬之，備禮事光。（《漢
　　　書‧匡張孔馬傳》)

（67）天子我監，登我三事，顧我傷隊，爵復我舊。（《漢書‧韋賢
　　　傳》)

　　「故」在《漢書》中使用的頻率遠遠超過「舊」，但不能完全替代「舊」。
「故」重在強調「先前的」，所以可以帶職官名、地名等；雖然也可用於「原
有的」意義，但未見「故恩」用例，這也許是因用語習慣造成的。

（68）吏問賢、不肖主名，嘉曰：「賢，故丞相孔光、故大司空何武，
　　　不能進；惡，高安侯董賢父子，佞邪亂朝，而不能退。」（《漢
　　　書‧何武王嘉師丹傳》)

（69）徵丹詣公車，賜爵關內侯，食故邑。（《漢書‧何武王嘉師丹
　　　傳》)

（70）又故杜陵梁美人歲時遺酒一石，肉百斤耳。（《漢書‧外戚
　　　傳》)

（71）公卿在位皆阿莽指，入錢帛，遣子弟及諸生四夷，凡十餘萬
　　　人，操持作具，助將作掘平共王母、丁姬故冢，二旬間皆平。
　　　（《漢書‧外戚傳》)

（72）使系虖淺遺朕書，云「願寢兵休士，除前事，復故約，以安
　　　邊民，世世平樂」，朕甚嘉之。（《漢書‧南匈奴列傳》)

（73）君，陛下故相，宜極諫爭。（《漢書‧龔遂傳》)

　　《論衡》中的「舊」從語法上看，除定語、狀語、賓語用法外，還可以

與「於」構成介賓結構做補語。「舊」在「從前的」這一意義上與「昔」對文同義。《論衡》中出現了「故」、「舊」對用的現象，誠如王鳳陽先生所說，「故」、「舊」二詞「從前的」與「原有的」意義很難區分，因此常常通用。〔註40〕

（74）始與李父等俱起，到柴界中，遇賊兵惶惑，走濟陽舊廬，比到，見光若火正赤，在舊廬道南，光耀幢幢上屬天，有頃不見。（《論衡‧吉驗》）

（75）昔儒舊生，著作篇章，莫不論說，莫能實定。（《論衡‧本性》）

（76）微子曰：「我舊云孩子，王子不出。」（《論衡‧本性》）

（77）周時舊名吳越也，爲吳越立名，從何往哉？（《論衡‧書虛》）

（78）傳書李斯妒同才，幽殺韓非於秦，後被車裂之罪，商鞅欺舊交，擒魏公子，後受誅死禍。（《論衡‧禍虛》）

（79）孔子脫驂以賻舊館者，惡情不副禮也。（《論衡‧問孔》）

（80）故以舊防爲無益而去之，必有水災；以舊禮爲無補而去之，必有亂患。（《論衡‧非韓》）

（81）人之舊性不辨，人君好辨，佞人學求合於上也。（《論衡‧答佞》）

（82）古經廢而不修，舊學闇而不明：儒者寂於空室，文吏譁於朝堂。（《論衡‧程材》）

（83）王莽之時，省《五經》章句皆爲二十萬，博士弟子郭路夜定舊說，死於燭下，精思不任，絕脈氣滅也。（《論衡‧效力》）

（84）夫政治則外雩而內改，以復其虧；無妄則內守舊政，外修雩

〔註40〕「『故』比『舊』更側重時間性。如果說『舊』偏於原有的，那麼『故』就偏於從前的、以往的。可是原有的和從前的兩者是很難分的，所以『故』和『舊』往往互相通用。可是原有的和從前的兩者是很難分的，從前的也就是原有的，原有的也就是從前的，所以『故』、『舊』往往互相通用。古代因歷時久而陳舊義多用『故』，少用『舊』。『舊史』、『舊注』一般不用『故』，是因爲這是從舊有的角度著眼的，不是從時間長的角度著眼。引申出關係密切、淵源深遠的意思，因此帶有親切、眷戀的色彩。多半好字眼。近代關係近淵源久『故』，時間長陳舊『舊』。」王鳳陽《古辭辨》，吉林文史出版社，1993年，950頁。

禮，以慰民心。(《論衡・明雩》)

（85）儒者宗之，學者習之，將襲舊六爲七。(《論衡・宣漢》)

（86）望豐屋知名家，睹喬木知舊都。(《論衡・佚文》)

（87）靈星之祭，祭水旱也，於禮舊名曰雩。(《論衡・祭意》)

（88）名變於舊，故世人不識；禮廢不具，故儒者不知。(《論衡・祭意》)

（89）如當從眾順人心者，循舊守雅，諷習而已，何辯之有。(《論衡・自紀》)

（90）是則醴泉有故源，而嘉禾有舊根也。(《論衡・自紀》)

「故」在《論衡》中使用頻率較低，語義著重強調與現在對比的從前的狀態，如「故質」、「故處」、「變於故」、「異於故」、「如故」、「復故」等。「故」也可以與「於」構成介賓結構做補語。

（91）夫鐵石天然，尚爲鍛鍊者變易故質，況人含五常之性，賢聖未之熟鍛鍊耳，奚患性之不善哉？(《論衡・率性》)

（92）夫人去民間，升皇天之上，精氣形體，有變於故者矣。萬物變化，無復還者。復育化爲蟬，羽翼既成，不能復化爲復育。能升之物，皆有羽翼，升而復降，羽翼如故。(《論衡・道虛》)

（93）服食良藥，身氣復故，非本氣少身重，得藥而乃氣長身輕也。(《論衡・道虛》)

（94）無溫故知新之明，而有守愚不覽之闇。(《論衡・別通》)

（95）獐而角者，則是騏矣……獐無角，有異於故，故言「而角」也。(《論衡・講瑞》)

（96）丞相武安侯田蚡與故大將軍灌夫杯酒之恨，事至上聞。(《論衡・死僞》)

（97）如勢欲殺人，當驅逐之時，避人隱匿，驅逐之止，則復還立故處。(《論衡・解除》)

（98）善才有淺深，無有古今；文有僞眞，無有故新。(《論衡・案書》)

綜上所述，「舊」、「故」從語法方面考察，均可以做定語、狀語、賓語，充當的語法成分相同。根據連用對用的情況可知，二詞的反義詞均為「新」，同義詞均為「常」、「昔」。這兩個同義詞也闡明了「舊」、「故」的詞義，既有「原有的」意義，表示恒定不變、原來已經存在並將繼續延續的意思，又有「過去的，從前的」意義，與已經發生改變了的現在相對應。這兩個意義往往相同，但「故」更強調「從前的」意義，所以多用在地點（如「地」、「邑」、「居」、「道」、「都」、「咸陽」等）、官職或身份（如「大夫」、「太子」、「大臣」、「大將軍」、「秦民」等）、已經滅亡的國名（「秦」）、已經消亡的事物（「俗」）前面。「舊」更加強調「原來的，原有的」意義，所以常用在有關典章制度的詞語前，如「政」、「章」、「典」等。這種詞義上的區別並不是界限分明的，比如「舊恩」一詞，指的是往日的恩情，卻只用「舊」而不用「故」，可能是因為作者的用詞習慣導致的，成為複音詞之後約定俗成，就不再有「故恩」一詞。從語用方面考察，二詞表現的「原有的，從前的」意義均未寄寓褒貶色彩，並不因「過去」而過時，反而有時需要繼承和延續。在「原有的，從前的」這一語義範疇內，「舊」在先秦時期已經被廣泛運用，語法方面比較活躍，「故」則在兩漢時期迅速發展，但不能完全取代「舊」。所以「舊」、「故」二詞的主要區別在於語義方面。

第三章 《三曹文集》同義詞概述

本章從《三曹文集》同義詞的語音、語義、語法三方面探討同義詞的特徵。

3.1 《三曹文集》同義詞的構成

《三曹文集》中的同義詞分佈廣泛，本文統計了名詞、動詞、形容詞三大詞類，從詞義範疇來看，包括天文、地理、職官、典章、軍事、生活等眾多方面。「三曹」作品除詩賦外大多是反映時勢的散文，尤其是曹操、曹丕父子二人因政治家的身份而創作了大量記錄軍旅生涯和政教領域的散文。創作題材的特點決定了用詞的偏好和頻率，孫常敘提出，「詞的判定、本義的確認、詞義的簽別、歧義的選擇，都不可主觀臆斷，而要在詞、句、篇的通體辯證中，在反覆考察中，據其所處的語言組織和環境，甚至聯繫作家思想和當代思潮，加以綜合考察」〔註 1〕，《三曹文集》中詞彙的使用極具時代特色，在研究時也要加以考量。

《三曹文集》同義詞中的名詞主要集中在與國家相關的語義範疇中，包括國家、國土、朝廷、法制、賦稅、刑罰、官職等。三國時期，魏國作為一個獨立的國家，勢必具備完整的典章制度，因此與國家機器相關的詞彙在名詞類中豐富全面不足為奇。動詞主要與征戰相關聯，包括戰前的謀劃、規勸、祭祀、

〔註 1〕 孫常敘《漢語詞彙》，商務印書館，2006 年。

占卜範疇，戰時的攻打、平定、失守、撤退、俘獲、死亡範疇，戰後的怨恨、責備範疇等。形容詞未出現集中於某一領域的情況，其中關於社會局勢和地位的範疇也體現了社會動盪時期的現實。

一、以音節爲依據劃分同義詞

從同義詞音節方面考察，《三曹文集》中的同義詞主要包括以下幾個類型：

1. 單音詞同義

即單音詞與單音詞同義。這種類型在整體中占近一半的比例。

名詞：藩、國【封地】；戶、家【家庭】；職、官、爵【官職】；賊、寇、盜【賊寇】；早、晨、夙、旦、朝【早晨】。

動詞：掠、略、奪、劫【劫掠】；圍、困【困阻】；返、歸、還、回【返回】；前、進【前進】。

形容詞：聰、明【器官感覺敏銳】；慚、愧、恧【慚愧】；完、具、備【完整、完備】；乾、燥【乾燥】。

2. 單音詞與複音詞同義

這種類型與第一種所佔比例基本等同，體現了單音詞向複音詞過渡的階段特徵。

名詞：功、勳、績、功效、功勞、功業、勳績【功勞】；態、狀、形勢【情況】；舟、船、航、艨衝、舳艫【船】；父、考、先君【父親】。

動詞：候、伺、斥候【偵察】；超、踊躍、騰踊【跳躍】；瘳、差、差愈【病癒】；殄、殲、收斂【殲殄】。

形容詞：讜、正直【正直】；狡、黠、詐、奸究【狡猾】；昭、著、彰、顯、彰著【明顯】；徐、緩、遲、徐徐【速度慢】。

3. 複音詞同義

即複音詞與複音詞同義，某語義範疇內只有幾個複音詞而無單音詞。這種類型最少。

名詞：死刑、殊死、焚如【死刑】；京師、京室【都城】；左右、侍臣【侍者】；小子、小豎【小子】。

動詞：稱帝、龍興、受命、即位、承統【即位】；自殺、刎首、伏劍【自殺】；鷹揚、虎步、稱雄【稱雄】。

形容詞：從容、徐徐、雍容【從容】；戮力、同心【同心】；有隙、相失、不和、不平【不和睦】。

二、以語素爲依據劃分同義詞

按照構詞語素劃分，單音詞與複音詞同義又可分爲以下幾種類型：

1. 複音詞由同義單音詞附加語素構成

獄、牢獄【監獄】

蠻、蠻夷【少數民族】

會、際會【機遇】

來、以來【從之前某時到現在】

疫、疫癘、疾疫、疫氣【疾疫】

泣、泣涕【哭泣】

改、改易、變改【改變】

朝、朝聘【拜見】

破、破敗【破敗】

2. 複音詞由兩個同義單音詞構成

由於兩個語素意義相同，因此詞序不固定，有些與現代漢語通用的複音詞不一致。

貢、獻、貢獻【貢品】

疾、病、疾病【疾病】

弓、弩、弓弩【弓箭】

空、虛、空虛【空虛】

齒、牙、齒牙【牙齒】

志、意、志意【主旨、意向】

搖、動、搖動【動搖】

3. 複音詞由其它語素構成

構成複音詞的語素有些與組內單音詞同義，有些則因成詞之後轉義而具備本範疇的詞義，語素本身不具備這一意義。

貨、幣、贄、財物【禮物】

儒、士人、衣冠【士人】

舟、船、艨衝、舳艫【船】

通、往來【往來】

喜、歡、悅、樂、欣欣【歡樂】

按照構詞語素劃分，從形式上判別，複音詞同義可劃分爲以下類型：

1. 複音詞具備相同語素

相同語素在不同複音詞中所處的位置有差別，共有「AB/AC」，「AB/CB」，「AB/CA」，「AB/BA」四種形式。

京師、京室【都城】

小子、小豎【小子】

從容、雍容【從容】

困窮、貧窮【窮困】

踊躍、騰踊【跳躍】

好尙、雅好【喜愛】

思慕、追思【思念】

平安、安息【社會安定】

危險、險阻【險峻】

2. 複音詞不具備相同語素

這類複音詞的詞義多由轉義得來，同一範疇內複音詞構成方式也不一定一致，有的是偏正式，有的是動賓式。

皇家、王室【皇室】

美人、國色【美女】

輜重、軍實【輜重】

宦者、閹豎、常侍【宦官】

自殺、刎首、伏劍【自殺】

3.2 《三曹文集》同義詞的演化規律

胡敕瑞先生和王彤偉博士在研究中古詞彙時，從語義的角度提出在同義的

單音詞和複音詞之間包含著詞義「由隱含到呈現」的規律。〔註2〕胡敕瑞先生提出「修飾成分從中心成分中呈現」、「對象從動作或動作從對象中呈現」、「動作從結果中呈現」三條規律，王彤偉博士補充了「事物性質由隱含到呈現」規律。《三曹文集》中體現了其中三條規律。由於時賢對規律的內涵已詳盡闡明，本文略舉幾例如下：

一、修飾成分從中心成分中呈現

　　單音詞的修飾成分隱含於詞義內，在複音化過程中修飾性成分得以顯現。從語法的角度考查，釋放出的修飾性成分作爲修飾語，修飾原來的單音詞，構成定中或狀中結構。如：

逝－長逝【死亡】

　　義有蹈東海而逝，不奉漢朝之詔也。（《曹丕集·既發璽書又下令》）

　　元瑜長逝，化爲異物，每一念至，何時可言？（《曹丕集·與朝歌令吳質書》）

值－正值

　　赤壁之役，值有疾病，孤燒船自退，橫使周瑜虛獲此名。（《曹操集·與孫權書》）

　　正值陛下昇平之際，沐浴聖澤，潛潤德教，可謂厚幸矣。（《曹植集·求自試表》）

二、對象從動作或動作從對象中呈現

　　隨著複音化過程，動作的對象或施加於對象的動作從單音詞中顯現，複音詞呈現爲動賓結構。

隕－隕身

　　若克東齊難勝之寇，降赤眉不計之虜；彭寵以望異內隕，龐萌以叛主取誅，隗戎以背信軀斃，公孫以離心授首。（《曹植集·漢二祖優

〔註2〕　胡敕瑞《從隱含到呈現》，《語言學論叢》，2005 年，第 31 期，轉引自王彤偉《三國志同義詞研究》，復旦大學博士論文，2007 年。

劣論》）

昔先軫喪元，王蠋絕脰，隕身徇節，前代美之。（《曹丕集·策諡龐
德》）

病－發病

古有弟子病，師數往看之。師至，弟子輒起，因勞而致死。師非不
仁，弟子非無禮，傷於數也。（《曹丕集·典論·失題二十一段》）

後孤討禽其四將，獲其人眾，遂使術窮亡解沮，發病而死。（《曹操
集·讓縣自明本志令》）

三、事物屬性由隱含到呈現

在複音化過程中，事物的屬性顯現出來，作爲定語修飾原來的單音詞，複
音詞結構爲定中式結構。

婦－婦人

諸婦害其寵，紿言：將軍以貴人有志節。（《曹丕集·內誡有序》）

夫婦人與政，亂之本也。自今以後，群臣不得奏事太后，后族之家
不得當輔政之任。（《曹丕集·禁婦人與政詔》）

3.3　《三曹文集》同義詞的區別特徵

對同義詞的研究，實際上是對同一語義範疇內的一組同義詞的辨異。如果
一組同義詞在語義、語法、語用三方面完全等同，那就沒有同時存在的價值了，
勢必要有一個取代其它詞語。正是區別特徵使得同義詞並存於典籍之中，讓語
言表達更加豐富。

一、語義方面

分析同義詞的差異，其語義差別是最爲重要的。「同義詞的語義分析，最
基本也是最終的目的，就是將構成同義關係的詞語在詞義本身以及詞義對所
指對象的反映方式上的主要特徵揭示出來。」〔註3〕

〔註3〕 池昌海《〈史記〉同義詞研究》，上海古籍出版社，2002 年，37 頁。

1. 範圍大小不同

《三曹文集》中，「墳」、「墓」在「埋葬死人之處」這個語義範疇內有同義關係。單用時，「墳」指稱封土之處，「墓」泛指埋葬死人的地點，包含墓穴、封土及界域等。「墓」比「墳」所指範圍大。又如「狗」、「犬」、「盧狗」同指狗，「盧狗」是狗之一種，與「狗」構成了種屬關係。

2. 指稱對象側重點不同

《三曹文集》中「完」和「備」都有「完整、完備」的意思，但「完」側重於描述事物整體的「完好無缺」，「備」則側重於描述數量齊全，「萬事俱備」。又如「牙」、「齒」在《三曹文集》中均可泛指牙齒，因古義中「當前唇者稱齒，後在輔車者稱牙」（段玉裁《說文解字注》），「牙」與「齒」仍保留了這種指稱特點，「唇齒」、「爪牙」作爲固定搭配不可互換。

3. 產生的時代和地域不同

《三曹文集》中「舟」、「船」在「水上交通工具」範疇內爲同義詞，義位單一，使用頻率相當。「舟」先秦時已有，並且在「水上交通工具」這一範疇之內是核心詞，「船」出現時間在戰國時期，最早見於諸子作品。魏晉時期「舟」、「船」並存，後來「舟」被「船」替代。二者同時也是不同方言區對同一事物的稱法，關西叫「船」，關東叫「舟」。

4. 適用對象不同

《三曹文集》中「父」、「考」、「先君」在「父親」語義範疇內爲同義詞，三詞的適用對象有所不同。「先君」、「考」用於指稱已去世的父親，父親在世則不能使用這兩個詞語。「母」與「妣」的區別也在於此。

5. 行爲施事不同

「吠」、「鳴」、「號」在「叫」範疇內爲同義詞。《三曹文集》中「吠」的施動者是狗；「鳴」的施動者是鹿、鳥和馬；「號」的施動者包括狗、鳥，也可以是人。

6. 行爲受事不同

《三曹文集》中「討」、「征」、「伐」的共同義項爲「攻打」，並且是「上對下」的，即發動戰爭者攻打比自己地位低的一方。儘管三詞是同義詞，在行爲

受事方面仍存在「微別」。「討」做謂語動詞時，受事者不管實際身份是否比施動者低，至少施動者主觀認定對方比自己地位低微，形成了上對下的攻伐關係。「征」的受事者更明確，是「上對下」的攻打。「伐」單從《三曹文集》中的用例來考察，並不限於上對下的征討，而是強調動作的受動者是過錯方。

7. 施受關係不同

施受關係是指行爲的施動者和受動者之間的關係，通常體現爲地位的高低。《三曹文集》中「殺」範疇內的「斬」、「弒」在施受關係上就有所區別。「弒」特指「下對上」的行爲，即臣弒君、子弒父；「斬」則多用於上對下的行爲，主帥斬殺士兵或處死敵方戰俘。在「告訴」語義範疇內，《三曹文集》中「告」、「誥」構成了同義關係，「告」的施動者較爲多元，包括地位高者和地位低者；「誥」的施動者只限於地位高的人，是「上對下」的專用詞。

8. 行爲方式不同

在「拿」範疇內，《三曹文集》中「援」的受動者是鼓和鼓槌，因此「援」是攥著，手的位置大約與胸腹同高。「持」的對象除「櫓」、「兵器」外還有「符節」。在受動者爲「符節」的情況下，「持」是舉著，手的位置在身體兩側的前方，位置約在肩頸高度。

9. 行爲情態不同

《三曹文集》中「聞」、「聽」在「用耳朵接收聲音」範疇內爲同義詞。從情態上來看，「聞」強調聽的結果，聽見了。與其它感官動詞搭配時，與同樣強調結果的「見、睹」連用，表示感知到了某事物。「聽」這一動作從情態上看強調聽的動作，是主觀上的行爲，至於聽得是否清楚並不明確。「聽」說明主觀動機，「聞」說明客觀結果。

10. 屬性程度不同

「寡」、「少」、「鮮」、「乏」、「希」在「少」語義範疇內構成了同義關係。雖然同樣描述「少」，「鮮」和「希」與另外三詞相比範疇更窄，是極其少的意思。

11. 屬性範圍不同

《三曹文集》中「寡」多用於修飾名詞，與其相對應的反義詞是「眾」。

「寡」不僅可以用於說明人少，也可以用於抽象意義，常見的搭配有「寡德」、「寡欲」。「少」不僅可以修飾具體的人或物，以及用於形容抽象的事物，也可以說明動作的次數少。「少」的反義詞是「多」。「鮮」可用於指稱具體的人、物，也可用於抽象的事物。「乏」描述的對象是不可缺少的。「寡」、「少」、「鮮」描述的「缺少」這一現象有時是一種主觀需求，而「乏」是客觀存在，是需要補給填充的。

二、語法方面

1. 詞語充當句子成分能力不同

《三曹文集》中，「墓」在句中可以做賓語，可以做狀語，也可以被形容詞修飾，用法靈活。「墳」在《三曹文集》中僅充當定語。「少」與「寡」在語法方面的主要區別在於，「少」可以做補語，並且可以帶補語。

2. 詞語搭配能力不同

同樣表示太陽公轉一年的時間，「年」除直接放在基數詞後面的用法以外，還可以用在「整數+零數」的形式後面，「歲」、「載」在《三曹文集》中則無此用法。在「遠望」語義範疇中，「望」、「眺」可與一些形容詞、動詞搭配，表示「遠看」的情態；「望」、「瞻」可用於方位名詞後面，表示看的方向。《三曹文集》中未見「寡」被副詞修飾的例子，「少」則可被副詞修飾。

三、語用方面

1. 使用頻率不同

使用頻率的差異有些源於作者的用詞習慣，有些則反映了語言發展過程中詞語更迭的現象。「空」、「虛」的同義義項有「中空不實」、「虛假，不真實」和「徒然，白白地」三個，在《三曹文集》中「徒然，白白地」意義未使用「空」，「虛」有 11 例。出現這種情況不是因為「空」的這一義項消失，我們推測是由於作者用詞習慣所導致。「道路」範疇中，「道」在《三曹文集》中有 10 例，「路」27 例。先秦時期的「道」指稱的道路比較正式，與征戰、外交有關，連接國門，有軍事和政治意義。從兩漢魏晉開始，「路」的使用頻率大大增加，這有可能是因為「道」的義項過於豐富容易造成歧義，並且「路」

從先秦就開始與「道」連用，意義範疇等同，具備取代「道」的可能性。

2. 附屬色彩不同

同樣指稱「即位」，「稱帝」、「即位」與「龍興」、「承統」的語體色彩存在差別。《三曹文集》中「稱帝」、「即位」較為口語化，而「龍興」、「承統」更具書面語色彩，富於文化氣息。

在「卑賤」語義範疇內，「卑」與「賤」的感情色彩有差別。用於表示人的地位低，在《三曹文集》中「卑」只用於表示人的社會地位低微，無品質差的意思；「賤」表示人的品質低下，不高尚。因此「賤」與「卑」相比更多了一絲貶義色彩。

3. 表達方式不同

在「皇帝」語義範疇內，《三曹文集》中「陛下」、「皇帝」可用於面稱，「至尊」、「君父」、「主上」、「元首」用於敘稱、尊稱及他稱，「孤」用於自稱和謙稱。

3.4 《三曹文集》複音同義詞概說

一、《三曹文集》複音同義詞特點

據唐子恒先生統計，「至晚在東漢時期，複音詞的數量就超過了單音詞。」〔註4〕，但在《三曹文集》中仍然是單音詞佔優勢。這種現象與書面語和口語的差異有關，書面語與口語的一致性自東漢開始打破，這是學術界普遍認同的觀點。〔註5〕

朱慶之揭示了書面語中單音詞占主導的原因：「我們知道，上古漢語的詞彙是以單音節詞為主的。漢魏以降，由於書面語同口語脫節，即使在口語詞彙裏單、雙音節詞的比重發生了根本的變化，書面語詞彙仍在較長的一段時間內保

〔註4〕 唐子恒《漢語詞複音化問題概說》，臨沂師範學院學報，2005 年，第 2 期，30 頁。

〔註5〕 郭錫良：「我們認為，書面語同口語自殷周到西漢都是一致的。這可以從文獻資料和語言發展等多方面得到論證。」（郭錫良《漢語歷代書面語和口語的關係》，《漢語史論集》，商務印書館，1997。）徐時儀：「先秦到西漢的文獻語言基本與口語一致，東漢以後逐漸形成言、文分離的局面」（徐時儀《古白話專書研究的一個楷模——評〈入唐求法巡記行記〉詞彙研究》）《漢語史研究集刊》2003 年，365 頁。）

持著單音節詞爲主的特點。」〔註6〕

　　《三曹文集》中的同義詞雖然包括許多複音詞，但由於其出現的頻率較低，詞序不穩定，使用時間短等因素，大多數複音詞並未得到著重研究。多數複音詞由於用法單一，使用頻率低，在同一語義範疇內失去了競爭力，很短時間內就被淘汰了。由於出現次數太少，無法科學準確地從語義、語法、語用三方面分析該詞與其它詞的異同，只能在同義詞表中列出，不能以其爲重點作具體研究。

1. 使用頻率低

　　本文整理出《三曹文集》同義詞名詞類共 206 組，其中有複音詞的（包含全部由複音詞構成的）共計 131 組；動詞類共 275 組，其中有複音詞的（包含全部由複音詞構成的）共計 122 組；形容詞類共 85 組，其中有複音詞的（包含全部由複音詞構成的）共計 40 組。在全部同義詞組中，有複音詞的組別僅占一半。不僅如此，複音同義詞在《三曹文集》中的使用頻率也遠遠低於單音詞。有些複音同義詞僅見 1 例。以「百姓」範疇爲例，這一範疇包括 14 個詞語，其中「人」16 例，「民」64 例，「庶」1 例，「百姓」18 例，「士民」6 例，「匹夫」5 例，「布衣」5 例，「兆民」、「民夷」、「生民」、「黎元」、「士女」、「萬姓」、「男女」各 1 例。在「天下」範疇內共有 14 個複音同義詞，其中「天下」使用頻率最高，共 66 例；「四海」13 例；「四方」、「萬國」各 10 例；「海內」7 例；「九州」、「宇內」各 5 例；「六合」、「華夏」、「率土」各 2 例；「九土」、「九域」、「普天」、「王塗」各 1 例。動詞類中，「到」語義範疇內包含 31 個詞，僅有一個複音詞「奔赴」，在《三曹文集》中僅見 1 例。「輔佐」範疇由三個複音詞構成，「匡弼」1 例，「扶翼」1 例，「勖相」1 例。形容詞類中，在「多」範疇內，「多」40 例，「豐」17 例，「巨億」僅 2 例。「從容」語義範疇內共包括三個複音同義詞，「從容」2 例，「徐徐」1 例，「雍容」3 例。

2. 義項單一

　　漢字的獨特性體現在它是一種形音義結合的符號體系，造字之初，一個文字代表一個意義，「字」與「詞」是統一的。由於文字數量有限，要表達的含義卻相當豐富，只能由一個詞承擔多個義項，這也造成了理解和記憶的困

〔註6〕　朱慶之《佛典與中古漢語詞彙研究》，臺北，文津出版社，1990 年。

難。詞彙的雙音化解決了這一難題，複音詞的產生使表意更加清楚單一，「雙音詞的兩個語素相互作用而使詞義趨於單一化、鮮明化和豐富化」〔註7〕。《三曹文集》中的複音詞符合這一特徵，義項相對單一，許多複音詞只有一個義項。

如「百姓」、「兆民」、「民夷」、「生民」、「黎元」、「萬姓」為「百姓」語義範疇內的同義詞，「百姓」是這些複音詞唯一的義項。這六個複音詞在先秦時期已經產生，到魏晉時代並未發展出新的義項，詞性為名詞，充當的句子成分為主語、賓語和定語。從詞的構成方式來看，這組詞可分為並列式、偏正式兩類。並列式複音詞的詞義是構成它的兩個單音詞的詞義，偏正式複音詞的詞義與被修飾的單音詞詞義相同，兩種構詞方式都很難令複音詞產生新的義項。

在「看」語義範疇內，「屬目」只有「注視」這一個義項，同組的其它單音詞義項則更為豐富。在《三曹文集》中，「瞻」有「看，強調動作」、「遠望」、「敬視」三個義項；「望」有「遠看」、「看，強調動作」、「看見」三個義項。「屬目」不僅在《三曹文集》中義項單一，在整個中古時代也僅有此一個義項。

「欷歔」是在中古時代出現的新詞，首見於《曹植集・光祿大夫荀侯誄》。這個複音詞有兩個義項，一為「歎息」，一為「哭泣」。在「歎息」語義範疇內與「咨嗟」、「歎息」構成同義關係，在「哭泣」語義範疇內與「號慕」、「號咷」、「泣涕」、「流涕」、「隕涕」為同義詞。這兩個語義範疇內的其它詞語語義在另一義項上並無重疊，因此「欷歔」沒有兩個義項都相同的同義詞。從這一角度來看，《三曹文集》中的複音詞與單音詞相比義項相對單一。

3. 語法功能簡單

「稱帝」、「龍興」、「受命」、「即位」、「承統」在「即位」語義範疇內為同義詞。語義用於指稱帝王登上帝位這一動作，語法功能也非常簡單，僅在句中做謂語。如：

（1）昔有苗不賓，重華舞以干戚；尉佗稱帝，孝文撫以恩德，吳

〔註7〕徐時儀《漢語詞彙雙音化的内在原因考探》，語言教學與研究，2005年第2期，68頁。

王不朝，錫之几杖以撫其意，而天下賴安；乃弘三章之教，愷悌之化，欲使曩時累息之民，得闊步高談，無危懼之心。（《曹丕・典論・論太宗》）

（2）況漢氏絕業，大魏龍興，隻人尺土非復漢有。（《曹植集・毀鄴城故殿令》）

（3）高祖受命之初，分裂膏腴以王八姓，斯則前世之懿事，後王之元龜也。（《曹丕集・策命孫權九錫文》）

（4）及至霍光受託國之任，藉宗臣之位，內因太后秉政之重，外有群卿同欲之勢；昌邑即位日淺，未有貴寵，朝乏讜臣，議出密近，故計成如轉圜，事成如摧朽。（《曹操集・拒王芬辭》）

（5）陛下承統，續戎前緒，克廣德音，綏靜內外。（《曹植集・慶文帝受禪表二首》）

從詞語搭配的角度看，複音詞與單音詞相比也處於劣勢。比如「民」和「百姓」在「百姓」語義範疇內爲同義詞，《三曹文集》中二者均可作主語、賓語和定語，但「民」的用法比「百姓」更靈活。「民」可與形容詞搭配，表示百姓地位低微，如「下民、弱民、愚民」，可與「吏、士、兵、國」相對比。在做中心語時，「民」的定語較豐富，有「累息之民、巢居之民、太和之民、東野之民、斯民」這樣的搭配，表達百姓的來源地、生活方式等等。做賓語時「民」的謂語動詞可以是「用、率、撫慰、鎮、殘害、畜養、化、綏、惠」等，搭配靈活，組合能力強，使用頻率高。「百姓」則由於雙音節而少有修飾詞，用法單一。

4. 詞形不穩定

中古時期是單音詞向複音詞過渡的時期，有些並列式複音詞剛剛組合而成，詞序並未固定，有些複音詞則未確定具體用字。

前者如「聲名」與「名聲」。「名」、「聲」、「聲名」、「名聲」在「名譽聲望」語義範疇內爲同義詞。《三曹文集》中「聲名」共見兩例：

（1）至於二袁，過竊聲名，一世豪士，而術以之失，紹以之滅，斯有國者所宜慎也。（《曹丕・典論・內誡有序》）

（2）是以古之作者，寄身於翰墨，見意於篇籍，不假良史之辭，

不託飛馳之勢，而聲名自傳於後。（《曹丕·典論·論文》）

「名聲」在《三曹文集》中並無用例，但早在先秦時期就已經以複音詞的形式出現，如：「用力甚少，而名聲章明，種亦不如蠡也。」（《國語·越語下》）

後者如「已下」與「以下」。二詞在「（地位等）在……之下」語義範疇內為同義詞。如：

（1）其令吏民男女：女年七十已上無夫子，若年十二已下無父母兄弟，及目無所見，手不能作，足不能行，而無妻子父兄產業者，廩食終身。（《曹操集·贍給災民令》）

（2）今朕承帝王之緒，其以延康元年為黃初元年，議改正朔，易服色，殊徽號，同律度量，承土行，大赦天下；自殊死以下，諸不當得赦，皆赦除之。（《曹丕集·制詔三公改元大赦》）

（3）其皇后及貴人以下，不隨王之國者，有終沒皆葬澗西，前又以表其處矣。（《曹丕集·典論·終制》）

「已下」《漢語大詞典》並未收錄，但其並非新詞，《周易》中已有之：「《明夷》，日也。日之數十，故有十時，亦當十位。自王已下，其二為公，其三為卿。」（《周易·明夷·謙卦》）《漢語大詞典》收錄「以下」，首例為《左傳》：「自《鄶》以下無譏焉」（《左傳·襄公二十九年》），可見在二詞規範化的過程中，「以下」出現時間雖晚但作為標準詞形取代了「已下」。

詞序不定和用字未明兩種情況都體現了單音詞向複音詞過渡時期的語言面貌，雖然語言尚未規範化容易造成理解的障礙和偏差，但這些語料反映了中古時期詞彙的真實情況，為漢語詞彙史的研究提供了依據，也使得《三曹文集》詞彙的研究更具價值。

5. 等義詞眾多

在判定同義詞劃分標準時，是否將等義詞也歸併入同義詞中是一個極具爭議的問題。我們遵循「一義相同」的原則，只要幾個詞語有一個相同義位即判定為同義詞，因此在《三曹文集》同義詞表中也包含著大量的等義詞。

被確定為等義詞的一組詞需要滿足的條件是：詞彙意義、語法意義、色彩意義都相同，在一般的語境中能互相替換。由於等義詞在語義、語法、語用三

方面都等同，因此並存的意義不大，在語言的發展過程中，等義詞有的分化出新的意義得以保留，未產生新義項的詞語則可能由一個替代其它詞語，被替代的詞語則成爲歷史詞而消亡。

在「皇帝」語義範疇內包含若干個複音詞，儘管其來源有異，構詞法不同，但語義、語法、語用並無太大差別。「車駕」、「大駕」、「乘輿」、「輦轂」來源相同，由皇帝乘坐的車輿轉而代指皇帝。「天子」、「至尊」、「元首」因皇帝至高無上的特權地位而產生，可以歸併。「主上」、「君父」用於稱呼，後也可用作普通名詞。「人君」、「國君」、「皇帝」、「帝王」都用於指代皇帝，義項單一。

又如「怖懼」、「危懼」、「憂懼」、「震駭」爲「恐懼」語義範疇內的同義詞。「怖懼」首見於《吳越春秋》，「危懼」首見於《尚書》，「憂懼」首見於《韓非子》，「震駭」產生時間最晚，爲《三曹文集》中出現的新詞。四個詞語在《三曹文集》中均做謂語，由於用例少，考察未見語法語用差異。

二、《三曹文集》複音同義詞的來源

《三曹文集》中的複音同義詞未見受外來詞影響的情況，來源比較單一，一爲沿用上古時期的舊詞，一爲產生於魏晉時期的新詞。

早在甲骨文時期，複音詞就已經產生。〔註8〕《三曹文集》中的大部分複音同義詞都來源於上古時期已產生的舊詞。這些舊詞有些早在上古時期就已經構成了同義關係。

以「典籍」語義範疇爲例，「竹帛」、「載籍」、「史籍」、「令典」、「墳典」爲一組同義詞，在《三曹文集》中的用例如下：

（1）每覽史籍，觀古忠臣義士，出一朝之命，以殉國家之難，身雖屠裂，而功勳著於景鍾，名稱垂於竹帛，未嘗不撫心而歎息也。（《曹植集・求自試表》）

（2）古事已列於載籍，聊復論此數子，以爲後之監誡，作《奸讒》。（《曹丕集・典論・奸讒有序》）

〔註8〕「周薦統計趙誠《甲骨文簡明詞典——卜辭分類讀本》中單音詞占 77%以上，這說明甲骨文中已有部分複音詞。」唐子恒《漢語詞複音化問題概說》，臨沂師範學院學報，2005 年，第 2 期，30 頁。

（3）自今，其敢設非禮之祭、巫祝之言，皆以執左道論，著於令
　　　典。（《曹丕集‧禁設非禮之祭詔》）

（4）王研精墳典，耽味道真，文雅煥炳，朕甚嘉之。王其克慎明
　　　德，以終令聞。（《曹丕集‧答北海王獻黃龍頌詔》）

「竹帛」在《三曹文集》中僅有「典籍」一個義項，見兩例。這個複音
詞在上古時代已經產生，有「竹簡和白絹」、「典籍」兩個義項。「典籍」義首
見於《史記》：「然後祖宗之功德著於竹帛，施於萬世，永永無窮，朕甚嘉之。」
（《史記‧孝文本紀》）

「載籍」在《三曹文集》中僅見一例。複音詞「載籍」僅有一個義項，首
見於史記：「夫學者載籍極博，猶考信於六藝。」（《史記‧伯夷列傳》）

「史籍」首見於《三曹文集》，是中古產生的新詞。

「令典」在《三曹文集》中僅見一例。複音詞「令典」的「典籍」義項
首見於《〈漢紀〉序》：「昔晉之《乘》、楚之《檮杌》、魯之《春秋》、虞夏商
周之書，其揆一也，皆古之令典，立之則成其法，棄之則墜於地。」（漢‧荀
悅《〈漢紀〉序》）

「墳典」在《三曹文集》中僅見一例。複音詞「墳典」本是「三墳五典」
的簡稱，後演化為古代典籍的通稱。詞語義項單一，首見於《尚書》：「討論
墳典。」（《〈書〉序》）

在《三曹文集》的「典籍」語義範疇內，沿用了上古的複音詞「竹帛」、
「載籍」、「令典」、「墳典」，又出現了新產生的複音詞「史籍」，依據語境及
詞語來源可以判定這五個詞語為同義詞。

《三曹文集》中還有許多新詞，如「欷歔【哭泣】」、「才捷【才能】」、
「輦轂【皇帝】」、「君父【皇帝】」、「震駭【恐懼】」等。

（1）臨埏闔以欷歔，淚流射而沾巾。（《曹植集‧仲雍哀辭》）

（2）飛聲激塵，依咸屬響，才捷若神，形難為象。（《曹植集‧七
　　　啟》）

（3）若得辭遠遊，戴武弁，解朱組，佩青紱，駙馬奉車，趣得一
　　　號，安宅京室，執鞭珥筆，出從華蓋，入侍輦轂，承答聖問，
　　　拾遺左右，乃臣丹情之至願，不離於夢想者也。（《曹植集‧

求通親親表》）

（4）昔耿弇不俟光武，亟擊張步，言不以賊遺於君父也。（《曹植
集・求自試表》）

（5）乃不忽遺，厚見周稱，鄴騎既到，寶玦初至，捧匣跪發，五
內震駭，繩究匣開，爛然滿目。（《曹丕集・與鍾大理書》）

　　由於《三曹文集》中複音詞數量較少，所以未見單由複音詞構成，且複音
詞首見於《三曹文集》的同義範疇。本文僅舉幾例，意在說明《三曹文集》複
音詞的來源。

三、《三曹文集》複音同義詞的研究價值

　　與單音同義詞相比，《三曹文集》中的複音同義詞義項單一，使用頻率低，
等義詞眾多，難以從語義、語法、語用三方面系統地做研究。然而，研究《三
曹文集》中的複音同義詞仍有重大意義。

　　語言是不斷變化發展的，這種發展不是突變的，而是循序漸進的過程。
《三曹文集》的創作時代處在漢末魏晉初期，對於研究上古和中古漢語起著
承上啓下的作用。尤其是複音詞的研究，在上古已有某一詞語的情況下，語
義範疇內新產生的同義複音詞能夠反映漢末魏晉時代的思想傾向、典章制
度、意識形態，對於詞彙學研究和文化研究都有積極意義。

　　同時，對複音同義詞的研究也有利於進一步深化對同義詞的認識。上古時
期同義詞研究主要集中於單音詞，主要原因在於上古複音詞使用頻率低，難於
分析。《三曹文集》中也同樣存在這一問題。雖然不能系統地揭示複音同義詞的
「同」與「異」，但將單音詞與複音詞劃分在同一語義範疇內即為同義詞研究的
新突破。尤其是一些現代漢語中常用的範疇內核心詞，如「百姓」，早在先秦已
經產生，在《三曹文集》中得到了發展，最終代替了「人」和「民」成為核心
詞。對這一類複音詞的研究能從使用頻率、語法功能等角度展現出詞語的更迭
情況，使同義詞研究的脈絡更加清晰。

結 語

　　古漢語同義詞研究越來越得到學者們的重視，從研究理念和研究方法到專書研究，都取得了很多成果，在理論和實踐兩方面豐富了漢語詞彙史的研究。儘管如此，同義詞仍存在可研究空間，仍有許多重要著作被研究者所忽略〔註1〕，尤其是創作於語言過渡期的著作，其語料對詞彙史的研究是不可或缺的。本書以《三曹文集》同義詞為研究對象，主要做了以下工作：

　　首先，梳理了同義詞研究的現狀，確立了本文的同義詞界定標準。在確立一組詞的同義關係時，首先從文獻出發，根據連用、對文、互訓等情況篩選詞語，從語義、語法、語用三方面確立其區別特徵。池昌海先生「創造性地將語法研究三個平面的理論運用到同義詞研究，分語義、語法和語用三個層面，在每個層面中研究名、動、形三類詞的各種區別性特徵，……反映了同義詞辨析的本質規律。」〔註2〕語義差異是指一個同義聚合內各成員之間在詞彙意義上的差異。《三曹文集》中的同義詞在語義方面的主要差異有：範圍大小不同，指稱

〔註1〕 1983 年「全國語言學學科規劃會議」上，學者們對漢語史研究現狀達成共識：「漢語史的研究，在過去已經取得了不少成績，但是基礎研究做得很不夠。要在漢語史研究方面取得重大進展，必須對歷史上許多重要著作從語言學角度做比較詳盡的研究，寫出專書詞典或專書語法。」

〔註2〕 黃金貴《史記同義詞研究・序》，見於池昌海《史記同義詞研究》，2002，上海古籍出版社，序言第 6 頁。

對象側重點不同，產生的時代和地域不同，適用對象不同，行為施事不同，行為受事不同，施受關係不同，行為方式不同，行為情態不同，屬性程度不同，屬性範圍不同等。語法差異主要包括：充當的句子成分不同；與其它詞語的搭配能力不同等。與語義差異相比，語法差異顯得更為直觀，但往往是由於語法的差異，充當的句子成分更豐富多樣、搭配能力更靈活的詞會從一組範疇詞中脫穎而出，成為通用語並取代其它詞語。語用差異主要表現在：使用頻率不同；附屬色彩不同；表達方式不同等。以往對同義詞的研究往往對語用沒有給予足夠重視，但語用差異往往反映出同一語義範疇內各詞的活躍程度和應用範圍，對於斷代研究及揭示詞語的文化內涵是不可或缺的。孫常敘提出，詞的判定、本義的確認、詞義的簽別、歧義的選擇，都不可主觀臆斷，而要在詞、句、篇的通體辯證中，在反覆考察中，據其所處的語言組織和環境，甚至聯繫作家思想和當代思潮，加以綜合考察。〔註3〕

其次，運用共時與歷時相結合的方法研究同義詞。索緒爾提出「語言是一個系統，它的任何部分都可以而且應該從它們共時的連帶關係方面去加以考慮」。〔註4〕徐朝華強調了歷時研究的重要性：「從研究詞彙史的角度來看，斷代詞彙應以歷時研究為主，即研究某一歷史階段漢語詞彙的發展變化情況。只有這樣，才能弄清詞彙發展變化的脈絡，揭示詞彙發展變化的規律。」〔註5〕一組詞的同義關係並非一成不變的，尤其是擁有多個義位的詞，義位產生的時代有先後，共時研究能夠確定一組同義詞的某一義位發展演化的同步關係，歷時研究則能描寫同義詞之間的並存與替換。「三曹」作品創作年代比較特殊，漢末魏初書面語與口語脫節，《三曹文集》中以令體文為代表的作品口語色彩比較鮮明，反映出的詞語使用特點是否可以代表時代總體特徵是需要慎重考慮的，也關乎斷代問題。正如宋永培所說，考察詞與詞之間的同與異時要著重考慮「是由於專書的成書年代、歷史環境造成的呢，還是由於作者的思想與表述特點造成的，或是由於語言詞彙的繼承、演變造成的」〔註6〕，

〔註3〕 孫常敘《漢語詞彙》，商務印書館，2006年。

〔註4〕 索緒爾《普通語言學教程》高名凱譯，商務印書館1980，127頁。

〔註5〕 徐朝華《上古漢語詞彙史》，商務印書館，2003年，第2頁。

〔註6〕 宋永培《上古專書詞彙研究的方法與理論探討》，《漢語史研究集刊》，2002，117頁。

在分析同義詞的同異時，不能只從一本書、一個時代來考查，還要從結合此前此後的重要典籍來判斷。所謂「證有易，證無難」，在論證一個詞語在同義範疇內成爲核心詞，並進而取代其它詞語時，更要廣泛查閱資料，採取共時歷時相結合的方法。

第三，著重研究同一語義範疇內詞語替換的情況。蔣紹愚提出「詞彙系統歷時演變最明顯的表現是同一概念域中成員的變化，也就是通常所說的詞彙替換」，「以概念場爲背景，考察其中成員及其分佈在不同歷史時期的變化，是研究詞彙系統的歷史演變的一種切實可行的方法。」〔註7〕本文在緒論部分引用了眾多語言學家對同義詞這一概念的界定，並最終確定本文判定同義詞的標準，即「一義相同」，並立足於相同義項辨析其同異。在「一義相同」的情況下，有些詞語因搭配靈活度較低或充當句子成分的能力較弱等因素，被同義範疇內其它詞語所替代而成爲歷史詞，這一現象對於研究詞彙的歷史演變至關重要。當然，詞彙的發展演變不是一朝一夕完成的，有些詞語雖然使用頻率較低，但仍與範疇內核心詞長期並存，不可取代。

第四，將單音詞與複音詞共同納入同義詞研究範疇。同義詞研究多以單音詞爲研究對象，以近年來的博士論文爲例，《〈國語〉單音節實詞同義詞研究》、《〈漢書〉單音節形容詞同義關係研究》、《〈孟子〉單音節實詞同義詞研究》、《〈左傳〉單音節實詞同義詞辨釋》均以單音節同義詞爲研究對象；《〈三國志〉同義詞研究》雖列出了由單音詞與複音詞共同構成的同義詞表，但分析的對象爲單音詞；《〈魏書〉複音同義詞研究》僅以複音詞爲研究對象。以單音詞爲研究對象，主要原因在於，「專書同義聚合內的許多複音詞都是在單音詞的基礎上添加區別性語素而成的，只要單音詞辨析工作做好了，複音詞的區別自然非常明顯」〔註8〕，但複音詞既存在於同義範疇之內，就應該關注其語義、語法、語用方面與其它詞的異同，進而充實詞彙研究。《三曹文集》中的複音同義詞數量有限，無法與同一語義範疇內的單音詞相匹敵，但由於其義項相對單一，有成爲範疇內核心詞的潛質，有重要的研究價值。

〔註7〕 蔣紹愚《漢語詞彙語法史論文續集》，商務印書館，2012。

〔註8〕 王彤偉《〈三國志〉同義詞研究》，復旦大學博士論文，2007年，335頁。

附 錄

《三曹文集》同義詞表

一、名詞類（206）

邦、國、方、社稷、邦國、國家、國朝【國家】

邊、塞、隅、封、垂、疆、界、境、邊境、方隅、疆場【邊境】

土、境、國土、疆土、土地、土宇【國土】

風、俗、風俗、風教【風俗】

朝、廷、朝廷、宮廷、廊廟【朝廷】

法、律、憲、典、綱、制、刑、法度、制度、憲典、憲章、憲度、典制、綱紀【法制】

藩、國【封地】

獄、牢獄【監獄】

死刑、殊死、焚如【死刑】

租、稅、賦、租稅、租賦【賦稅】

徭、役、勞役、徭役【徭役】

功、勳、績、功效、功勞、功業、勳績【功勞】

都、邑、城、都邑、城邑、城郭、園邑【城市】

京師、京室【都城】

戶、家【家庭】

詔、策、教、辭、命、令、詔書、錫命【命令】

職、官、爵【官職】

貢、獻、貢獻【貢品】

貨、幣、贄、財物【禮物】

遺詔、遺命【遺命】

皇家、王室【皇室】

皇、帝、君、后、王、主、上、孤、天子、至尊、皇帝、國君、陛下、車駕、大駕、乘輿、輦轂、元首、人君、君父、大人、帝王、主上【皇帝】

妃、姬、貴人、夫人、婕妤【皇帝配偶】

臣、下、臣下、大臣、朝臣、股肱【大臣】

宦者、閹豎、常侍【宦官】

官、吏、僚、司、有司、庶尹、縉紳、下吏【官員】

賢、才、傑、俊、良、國士、俊傑、俊造、俊乂、英雄、良士、賢哲【賢者】

儒、士人、衣冠【士人】

人、民、庶、百姓、士民、匹夫、布衣、兆民、民夷、生民、黎元、士女、萬姓、男女【百姓】

婢、侍婢、媵臣【奴婢】

使、使者、行人【使者】

賊、寇、盜【賊寇】

蠻、蠻夷【少數民族】

左右、侍臣【侍者】

榮、寵【特別待遇】

冠、冒、最【第一】

日、辰、歲、時、年、日月【時間】

間、機、釁、隙、會、際會【機遇】

世、代、葉、輩【世代】

晝、日【白天】

早、晨、夙、旦、朝【早晨】

夜、暮、夕、昏【晚上】

近、頃、間、頃者、比來【近來】

遑、間（閒）、暇、閒暇【閒暇】

來、以來【從之前某時到現在】

第、次【次序】

始、首、始【開始】

曩、昔、往、往者、往歲、往初、曩者、曩時、宿昔、先日、疇昔【從前】

今、方今、當今、目前【現在】

年、歲、載【年】

裏、內【裏面】

上、右【地位在……上】

下、已下、以下【地位等在……之下】

旁、側、邊、隅、濱【旁邊】

天下、四海、四方、萬國、海內、九州、宇內、六合、率土、華夏、九土、九域、普天、王塗【天下】

中國、中夏【中原】

江外、江表、江左、江東【長江下游東南地區】

德、節、道德【品德】

名、聲、問、譽、聲名、名稱、名譽【名聲】

恩、澤、惠【恩澤】

豪、傑、英、俊、英雄、爪牙、虎賁、猛將、精銳、壯士【英雄】

奸、賊、邪、殘、凶醜【姦邪之人或事】

小子、小豎【小子】

疾、病、疾病【疾病】

疫、疫癘、疾疫、疫氣【疾疫】

姓、名、姓名【姓名】

戰、役、甲兵、金鼓、干戈、兵革【戰爭】

兵、軍、師、旅、甲、戎、師旅、師徒、軍旅、甲兵、旗鼓【軍隊】

將、帥、督、將率、將帥、元帥、督將、武將、上將、將軍【將領】

兵、卒、士、步、徒、眾、士卒、軍士、戰士、精銳、甲兵、步卒、兵眾【士兵】

騎、驍騎【騎兵】

刀、刃、白刃【刀】

戚、斧【斧】

干、楯【盾】

箭、矢【箭】

弓、弩、弧、弓弩【弓箭】

鎧、甲【鎧甲】

脂、膏【油脂】

旗、旌、幡、旂、麾、旌旗、幡旗【旗】

兵、戎、仗【兵器】

輜重、軍實【輜重】

器、具【工具】

釜、鼎【鍋】

車、輦、輿、駕、轂、車駕、乘輿、輦轂【車】

皮、韋【皮革】

觴、杯、瓚【酒器】

俎、豆【祭祀用禮器】

帷、帳、幄、帷幄、幄幕【帷帳】

印、璽【印章】

筐、箱【筐類容器】

舟、船、航、艨衝、舳艫【船】

室、屋、宮、舍、廬、宇、廈、廟、祠、殿、宅、第、居、府、館、殿舍、宮室、宮殿【房屋】

禁、宮【皇宮】

倉、庫、廩、倉廩、倉庾、府庫、府藏、邸閣【倉庫】

營、屯、圍、壘、壁【營壘】

城、郭、城郭【城郭】

門、戶、閤、闈、闥【門】

垣、牆、壁【牆壁】

廄、圈牢【圈】

鄉、鄉里、故鄉、舊土、桑梓【家鄉】

友、舊、親舊、友生、知音【朋友】

宗、族、門、宗族【宗族】

先、祖、先人【祖先】

胄、子、嗣、胤、後嗣【後代】

父、考、先君【父親】

母、妣、老母【母親】

兒、子、男、兒子、子男、小子、少子【兒子】

子、女【女兒】

弟、昆弟【兄弟】

妻、妾、婦、妃、夫人、妃妾、妻妾、妾媵【妻妾】

骨肉、至親、懿親、親舊、親戚、親故、婚媾【親戚】

耄、耋、老耄、黃髮、高年【老人】

兒、童、嬰兒、童子【孩童】

婦、婦人【婦女】

客、賓、賓客【賓客】

左右、心膂、爪牙、腹心、近習、股肱【親信】

輩、儔、匹、倫、丑、比、徒、儕、氣類【類】

嫌、隙、忿、怨、恨【仇恨】

筵、宴【宴席】

美人、國色【美女】

年、歲、壽、春秋、年紀【年紀】

屍、骸、骨【屍體】

頭、首【頭】

年、壽、年壽【壽命】

淚、涕、泣、涕泣【眼淚】

身、體、軀、形體、骨體【身體】

肌、肉、胙【可食之肉】

髮、毛髮【頭髮】

脊、背【背】

齒、牙、齒牙【牙齒】

足、蹄【腳】

骨、骸、白骨、骸骨【骨殖】

眼、目【眼睛】

旨、心、志、情、意、指、衷、志意、指麾、指歸【主旨、意向】

計、謀、策、略、算、智、謀略、計略、權變【謀略】

言、辭、語、論【言論】

略、才、姿、能、用、才捷【才能】

精、神、精神、精爽【精神】

力、體力【體力】

舉、動靜【舉動】

性、情、天性【天性】

貌、容、色、狀【容貌】

稻、穀、粟、米、糧、食【糧食】

饑、荒、饑饉【饑荒】

膳、食、餐、肴饌【飯食】

財、錢、金【財物】

資、費【費用】

田業、稼穡【農業】

基業、產業【產業】

園、園圃【園圃】

田、土、地、土地、隴畝、農畝【土地】

字、文字【文字】

書、籍【書籍】

籍、竹帛、載籍、史籍、令典、墳典【典籍】

書、章、報、檄、函、羽檄、書疏【文書】

禮、儀、禮儀、威儀【禮儀】

文、章、詩、辭、賦、議、銘、文章【文章】

樂、曲、音樂【音樂】

神、仙、神明、神仙、神人、僊人【神仙】

巫、巫祝【巫師】

瑞、符、祥、釁、應、驗、徵【徵兆】

慶、祚、胤、福、祐、祜、福祚、福慶【福祚】

禍、害、患、釁、殃、眚、難、咎、災異【災禍】

數、運【命運】

祭、祀、祭祀【祭祀】

廟、壇【祭祀場所】

魂、魄、靈、魂靈【靈魂】

天、皇天、昊天【上天】

星、星辰【星】

雷、震雷【雷】

日、白日、太陽【太陽】

牲、生口、牛馬【牲畜】

牛、牡、耕牛【牛】

馬、驪、牡、驂、騏驥【馬】

狗、犬、盧狗【狗】

藜、莠【害草】

稻、禾、穀【禾苗】

樹、木【樹木】

冠、帽、冕、幘、弁【帽子】

衣、服、衰、褐、衰、裘、衣服、衰経【衣服】

袖、袂【袖子】

履、舄【鞋】

綵、絹、綿、縑、錦、布【織物】

江、河、川、渠、澤、湖【水道】

平、野、原野【田野】

塹、池【護城河】

道、路、途（塗）、蹊、衢、跡、道路、蹊路【道路】

洲、渚【島嶼】

丘、山、壚【山】

險、要、阻、咽喉、要害、要道【險要之地】

墳、冢、陵、墓、丘、隴【墳墓】

棺、槨、棺槨、梓宮【棺材】

威、靈、怒【威勢】

態、狀、形勢【情況】

範、則、法、式【榜樣】

跡、蹤【蹤跡】

光、輝【光輝】

用、益【效用】

憂、患、慮【憂患】

響、聲、音【聲音】

事、業、基【事業】

事、務【事情】

機、要【關鍵】

基、本、根【根基】

證、驗【驗證】

謬、責、錯、過、失、咎、誤、過失、謬誤【過錯】

瑕、失、偏短【缺點】

二、動詞類（275 組）

殺、戮、斬、梟、馘、除、斫、滅、害、誅、亡、夷、決、弒、屠、鳩、
屠裂、誅除、夷滅、遇害、殘害、授首【殺】

克、拔、舉、下、取、敗、陷、破【攻陷】

潰、破、陷、敗、壞、破敗【失守】

平、定、賓、蕩、息、弭、夷、綏、靖、平定、安定【平定】

征、討、伐、侵、襲、攻、略、掩、犯、擾、侮、擊、衝、決、突、潰、

掃、格、乘、沖、搏、征伐【攻打】

掠、略、奪、劫【劫掠】

勝、克、取、制、破、折、敗、辦、摧破【擊敗】

潰、敗、崩、衂、挫、破、北、奔、蹶、敗績、披攘、覆敗、失利、奔北、瓦解【失敗】

覆、滅、亡、沒、喪、隕、傾覆、夷、殄、覆敗、瓦解、蕩覆【覆滅】

援、助、營、救、濟、解、拯【援救】

保、護、衛、據、備、戍、鎮、守、藩、屏、藩屏、據、鎮衛、鎮守、守衛【保衛】

駐、軍、宿、次、住、屯、屯次【駐紮】

降、伏、順、賓、服、懷、懷附、歸心、披攘、折節、稽顙、歸義、委質、北面、稱藩、附從、歸、投、就、親附【投降、依附】

順、伏、屈、服、撓、屈笮【屈服】

禦、拒、敵、抗、護【抵禦】

對、持、守【對峙】

圍、困【困阻】

候、伺、斥候【偵察】

禽（擒）、降、捉、得、縛、獲、馘、虜、收、禽獲【俘獲】

度、渡、濟、過、涉、越、超越【渡河】

度、過、越、涉、逾、經、歷、經歷【經過】

之、適、如、至、到、致、赴、蒞、極、臨、幸、詣、造、達、通、涉、臻、格、及、迄、投、出、探、往、就、赴、趣、趨、向、奔、奔赴【到】

來、格、致【來到】

遷、徙、移【遷徙】

返、歸、還、回【返回】

廢、止、已、弭、罷、息、停、渟、休、訖、輟、卻、絕、住、駐、偃、禁、遏、凝、止息、偃息【停止】

退、罷、撤、卻、引【退卻、撤退】

登、升、上、乘【登上】

降、下【走下】

降、隕、墮、墜【落下】

前、進【前進】

離、去、別【離去】

及、逮【趕上】

給、供、與、推、讓、致、付、授、散、餉、贈、遺、送、進、賞、賜、送、加、封賞【給予】

周、繼、卹、恤、贍、救、濟、拯、賑、振、存恤【救濟】

奉、稟、承、膺【接受】

死、亡、逝、隕、沒、喪、歿、殂、絕、殤、夭、斃、殞、崩、薨、卒、終、徇、彫落、大行、夭折、夭逝、死喪、死亡、殞沒、終沒、長逝、不救、短命、即世、棄世、薨隕、隕身、隕命、喪元、殂逝、僵僕、屠裂、畢命、沉淪、先朝露、填溝壑【死】

生、活、存、在【活著】

叛、遁、逃、亡、逝、走、奔、北、趣、失、流亡、逋逃、迸走、奔北、奔走【逃走】

反、畔、叛、違、背、貳、逆、負、變、離、背叛、叛亂、攜貳、作亂、作逆、謀反【反叛】

辭、別【辭別】

候、俟、伏、須、待、須待【等待】

倒、偃、僵、傾、頓【倒下】

著、著、戴、衣、服、履、被、攝、披、帶【穿】

脫、解【脫下】

載、乘【乘坐】

蹈、赴【投身】

寢、臥、睡、寐【睡覺】

洗、澡、沐、浴、沐浴【洗澡】

超、踴躍、騰踊【跳躍】

乘、騎、騎乘【騎馬】

休、息【修息】

生、育【生育】

步、行、趨【行走】

踐、踏、履、蹈【踩踏】

怨、恨、憎、惡、厭、疾、忌、怪、忿、嫌、恚、望、嗔、觖望【怨恨】

怒、慍、恚、忿、瞋、忿怒【發怒】

以、謂、爲、以爲【以爲】

輕、薄、賤、忽、慢、卑、蔑、怠【輕視】

恐、懼、憚、畏、怖、忌、惡、震、懾、慫、嫌、驚、駭、戰、怯、怖懼、危懼、憂懼、震駭、畏懦【恐懼】

希、冀、望、盼、思、願、欲、期、惟【希望】

聽、許、從、肯、應、然、聽許【聽從】

貴、尙、器、重、異、恭、敬、崇、尊、拜、褒崇、敬重【崇敬】

寬、原、宥、恕、赦【原諒】

愛、喜、哀、憐、好、樂、尙、嗜、耽、篤、好尙、雅好【喜愛】

思、戀、慕、惟、念、思慕、追思【思念】

顧、惟、念、計、思、慮、詳、忖、尋、謀、恤、圖、虞、策、揣、度、料、揆、量、籌、意、忖度【考慮】

算、謀、規、計、慮、度、量、權、圖、畫、策、籌、籌畫【謀劃】

度、權【衡量】

覺、寤【明白】

怪、奇、異【感覺奇怪】

知、曉、悉、明、喻、解、識、練、達、通、習、闇、聞知【知曉】

數、計、量【計算】

矜、愍、恤、卹、惜、憐、痛惜【憐惜】

秉、懷、挾【懷有】

貪、利【貪圖】

記、識、念【記憶】

誦、讀【誦讀】

吟、悲吟【歎息、呻吟】

猜、嫌、疑、怪、懷疑【懷疑】

忍、堪【容忍】

肯、願【願意】

決、定、斷、裁、決定【決定】

名、稱、言、號、呼【稱呼、稱說】

誹、謗、毀、誣、譖、讒、非、難、謗毀【誹謗】

對、答、應【回答】

報、白、告、喻、誥、言、語、陳、訴、愬、謂、戒、奏【告訴】

哭、泣、啼、號慕、號咷、泣涕、流涕、隕涕、歔欷【哭】

飲、服【喝】

詰、問、誚、刺、譏、尤、怪、讓、譴、責、病、咎、數、呵、叱、斥、呵叱、誚讓【責備】

罵、詈【罵】

評、議、論、講、談、平議【議論】

諷、規、勸、說、諫、言、箴、切諫【規勸】

歌、詠【唱歌】

稱、贊、褒、誦、譽、詠、歌、頌、歎、美、嘉、旌、表、稱美、褒揚、歌頌、表章【稱讚】

言、語、謂、陳、說、敘、述、辭、曰、云、申、訴、道、吐【述說】

訪、咨、詢、問、難【問】

笑、嘲【嘲笑】

笑、歡笑【笑】

啖、餐、食、嘗、服、茹、噬、飯、飲食、服食【吃】

歎、咨嗟、歎息、欷歔【歎】

吠、鳴、號【叫】

持、秉、執、仗、援、舉、握、把、搦【拿】

撞、擊、鼓、築、椎、鳴、撲、搏、擊【打】

書、紀、記、載、錄、著、掛、列、敘、述、銘、紀錄【記錄】

造、著、屬、作、撰、述、勒、移、甄、述作、造作【撰寫】

題、書、署【題寫】

斫、砍、伐【砍】

剖、割、截、刎【刀割】

掃、除【清掃】

疾、病、疾病、發病【患病】

瘳、差、差愈【病癒】

聽、聞【聽】

閱、覽、觀、望、看、察、覘、伺、測、見、目、視、瞻、監、顧、盼、
省、覤、瞰、眺、規（窺）、瞻視、屬目、望見【看】

嫁、出嫁【嫁】

妻、納、娶【娶】

占、卜、筮、候、相【占卜】

祭、祀、酹、祠、祝、祭祀、郊祀【祭祀】

禪、讓、遜【讓位】

埋、葬、藏、掩、坑【埋葬】

殯、斂、收斂【殯殮】

乏、匱【缺乏】

釋、放、縱、解、置、免【釋放】

制、修、建【制訂法令】

改、革、變、化、渝、轉、更、易、移、奪、換、革易、改易、變化、變
改【改變】

乞、請、求、乞請【請求】

矜、伐、誇、耀、曜、衒、眩【誇耀】

方、比、關、況、譬、喻、若、擬、似、猶、如、有如、比如【比如】

匡、輔、相、傅、副、佐、祐、協、助、資、扶、持、弼、翼、輔弼、藩
輔、夾輔、佐命、匡弼、扶翼、勖相【輔佐】

召、招、發、徵、募、請、邀、延、攬、引、招延【徵召】

朝、拜、詣、覲、覿、見、謁、朝聘、朝覲【拜見】

法、則、仿、效、師【效法】

脅、偪、逼、迫、強【逼迫】

通、往來【往來】

親、友、交、結好【結交】

偷、盜、竊【偷竊】

繫、縛【捆綁】

違、反、逆、背、枉、越、冒、干、犯、乖、忤、觸、違犯【違反】

儲、畜、蓄、貯、積、累、蘊積【積纍】

責、罰、懲【懲罰】

能、得、克、堪【能】

超、過、越、逾、邁、出、踰、逾越、超越、過絕【超過】

收、逮、執、拘、囚、繫、收縛、幽囚【逮捕、囚禁】

拒、辭、讓、謝、辭讓【拒絕】

辭、謝【謝罪】

副、符、合、驗、當【符合】

報、答【回信】

聚、集、會、合、收、斂【聚集】

淹、溺、漬、沈、沒、覆、覆沒【沉沒】

依、賴、憑、假、藉、蒙、馮、資、仰、因、恃、倚、據、負、仗、乘、據仗【依據、仰仗】

作、爲【作爲】

稱帝、龍興、受命、即位、承統【即位】

增、加、益、增加、補益【增加】

匡、補【補充】

遭、遇、受、蒙、被、罹、離、得、陷【遭受】

自殺、刎首、伏劍【自殺】

示、顯、揚、逞、昭、彰、宣、暴【宣揚】

光、隆、弘、播、振、流、敷、揚、傳、暢、垂【傳播】

教、授、講、化、訓、課、導、教學【教授】

檢、察、審、按、省、諦、校、效、參、考、糾、驗【檢查】

建、立、開、成、樹、創、制、造、構、建立【建立】

開、闢、拓、墾、啓、廣【開闢】

排、開、啓、發【打開】

關、闔、閉【關閉】

斷、絕、塞【斷絕】

充、塞、填【填充、堵塞】

尋、求、索、邀、要、務【求索】

分、散【分發】

探、索、究、原、推、求、考、察【探究】

嘉、褒、寵【褒獎】

爲、成【成爲】

滯、稽留、遺滯【滯留】

待、遇、接、事、禮、殊異【對待】

巡、周行【巡行】

來、致【速致】

省、減、損、刪、息、減損【減少】

廢、黜、罷、免、省、削【廢除】

荒、廢、墮廢【荒廢】

去、除、清除【廢除】

搖、動、搖動【動搖】

貢、獻、進、奉、供、納、奉獻、奉貢、貢獻【供奉】

報、酬、輸、效、輸力、效力、效命、授命【報效】

治、經、蒞、御、君、綱紀、君臨【治理】

典、執、掌、管、攝、秉、擅、握、持、御、宰、統、總、署、司、主、經營、都督、董督、綱紀、撫臨【掌管】

處、居、住、舍【居住】

處、居、據、列、當【處於】

布、置、張、施、設【部署、設置】

建、立、樹【建立】

遣、使、發、驅、指使【派遣】

繼、續【接續】

尊、奉【擁護】

舉、薦、引、推【推薦】

比、并【並列】

忌、諱【忌諱】

長、善、善於【擅長】

間、隔、夾【間隔】

曠、廢【廢棄】

陳、列、展【陳列、展示】

攜、將、引、率、帥、總、御、領、督、勒、攝、董督、都督、統領、統御【率領】

用、納、聽、從、聽用【聽從】

施、行、採、用、履、蹈、展、逞、施行【施行】

受、納、承【接受】

養、放、秣【牧養】

養、育、撫、畜、活、贍、撫養、撫育【養育】

毀、敗、壞、墮、毀壞、摧破【毀壞】

懸、掛、垂【懸掛】

辟、舉、察、徵、調、拜、除、遷、廢、黜、登、轉、移、進、加、陟、升【官職變動】

顯、稱、知名【出名】

焚、燒、燔、燎【焚燒】

分、離、割【分割】

抑、制、遏【抑制】

限、拘【局限】

傳、送【傳送】

運、輸【運輸】

塞、封、壅、壅塞【堵塞】

愛、惜【吝惜】

依、傍【挨著、臨近】

應、和、響應【響應】

憂、患、病、戚、慮【憂慮】

荷、負【負擔】

連、續【連續】

親、昵、近、密近、親愛【親近】

施、用【使用】

可、可以【可以】

興、起、舉、發【發動】

發、射【射箭】

鷹揚、虎步、稱雄【稱雄】

熙、昌、興、隆【興隆】

餘、遺、殘【殘餘】

侮、侵、淩、辱【淩辱】

開、鑿、掘、穿、決【挖掘】

獲、得、竊、取【獲得】

繼、續、承、襲、嗣、接、奉承、負荷【繼承】

依、據、遵、循、奉、案、率、如、承、隨、蹈、履、緣、因、遵奉【依
照】

遵、隨【沿著】

隨、從、逐【隨從】

恐、畏、懼【畏懼】

威、鎮【威嚇】

御、駕、弭節【駕車】

獵、遊獵、校獵、射獵【打獵】

沒、奪、收【沒收】

暴、露、發露、暴露【暴露】

慶、賀【慶賀】

專、擅【專擅】

掩、蔽、被、蒙、蓋、覆【覆蓋】

紡、織【紡織】

遭、遇、逢、值、會、正值【遇到】

惑、迷惑【迷惑】

營、治、務、修、繕、爲、立、造、興、構、修起【建造】

應、順【順應】

買、市【買】

露、宣【泄露】

糾、匡【糾正】

傷、害【傷害】

追、逐、驅【追趕】

驅、驅遺【驅趕】

嫉、妒、忌、害【嫉妒】

一、一統、混同【統一】

宴、饗、犒、撫、撫勞、存恤、犒勞【慰問】

撫、懷、綏、靖、柔、懷柔、柔服【安撫】

種、植、樹【種植】

耕、墾、稼穡【耕種】

布、盈、滿【遍佈】

漏、遺滯【遺漏】

訖、迄、畢、竟、終、卒、闋、畢竟【結束】

殫、竭、終、究、窮、盡、傾【盡】

誘、詐、欺、紿、誑【誘騙】

寄、委、屬、託、付【委託】

委、捐、背、捨、棄、釋、去、捐棄、委棄【捨棄】

分、裂、分裂【分裂】

烹、煮【煮】

命、令、敕、命敕、下令、號令【命令】

生、發【產生】

盈、滿【充滿】

侍、事、服事【侍奉】

流、越、播越、流亡【流亡】

三、形容詞（85 組）

美、豔、麗、好、美麗【美麗】

放、縱、恣、肆、逸、放縱、恣睢、縱橫【放縱，肆意】

雄、壯、剛、強、健、遒、猛、銳、驍、勇、勁、鷹揚【勇猛】

喜、歡、悅、樂、欣欣【歡樂】

悲、愴、哀、痛、傷、戚、苦、愴然、悼惜、痛惜【悲痛】

憂、虞、戚、感、慇、慇慇【憂慮的樣子】

壯、大、長、長大【體積大】

疲（罷）、勞、倦、困、弊、罷弊、罷困【疲倦】

聰、明【器官感覺敏銳】

羸、弱、瘦弱【瘦弱】

饑、饑饉【飢餓】

慚、愧、忝【慚愧】

速、忽、急、亟、促、趣、遽、遄【速度快】

殷、富、饒、贍、充、足、厚、豐、充實、殷阜、優渥【富足】

弘、巨、洪、鴻【大】

廣、博、泛、大、弘、敞、廣大、弘廣【廣大】

狹、小、逼、隘、齷齪【狹小】

短、淺、小、薄【短小】

高、峻【高峻】

破、壞、朽、破敗、摧朽【破敗】

完、具、備【完整、完備】

暖、煖、溫、熱【暖和】

乾、燥【乾燥】

修、長【長】

早、夙【時間早】

晚、遲【時間晚】

短、淺【時間短】

險、阻、危險、阻險、險阻【險峻】

乏、少、鮮、寡、希【少】

徐、緩、遲、徐徐【速度慢】

盛、隆、昌、興、熙、興隆【興隆】

單、獨、隻【單獨】

朱、彤、赤、絳、紫【紅色】

玄、玆、烏【黑色】

白、素【白色】

舊、故【從前的】

纖、細、小、微、眇、眇眇、區區【細小】

眾、多、豐、繁、饒、稠、殷、盛、巨億【多】

長、久、永、宿、良久、長久【長久】

迅、猛【猛烈】

遐、遠、遙、絕、邈【遠】

邇、近【近】

滿、盈【滿】

凡、常【平常】

令、嘉、休、惠、懿、善、佳、良、淑、豔、美【美好】

嚴、峻、苛、凶【嚴酷】

昭、著、彰、顯、彰著【明顯】

奇、異【奇怪、奇異】

齊、等、侔、比、當、均、同【相同】

空、虛、空虛【空虛】

虛、浮、偽、詐、譌、詭、譌詭【虛浮】

中、宜、便、足【恰當】

篤、熟、厚、深【深厚】

粗、劣、穢【低劣】

次、亞【低一等的】

景、瑞、祥、吉【吉祥】

堅、固、牢【牢固】

殊、異、殊異【不同】

機、密、陰、默、私、潛、暗、竊【私下】

從容、徐徐、雍容【從容】

忌、妒忌【好妒】

怯、怯沮【怯懦】

驕、傲、盈、滿、矜、伐【驕傲】

奢、侈【奢侈】

儉、約、節、節儉【節儉】

讜、正直【正直】

恭、遜、卑、敬、虔、欽、祗、卑、恭順、敬恭、謙虛、謙讓、謙沖【謙恭】

庸、闇、昧【昏憒】

聖、賢、明【道德超過常人】

誠、款、懇、忠、信、篤、畢命、忠亮、忠孝【誠信】

仁、慈【仁慈】

愚、蠢【愚蠢】

狡、黠、詐、奸宄【狡猾】

聰、明、捷【聰明】

富、貴、富貴【富貴】

親、善【友好】

卑、賤、陋、微賤、仄陋、卑鄙【地位低】

戮力、同心【同心】

貧、困、窮、乏、衰、瘠、困窮、貧窮【窮困】

單、孤、獨【孤單】

有隙、相失、不和、不平【不和睦】

和、睦、平、協【和睦】

衰、敗、弛、頹、廢、廢弛【衰敗】

寧、泰、清、靜、隱、平安、安息、翕然、安定、晏如、昇平、太和【社會安定】

擾、亂、大亂、喪亂、擾亂、擾壞、紛擾【局勢亂】

參考文獻

詞　典

1. 陳初生，金文常用字典〔Z〕，西安：陝西人民出版社，2004。
2. 段德森，簡明古漢語同義詞詞典〔Z〕，太原：山西教育出版社，1992。
3. 段玉裁，說文解字注〔Z〕，上海：上海古籍出版社，1988。
4. 谷衍奎，漢字源流字典〔Z〕，北京：華夏出版社，2003。
5. 劉叔新，現代漢語同義詞詞典（增訂版）〔Z〕，天津：天津人民出版社，1993。
6. 劉學林，遲鐸等，十三經辭典（孟子、論語、毛詩卷）〔Z〕，西安：陝西人民出版社，2002。
7. 羅竹鳳，漢語大詞典〔Z〕，上海：漢語大辭典出版社，1994。
8. 梅家駒，同義詞詞林（第二版）〔Z〕，上海：上海辭書出版社，1996。
9. 王力，同源字典〔Z〕，北京：商務印書館，1982。
10. 王力，王力古漢語字典〔Z〕，北京：中華書局，2000。
11. 徐中舒，漢語大字典〔Z〕，成都、武漢：四川辭書出版社、湖北辭書出版社，1986。
12. 徐中舒，甲骨文字典〔Z〕，成都：四川辭書出版社，1998。
13. 楊伯峻，春秋左傳詞典〔Z〕，北京：中華書局，1985。
14. 張霭堂，徐興東，簡明古漢語同義詞詞典〔Z〕，武漢：湖北教育出版社，2004
15. 張雙棣，呂氏春秋詞典〔Z〕，濟南：山東教育出版社，1993。
16. 張永言，世說新語辭典〔Z〕，成都：四川人民出版社，1992。
17. 中國社會科學院語言研究所詞典編輯室，現代漢語詞典（第 5 版）〔Z〕，北京：商務印書館，2005。

著 作

1. 〔漢〕班固撰、顏師古注,漢書〔M〕,北京:中華書局,1983。

2. 〔漢〕劉安撰,劉文典集解,淮南鴻烈集解〔M〕,北京:中華書局,1989。

3. 〔漢〕劉熙撰,(清)畢沅疏證,王先謙撰集,《釋名》疏證補〔M〕,上海:上海古籍出版社,1984。

4. 〔漢〕司馬遷,史記〔M〕,北京:中華書局,1982。

5. 〔漢〕揚雄,周祖謨校箋,方言校箋〔M〕,北京:中華書局,1993。

6. 〔漢〕布龍菲爾德,語言論〔M〕,北京:商務印書館,1980。

7. 〔漢〕阮元校刻,十三經注疏(影印本)〔M〕,北京:中華書局,1980。

8. 陳昌來,現代漢語三維語法論〔M〕,上海:學林出版社,2005。

9. 陳垣,史諱舉例〔M〕,北京:中華書局,2004。

10. 程琪龍,認知語言學概論——語言的神經認知基礎〔M〕,北京:外語教學與研究出版社,2001。

11. 程琪龍,神經認知語言學引論〔M〕,北京:外文出版社,2005。

12. 程湘清,漢語史專書複音詞研究〔M〕,北京:商務印書館,2003。

13. 程湘清,兩漢漢語研究〔M〕,濟南:山東教育出版社,1985。

14. 池昌海,史記同義詞研究〔M〕,上海:上海古籍出版社,2002。

15. 范曉,三個平面的語法觀〔M〕,北京:北京語言文化大學出版社,1996。

16. 方一新,東漢魏晉南北朝史書詞語箋釋〔M〕,合肥:黃山書社,1997。

17. 馮蒸,說文同義詞研究〔M〕,北京:首都師範大學出版社,1995。

18. 傅亞庶,三曹詩文全集譯注〔M〕,長春:吉林文史出版社,1997。

19. 高名凱,語言論〔M〕,北京:商務印書館,1995。

20. 高守綱,古代漢語詞義通論〔M〕,北京:語文出版社,1994。

21. 格雷馬斯,結構語義學〔M〕,北京:三聯書店,1999。

22. 管錫華,《史記》單音詞研究〔M〕,成都:巴蜀書社,2000。

23. 郭良夫,詞彙與詞典〔M〕,北京:商務印書館,1999。

24. 郭在貽,郭在貽文集〔M〕,北京:中華書局,2002。

25. 何九盈,中國古代語言學史〔M〕,廣州:廣東教育出版社,2000。

26. 洪成玉,古漢語同義詞辨析〔M〕,杭州:浙江教育出版社,1987。

27. 胡和平,同義詞說略〔M〕,上海:上海古籍出版社,2005。

28. 黃典誠,詩經通譯新詮〔M〕,上海:華東師範大學出版社,1992。

29. 黃金貴,古代文化詞義集類辨考〔M〕,上海:上海教育出版社,1995。

30. 黃金貴,古漢語同義詞辨釋論〔M〕,上海:上海古籍出版社,2002。

31. 賈彥德,語義學導論〔M〕,北京:北京大學出版社,1986。

32. 蔣紹愚，古漢語詞彙綱要〔M〕，北京：北京大學出版社，1989。

33. 蔣紹愚，蔣紹愚自選集〔M〕，鄭州：大象出版社，1994。

34. 蔣紹愚，近代漢語研究概況〔M〕，北京：北京大學出版社，1994。

35. 藍純，認知語言學與隱喻研究〔M〕，北京：外語教學與研究出版社，2005。

36. 李波，漢書索引〔M〕，北京：中國廣播電視出版社，2001。

37. 李波，十三經新索引〔M〕，北京：中國廣播電視出版社，1997。

38. 李圃，古文字詁林〔M〕，上海：上海教育出版社，2005。

39. 李曉光，史記索引（修訂版）〔M〕，北京：中國廣播電視出版社，2001。

40. 李珍華，周長楫，漢字古今音表（修訂本）〔M〕，北京：中華書局，1999。

41. 李宗江，漢語常用詞演變研究〔M〕，上海：漢語大詞典出版社，1999。

42. 利奇著，李瑞華譯，語義學〔M〕，上海：上海外語教育出版社，1987。

43. 劉殿爵，先秦兩漢古籍逐字索引叢刊〔M〕，香港：商務印書館（香港），1992～1995。

44. 劉叔新，周薦，同義詞語和反義詞語〔M〕，北京：商務印書館，2005。

45. 劉叔新，詞彙學和詞典學問題研究〔M〕，天津：天津人民出版社，1984。

46. 劉叔新，漢語描寫詞彙學（重排本）〔M〕，北京：商務印書館，2005。

47. 劉叔新，語義學和詞彙學問題新探〔M〕，天津：天津人民出版社，1993。

48. 陸宗達，陸宗達語言學論文集〔M〕，北京：北京師範大學出版社，1995。

49. 呂叔湘，朱德熙，語法修辭講話〔M〕，北京：中國青年出版社，1952。

50. 羅常培，周祖謨，魏晉南北朝韻部演變研究〔M〕，北京：科學出版社，1958。

51. 馬清華，語義的多維研究〔M〕，北京：語文出版社，2006。

52. 毛遠明，左傳詞彙研究〔M〕，重慶：西南師大出版社，1999。

53. 裴治國，中國古籍二百種提要〔M〕，長春：吉林人民出版社，1991。

54. 朴宰雨，《史記》《漢書》比較研究〔M〕，北京：中國文學出版社，1988。

55. 錢穆，中國史學名著〔M〕，北京：生活・讀書・新知三聯書店，2000。

56. 沈玉成，左傳譯文〔M〕，北京：中華書局，1981。

57. 石安石，語義論〔M〕，北京：商務印書館，1993。

58. 蘇寶榮，詞義研究與辭書釋義〔M〕，北京：商務印書館，2000。

59. 孫常敘，漢語詞彙〔M〕，長春：吉林人民出版社，1956。

60. 汪維輝，東漢——隋常用詞演變研究〔M〕，南京：南京大學出版社，2002。

61. 王鳳陽，古辭辨〔M〕，長春：吉林文史出版社，1993。

62. 王力，漢語史稿（新1版）〔M〕，北京：中華書局，1980。

63. 王力，龍蟲並雕齋文集〔M〕，北京：中華書局，1980。

64. 王念孫，讀書雜志〔M〕，南京：江蘇古籍出版社，2000。

65. 王寧，訓詁學原理〔M〕，北京：中國國際廣播出版社，1996。

66. 王耀輝，文學文本解讀〔M〕，華中師範大學出版社，1999。

67. 王引之，經義述聞〔M〕，南京：江蘇古籍出版社，2000。

68. 王雲路，中古漢語研究〔M〕，北京：商務印書館，2000。

69. 王政白，古漢語同義詞辨析〔M〕，合肥：黃山書社，1992。

70. 武占坤，現代漢語詞彙概要〔M〕，呼和浩特：內蒙古人民出版社，1983。

71. 邢福義，漢語語法三百問〔M〕，北京：商務印書館，2002。

72. 徐朝華，上古漢語詞彙史〔M〕，北京：商務印書館，2003。

73. 徐烈炯，語義學〔M〕，北京：語文出版社，1990。

74. 徐時儀，古白話詞彙研究論稿〔M〕，上海：上海教育出版社，2000。

75. 徐通鏘，歷史語言學〔M〕，北京：商務印書館，1991。

76. 徐正考，論衡同義詞研究〔M〕，北京：社會科學出版社，2004。

77. 許嘉璐，文白對照十三經〔M〕，廣州等：廣東、廣西、陝西人民教育出版社，1995。

78. 楊伯峻，論語譯注〔M〕，北京：中華書局，1980。

79. 楊伯峻，孟子譯注〔M〕，北京：中華書局，1960。

80. 楊燕起，陳煥良，白話史記〔M〕，長沙：嶽麓書社，2002。

81. 殷寄明，語源學概論〔M〕，北京：上海教育出版社，2000。

82. 張聯榮，古漢語詞義論〔M〕，北京：北京大學出版社，2000。

83. 張聯榮，漢語詞彙的流變〔M〕，鄭州：大象出版社，1997。

84. 張雙棣，呂氏春秋詞彙研究〔M〕，濟南：山東教育出版社，1989。

85. 張雙棣，呂氏春秋索引〔M〕，濟南：山東教育出版社，2002。

86. 張永言，詞彙學簡論〔M〕，武漢：華中工學院出版社，1982。

87. 張永言，語文論集（增補本）〔M〕，北京：語文出版社，1999。

88. 張志毅，詞彙語義學〔M〕，北京：商務印書館，2001。

89. 章宜華，語義學與詞典釋義〔M〕，上海：上海辭書出版社，2002。

90. 趙學清，韓非子同義詞研究〔M〕，北京：社會科學出版社，2004。

91. 趙豔芳，認知語言學概論〔M〕，上海：上海外語教育出版社，2001。

92. 鍾明立，段注同義詞考論〔M〕，北京：中國文聯出版社，2002。

93. 周文德，《孟子》同義詞研究〔M〕，成都：巴蜀書社，2002。

94. 周一良，魏晉南北朝史札記〔M〕，北京：中華書局，1985。

95. 周振鶴，游汝傑，方言與中國文化〔M〕，上海：上海人民出版社，2006。

96. 周祖謨，漢語詞彙講話〔M〕，北京：人民教育出版社，1959。

97. 竺家寧，漢語詞彙學〔M〕，臺北：五南圖書出版公司，1999。

學位論文

1. 車淑婭，《韓非子》詞彙研究〔D〕：〔博士學位論文〕，杭州：浙江大學，2004。

2. 呼敘利，《魏書》複音同義詞研究〔D〕：〔博士學位論文〕，杭州：浙江大學，2006。

3. 江傲霜，六朝筆記小說詞彙研究〔D〕：〔博士學位論文〕，濟南：山東大學，2007。

4. 雷莉，《國語》單音節實詞同義詞研究〔D〕：〔博士學位論文〕，成都：四川大學，2003。

5. 李豔紅，《漢書》單音節形容詞同義關係研究〔D〕：〔博士學位論文〕，成都：四川大學，2004。

6. 李軼，情感類同義詞素並列式複合詞研究〔D〕：〔博士學位論文〕，長春：吉林大學，2009。

7. 孟曉妍，若干組先秦同義詞的研究〔D〕：〔博士學位論文〕，蘇州：蘇州大學，2008。

8. 唐莉莉，《左傳》單音節實詞同義詞辨釋〔D〕：〔博士學位論文〕，杭州：浙江大學，2009。

9. 王建莉，《爾雅》同義詞考論〔D〕：〔博士學位論文〕，杭州：浙江大學 2005。

10. 王彤偉，《三國志》同義詞研究〔D〕：〔博士學位論文〕，上海：復旦大學，2007。

11. 吳崢嶸，《左傳》索取、給予、接受義類詞彙系統研究〔D〕：〔博士學位論文〕，武漢：華中師範大學，2006。

12. 閆從發，基於《漢語大詞典》語料庫的時代漢語詞彙研究〔D〕：〔博士學位論文〕，濟南：山東大學，2009。

13. 閻玉文，《三國志》複音詞專題研究〔D〕：〔博士學位論文〕，上海：復旦大學，2003。

14. 張凡，魏晉南北朝志怪小說同義詞研究〔D〕：〔博士學位論文〕，杭州：浙江大學，2006。

學術期刊

1. 池昌海，對漢語同義詞研究重要分歧的再認識〔J〕，浙江大學學報，1999（1），

2. 陳桂成，同義詞群是開放性的動態結構〔J〕，辭書研究，2003（4）。

3. 陳秀蘭，從常用詞看魏晉南北朝文與漢文佛典語言的差異〔J〕，古漢語研究，2004（1）。

4. 池昌海，五十年漢語同義詞研究焦點概述〔J〕，杭州大學學報，1998（2）。

5. 董志翹，漢語史的分期與 20 世紀前的中古漢語詞彙研究〔J〕，合肥師範學院學報，2011（1）：22～27。

6. 方一新，近十年中古漢語詞彙研究的回顧與展望〔J〕，古漢語研究，2010（3）：25～94。

7. 高鈺京，也談同義詞的辨析〔J〕，黃河水利職業技術學院學報，2005（1）。

8. 管錫華，從《史記》看上古幾組同義詞的發展演變〔J〕，語言研究，2000（2）。

9. 胡敕瑞，從隱含到呈現〔J〕，語言學論叢，2005（31）。

10. 黃金貴，古今漢語同義詞辨析異同論〔J〕，古漢語研究，2003（3）。

11. 黃金貴，論古漢語同義詞的構組〔J〕，浙江學刊，2002（1）。

12. 黃金貴，論古漢語同義詞的識同〔J〕，浙江大學學報，2002（1）。

13. 黃金貴，論同義詞之同〔J〕，浙江大學學報，2000（4）。

14. 蔣紹愚，關於漢語詞彙系統及其發展變化的幾點想法〔J〕，中國語文，1989（1）。

15. 黎千駒，古代漢語同義詞散論〔J〕，零陵學院學報，2004（4）。

16. 李宗江，21 世紀漢語史學者的學術追求〔J〕，漢語史學報（第五輯），上海：上海教育出版社，2005（5）。

17. 劉百順，古漢語年月日表達法考察〔J〕，語言科學，2004（5）：49～69。

18. 劉百順，漢魏六朝「年（歲）」、「月」、「日」的表達 〔J〕，中國語文，1997（6）：459～461。

19. 劉乃和，中國歷史上的紀年（中）〔J〕，文獻，1983（4）：246～268。

20. 齊衝天，漫話「袖子」〔J〕，文史知識，1990（9）。

21. 石安石，關於詞性和概念〔J〕，中國語文，1961（8）。

22. 史光輝，常用詞「焚、燔、燒」歷時替換考〔J〕，古漢語研究，2004（1）。

23. 史光輝，常用詞箭、矢的歷史替換考〔J〕，漢語史學報（第四輯）。

24. 帥志嵩，也說「同義詞」〔J〕，漢語史研究集刊，成都：巴蜀書社，2005（7）。

25. 王雲路，中古漢語詞彙研究綜述〔J〕，古漢語研究，2003（2）：70～76。

26. 王占福，談古代漢語同義詞、反義詞的修辭表達功能〔J〕，河北大學成人教育學院學報，1999（3）：35～37。

27. 吳世雄，論語義範疇的家族相似性〔J〕，外語教學與研究，1996（4）。

28. 徐盛芳，徐正考，20 年來古代漢語同義詞研究綜述〔J〕，長春大學學報，2005（2）：56～58。

29. 徐盛芳，20年來古代漢語同義詞研究綜述〔J〕，長春大學學報，2005（1）。

30. 徐正考，古漢語同義詞研究的歷史與現狀述評〔J〕，北華大學學報，2002（2）。

31. 徐正考，古漢語專書詞彙研究與大型語文辭書的修訂〔J〕，古籍整理研究學刊，2003（4）。

32. 徐正考，古漢語專書詞彙研究中同義關係的確定方法問題〔J〕，吉林大學學報，2002（2）。

33. 徐正考，古漢語專書同義詞的研究方法與原則問題〔J〕，吉林大學學報，2003，（4）。

34. 許菊芳，論俗賦在中古漢語詞彙史研究中的價值〔J〕，古漢語研究，2012（1）。

35. 楊運庚，古代漢語同義詞研究對同義關係的再界定〔J〕，社會科學論壇，2010（7）：40～45。

36. 袁毓林，詞類範疇的家族相似性〔J〕，中國社會科學，1995（1）。

37. 曾昭聰，古漢語文化同義詞研究的歷史、現狀與展望〔J〕，煙臺師範學院學報，2004（4）。

38. 張生漢，關於古漢語同義詞研究的一點看法〔J〕，語言研究，2005（1）。

39. 趙振鐸，論先秦兩漢漢語〔J〕，古漢語研究，1994（3）。

40. 趙振鐸，論中古漢語〔J〕，樂山師範學院學報，2001（3）：39～43。

41. 周文德，古漢語同義詞的認定方法〔J〕，西南民族學院學報，2002（3）。

42. 周文德，古漢語同義詞的形成原理探微〔J〕，西南民族學院學報，2002（10）。

電子文獻

1. 北京大學中國語言學研究中心.CCL 語料庫檢索系統（網絡版）〔DB〕，
   http：//ccl.pku.edu.cn：8080/ccl_corpus/index.jsp?dir=xiandai.

2. 教育部語言文字應用研究所計算語言學研究室.語料庫在線〔DB〕，
   http：//www.cncorpus.org/login.aspx.

3. 中央研究院.漢籍電子文獻瀚典全文檢索系統〔DB〕，
   http：//hanji.sinica.edu.tw/